KUWEI
酷威文化
图书 影视

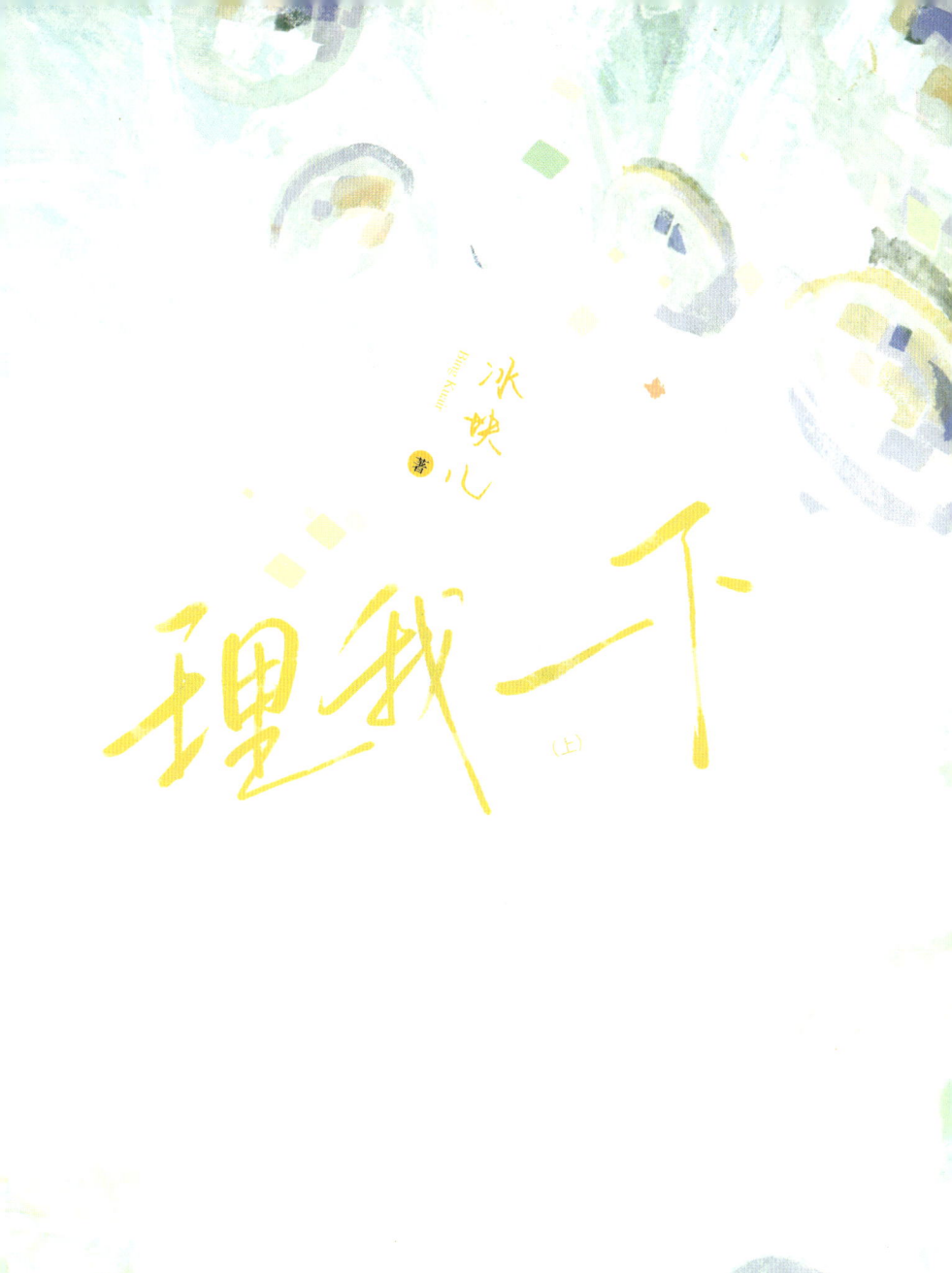

目 录

第一章
同桌
001

第二章
谣言
045

第三章
秘密
093

第四章
偏见
143

第五章
特权
193

第六章
第一
249

一阵微风拂过，
将尹澈柔软的发丝扬起，
轻飘飘的。
仿佛下一秒会生出翅膀，
随风展开，
飞向阳光最灿烂处。

第一章
同桌

"听说咱们班这学期要转来一个人！"

不知是谁喊了一嗓子，声音说大不大，说小不小，没能引起全教室同学的注意。

开学前的报到日，所有人都忙着领书交作业，高二（1）班教室里和走廊外吵吵闹闹的声音盖过了这道声音，只有前两排的人听见了这句话。

一个女生走过来，用新书敲了敲说话人的桌面："章可，你的情报十次有七八次都是错的，能不能消停点儿？"

章可眨了眨圆溜溜的小眼睛："这次保真！"

前排其他几个人听见这边的热闹，也放下了手头正在整理的新课本，围了过来。

"你从哪儿听来的消息？靠不靠谱啊？"

"高二转学……是不是在别的学校待不下去了啊？"

"你们问的这都是什么问题，会不会抓重点？当然应该先问是男生还是女生，长得好看不好看啊！"

"得了吧，你看看咱们班有几个好看的？指望转学生是帅哥美女就像指望天上掉馅饼一样。"

"欸！这话说对了！"章可推了推并不存在的眼镜，高深莫测道，"这次，真的要掉馅饼了。"

高二年级办公室。

第一章 同桌

"好了,你的入学手续都办完了,一会儿跟我去教室见见新同学吧。"

吴国钟将桌上的档案资料收拾了下,递给身旁站着的男生,顺手想拍拍男生的肩膀,以示鼓励。结果一伸手,发现男生的个子比看起来还高,自己够不着,只能讪讪地收回手:"蒋尧,以后你就是咱们高二(1)班的一分子了,要和同学好好相处啊。"

男生笑了笑:"好的,老师。"

一口白牙,还挺灿烂。

吴国钟见他听话,稍稍放下了心。

这个时间点转学的学生,一般多多少少都有点问题,可蒋尧的档案看起来似乎没什么不妥。非要说奇怪的地方的话——

"你家长没陪你一起来?"

"嗯,他们工作都挺忙的,而且我家住得远,就没麻烦他们。"

"哦……我看你之前是东城八中的,家也住东城?"

"是的,老师。"

"那确实挺远,你申请住宿了吗?"

"打算一会儿去申请,开学前搬进去,老师放心,我自己能处理。"

吴国钟乐了:"让我放心……你这孩子,还挺懂事的。"

蒋尧笑着低头,似乎有些不好意思,略长的刘海垂下来,将眼睛遮得严严实实。

对面英语组的许贝妮刚从教室收完暑假作业回来,身后跟了三四个搬作业的学生,转头瞧见吴国钟那儿站着个陌生的学生,笑问:"老吴,那是你们班的学生?怎么没见过?"

吴国钟随口回:"我们班新转来的。"

正在吭哧吭哧把作业往桌上叠的几个学生听见这话,瞬间目露精光,朝吴国钟身旁望过去,待瞧清了那位新同学之后,又兴致缺缺地转回了视线,继续搬作业。

003

蒋尧这外貌，显然不属于好看。

"哇，转学生？"许贝妮刚执教五六年，还没见过转学生，好奇地问，"以前在哪个学校读？"

"东城八中的。"吴国钟说，"蒋尧，这是咱们班的英语老师，许老师。"

蒋尧鞠躬："许老师好。"

"欸，你好。"许贝妮笑笑，"八中可是全市数一数二的好学校，怎么会转到我们这儿来？"

"老师您过奖了，一中也是数一数二的好学校啊。"蒋尧笑着回答。

西城一中和东城八中，就是全市高中里的那个"一"和"二"。

这两所学校每年的高考成绩排名都相差甚微，"市状元"宝座轮流坐，号称"兄弟学校"，今年你把我比下去、来年我把你踩脚下的那种"好兄弟"，"相爱相杀"多年，至今未能分出一个公认的胜负。

蒋尧既然是从八中转来的，成绩应该差不到哪儿去。

许贝妮见他答非所问，也没想刨根问底，又随便聊了几句，就指挥学生继续去搬作业了。

吴国钟看了眼表，时间差不多了，说："他们应该领完新书了，我们去班级吧。"

"好。"蒋尧背起书包，调整了下背带，低头时，黑框眼镜稍稍下滑了些，卡在高鼻梁的正当中。

"啧……"

他把眼镜往上推了推。

教室里前排围着的人比刚才多了几个，章可跷着二郎腿，沐浴在众人的视线下，瘦小的身板挺得笔直，手里拿着本卷起来的书，说几句就拿书拍一下手心，像在说书似的。

"消息保真！我刚去化学老师那儿交作业，大老远就瞧见老吴那

第一章 同桌

儿杵着个大高个儿,嚯,那身高,少说得有一米八五,直接把老吴衬托成了小学生,哈哈哈……"

他旁边就是高二(1)班的班长陈莹莹,闻言抬腿踹了他桌子一脚:"少说废话,到底长得帅不帅?"

"哎哟!姑奶奶,别这么凶啊,我没看到正脸,身高那么高,光看那背影,那身材……绝对是个帅哥!"

"敢情您就只看到个背影啊?"旁边的韩梦哧了一声,往后一捋头发,"我还当来了个什么大帅哥呢……算了,管他帅不帅,我'一中第一美男子'的位子,谁也抢不走。"

陈莹莹翻白眼:"只有你自己觉得自己美,整个学校哪个看得上你?"

韩梦怒翘兰花指:"陈莹莹!说话别太过分啊!"

教室里大多数人都领好了书,知道班主任一会儿就要进来,聊天声音比刚才低了些。韩梦这一吼,比章可那一声的传播范围广了好几倍,全教室的人几乎都能听见。

教室靠窗的位置,最后一排,有个趴着睡觉的人隐约动了动。

"你小声点!"章可压低声音,"别吵醒那谁!"

"知道了知道了,这不刚才没注意嘛……"

众人沉默几秒。

"老吴到底来不来了?"陈莹莹问。

刚问完,教室门口就炸响了一道雷:"同学们!好久不见啊!"

吴国钟平日里说话温温和和,一站上讲台,就跟打了鸡血似的,声若洪钟,震耳欲聋。

陈莹莹拍着受惊的小心脏回到座位:"我早晚被老吴吓死……"

其他学生也都纷纷端坐好,教室里瞬间安静了下来。

跟着吴国钟进来的,是一位个子高大的男生。

男生低着头,刘海很长,眼睛被遮蔽得影子绰绰,看不清楚,土气的黑框眼镜呆板厚重,挡了半张脸。看他这造型,可以说跟"帅哥"二字一点边都搭不上。

高二（1）班同学的好奇与热情瞬间消减了大半。

就这？

"各位同学新学期好啊。"吴国钟笑呵呵地说，"别的等会儿再说，先介绍一下，这学期，我们班来了位新同学，相聚即是缘分呐。来，大家热烈欢迎新同学！"

讲台下众人配合地鼓掌。

"蒋尧，跟同学们介绍下自己。"

"好的老师。"蒋尧笑了笑，"大家好，我叫蒋尧。"

他转身，拿起黑板槽里的粉笔，在黑板上行云流水般潇洒地写出了两个……惨不忍睹的字。

章可捂住嘴，声音漏出来："天呀……这写的啥玩意儿啊？比我的字还难看……"

"咳咳！"陈莹莹咳了两声。

蒋尧似乎没听见，接着说："我的爱好很广泛，比如，看动漫、看电影、看小说……大致上就这些。"

吴国钟插了句嘴："有什么喜欢的运动吗？"

男孩子大多热爱运动，他这么问，是想蒋尧更快融入班上的男生群体。

"没有，我特别不喜欢运动。"蒋尧回，"我比较喜欢在家宅着。"

吴国钟无力回天了。

"行，那我们再次热烈欢迎蒋尧同学加入我们高二（1）班这个大家庭，以后大家多多照顾他。"

掌声比刚才敷衍了些。

吴国钟望了一圈底下："咱们班就剩一个空座了？那蒋尧，你就坐靠窗的最后一排吧，反正你个子也高……哎，尹澈！你怎么睡着了？醒一醒！"

还在给鼓掌声收尾的几个人动作定格，掌声戛然而止。

第一章 同桌

蒋尧顺着所有人的视线望过去,看见最角落那个从他进来就一直趴着的人终于动了动。

那人穿着件白色连帽卫衣,帽子罩住了脑袋,原本安安静静地枕着手臂睡觉,听见吴国钟洪亮的声音喊他,缓缓抬起了头。

帽子被拉下,露出一头蓬松凌乱的头发,有几撮像天线似的立在顶上,画面有点呆萌好笑。

可不知为何,周围的人都没笑话他。

这班级还挺友爱。蒋尧心想。

"到……"

那人刚睡醒的嗓音微哑,语调软绵绵的。脸上表情似乎有点茫然,缓缓睁开眼,眼里有不少红血丝,看起来红通通的。像只小兔子。

"尹澈啊,打起精神,不要新学期刚开始就这么萎靡不振,年轻人!要有朝气!"

"嗯……"尹澈低下头,似乎在悔过。

吴国钟叹气:"蒋尧,你先过去坐吧。"

"好的老师。"

蒋尧走到最后一排时,吴国钟已经开始他的新学期第一次演讲了,诸如"高二是相当重要的一年!同学们一定要高度紧张"之类的在高一就讲过的陈词滥调,他充分发挥语文老师的特色,演讲抑扬顿挫、慷慨激昂,响彻整个教室,盖过了底下一切声音。

蒋尧把书包放好,看见自己桌上空无一物,想问旁边的新同桌去哪里领书,可转头一瞧,对方又趴下睡了。

最后一排空间大,这位置他挺喜欢。要是放肆点儿,腿可以完全伸展开,脚踩在书桌的杠上,前后晃悠,惬意得很。

但蒋尧此刻只是规规矩矩地坐着。

自己的桌上没什么可看,就去看旁边人的桌子。

尹澈的桌上摊了几本新课本,似乎有翻阅过的痕迹,每一本的封

理我一下

皮上，都字迹清秀地写着：

  尹澈。
  高二（1）班。

连括号的弧度都圆滑美观。

蒋尧忍不住又去看身旁正睡得香甜的同桌。

尹澈这次睡觉没拉上帽子，侧着毛茸茸的脑袋，面朝他睡，估计是嫌窗外光线刺眼。皮肤在阳光下白得有些透明，白白软软的，睫毛很长。

蒋尧微微出神。

过了好一会儿，讲台上的吴国钟终于发表完了开学致辞，宣布报到结束，同学们没什么事就可以回家了。

教室里立刻又热闹起来，从各个方位传来收拾书包的声音、大声聊午饭去哪儿吃的声音、抱怨自己耳朵快聋了的声音。

只有这个角落安安静静的，睡着的人似乎丝毫不受打扰。

蒋尧本着要与新同学处好关系的纯洁友爱思想，轻咳了声，伸出手，轻轻地、慢慢地戳上了"小兔子"的脸颊。

"同学，放学了，你可以醒——"

话还没说完，椅子忽然剧烈一震，下一秒，眼前天旋地转。

他被连人带椅地掀翻在地上。

蒋尧，蒙了。

新同桌仍坐在原位，只不过睁开了眼。

"烦死了。"

开学前一晚，高二（1）班群内。

章可："天啊！再过一年就要高三了！我的数学还没及格过，怎么办啊？"

第一章 同桌

陈莹莹："让你好好学习你不听，一下课就出去玩。"

群里沉默了一阵，接着，话匣子就打开了。

"对了，你们觉得新来的那个同学怎么样啊？"

"叫蒋尧是吧？看起来好弱。"

"还有那刘海，不嫌挡眼睛吗？我看着都难受，想替他剪了。"

"一听兴趣爱好就是死宅，还以为咱们班终于来了个高大、威猛、阳光、帅气的男生呢，唉，以后再也不能相信章可的小道消息了。"

"关我什么事？我就说了身材好，没说肯定是帅哥啊，这锅我不背！"

陈莹莹见聊天趋势有些过火了，站出来说："得了，别攻击长相，做人善良点，人家好歹也是新同学。"

这时，有人问了句："欸，那天怎么回事？尹澈怎么生气了？"

群里又沉默了。

陈莹莹身为一班之长，这种时候通常都是出来打破沉默的角色，但涉及那个人，她也没什么多余的话可说："尹澈不喜欢被别人碰，你们也不是不知道，撞枪口上了呗。"

说起尹澈这人，一中的全体老师和学生都有所耳闻。

一是因为，尹家有钱，在本市排得上榜的那种有钱。据说他爸是某著名律师事务所的老板，家里坐拥无数豪宅，家具都是纯金打造。以上细节的真实性先不论，但从尹澈饭卡里的余额来看，有钱肯定是真的。

二是因为，尹澈脾气古怪。他看起来性格是孤僻了点，总是独来独往，但这个年纪的男生嘛，耍耍酷正常，只要愿意听课交作业，不惹什么麻烦，在老师眼里算不上问题学生。

但，尹澈是半个问题学生。

他的问题在于，非常抗拒和别人发生肢体接触。

正常情况下，人们和不熟悉的人在一起的时候的确会保持一定的距离，但遇到非恶意的触碰也不至于反应激烈，而尹澈不一样，但凡有人碰他一下，他就仿佛休眠火山爆发，凶得很。

韩梦说："这点我深有体会。"

他以为尹澈是个温软乖巧的同学，在高一开学第一天，凑上去嬉皮笑脸地搭了下人家的肩膀。结局和前两天的蒋尧没什么区别。

从那之后，高二（1）班同学就知道尹澈不好惹、不合群，连建个没老师的班级群都没拉他。

虽然大家都认定他不好惹，但是除了开学那次，尹澈从不打架惹事，在学习上完全是个乖乖学生，不过众人一瞧见他那张冷酷没表情的脸，又纷纷保留他是半个问题学生的观点。

这六亲不认的眼神，这冷若冰霜的气质，这随时要动手的"人设"。可谓标准"校霸"的配置。

开学前夜，住宿生要提前到校。

蒋尧收拾完行李，铺好床，打扫了一遍宿舍，出了一身汗，进卫生间冲了个凉水澡，洗完顺手把换下来的脏衣服也洗了，接着躺回床上，举着手机刷新消息。

一中管得严，手机不让带进教室，只能回宿舍玩。不过宿舍条件倒是不错，地方宽敞，有独立卫浴，四张床。床位在高一时早已分配好，他转学来的，别人早已分配好宿舍，他幸运地落单了，于是一人一间宿舍，清静得有些孤单。

刚刷了会儿手机，一个语音电话蹦出来。按下接听，就听那头声嘶力竭地喊：

"你走了我怎么办啊！八中上上下下老老少少没人管了啊！你快回来！我一人承受不来！"

蒋尧把手机拿远了点，揉了揉太阳穴："你省省吧，赵诚。"

赵诚顿了下："真的……我是真情实感地想念您！"

"少来。"

"真的想念您！以前有您在，谁都不敢来惹我们；现在您走了，阿猫阿狗都来欺负我们了,呜呜呜……"

"你们不去惹别人,谁敢来欺负你们?"蒋尧半个字也不信,"和人好好相处吧,要真有什么事……我又不是留在西城了,周末还会回家,别说得像我背井离乡了一样。"

"好嘞!有您这句话我就安心了!"赵诚狗腿地继续吹了会儿彩虹屁,话题一转,"一中怎么样啊?听说他们学校漂亮的女生比咱们学校多,是不是真的啊?"

八中和一中的竞争关系不光存在于校领导中,学生也耳濡目染,什么都要比一比。成绩不相上下,那就比师生的颜值、比设施、比食堂。就连学校里的流浪猫一胎生了几只,也要在学校贴吧里比一比。

蒋尧回忆了会儿报到那天见过的同班同学,刚转校过来,其他班的还没见到。

"长得都还行,没看到特别惊艳的……"哦,不对,有一个,可惜是个男生。

还特别凶。

赵诚:"你的标准变高了啊?还要惊艳?"

蒋尧以前的审美全八中都知道,蒋尧就觉得那种最传统的女生——听话懂事、温柔贤惠的女生最好看。

"以前闹着玩儿的。"蒋尧打了个哈欠,"明年就成年了,得认真考虑审美标准了。"

"是是是,您说得对。"

蒋尧望着顶上的床板,微微出神:"其实吧,我就是想安安稳稳地上完高中,就行了。"

赵诚纳闷:"嗯?我觉得你这个'安安稳稳'有点不现实,你看你以前在八中,就没安生过几天,别的不提,就咱们那校花,天天给你带早饭,多少男同学因此嫉妒你啊。"

蒋尧笑了声:"那我问你,她图什么?"

"这还用说吗,图你的帅气,图你的实力。"

"那如果我长得很普通,实力也很一般,你觉得她还会天天给我带早饭吗?"

"这……"赵诚犹豫了会儿,"就算没有这些,你性格也很不错啊。"

"得了吧,我这人,差劲得很,总是惹事,你忘了我因为什么转学的?"

"这个……"赵诚支支吾吾,左右为难,不知道该怎么答。

蒋尧也知道他答不出什么:"不说了,我要睡了,你赶紧补作业去吧。"

赵诚一听"作业"两个字就头疼,立马把其他事抛到了九霄云外:"哎哟,您可别提这茬了……算了算了,等你下周末回来再聊,我们都恭候您归来!学校后面一条街,随您挑!"

"嗯,行。"

挂了电话,蒋尧把手机设成了飞行模式,定好早上六点的闹钟,扔到了枕边。

九月余暑未消,宿舍开着空调也没多凉快,他盖了层薄被,上身赤裸,手臂露在外面,正面躺着,闭上眼。

好安静。本来以为会不适应新环境,没想到还挺自在的。

脑子里胡乱想了会儿事,困意就涌上来了。蒋尧放松了身体,准备做个好梦。

"咚"!

隔壁传来一声巨响,像有人在用铁锤敲击钝物。普通学生宿舍,绝对不会传来这种声音。

蒋尧皱眉,侧过身,背朝墙壁,懒得管。

"咚!咚!咚!咯吱咯吱……"

什么东西,还带双重奏的?让不让人睡了?

蒋尧掀开被子,穿上拖鞋往门口走。走到半路,想起自己还光着上身，又折回去穿上了一件睡衣，顺便戴上眼镜。

走到隔壁306宿舍，他礼貌地敲了敲门："同学你好，我是307的，能开下门吗？"

里面终于安静下来，几秒后，门被往里打开。

蒋尧一看清来人，就不想说话了。

冤家路窄。

他的新同桌站在他面前，个子比他稍矮一点，穿着一套格纹的棉布睡衣，头发蓬松柔软，像是刚洗完澡，飘来一股淡淡的洗发水清香，模样看起来挺乖，除了手里拿着把……锯刀？

蒋尧惊呆了，要不是上面没沾着血，他下一秒就要报警了。

一中的宿舍条例很严格，他这回住进来，行李箱里的一把水果刀都被宿管翻箱检查的时候没收了。而尹澈这么长一把锯刀，竟然能带进宿舍？他又仔细看了看，尹澈手里拿的应该是刀刃是锯齿状的塑料玩具刀。

"有事吗？"尹澈看着他，目光和"友善"二字搭不上边。

毕竟是前两天刚有过矛盾的对象。

上次尹澈提起书包走了，留下状况外的他被新同学们团团围住，边扶他边七嘴八舌地科普了关于尹澈的诸多注意事项。

蒋尧没把这事往心里去，他没搞清楚人家的忌讳就动了手，也算活该。而且他一向觉得长成这样白白嫩嫩模样的人都是弱者，没必要跟弱者计较，丢份儿。

"是你啊，上次抱歉，我只是想叫醒你，没别的意思。"

就算那时候有友好相处的想法，现在也没了。

"哦。"尹澈看他的眼神依旧冷漠，"你来敲门干吗？"

蒋尧指了指他手里的锯刀："请问你们宿舍这是……"

"宿舍只有我一个人。"

"啊，这样。"

他一定是获得了特别的优待。

蒋尧改正了下措辞:"请问你这是?"

"我在锯木头。"

"木头?"

仔细一看,锯刀的刀刃上确实沾着些木屑。

"不然还能锯什么?你没常识吗?"

蒋尧就没见过口气这么狂的人,笑了笑,也不打算客气了:"不管你在锯什么,能不能麻烦你声音轻一点?我住隔壁,被你吵得睡不着觉。"

要是尹澈下一句敢回"关我什么事",他也不介意让对方领教下什么叫武力压制。

可尹澈只是皱了下眉,问:"很吵吗?"

敢情这位毫无自觉。

蒋尧:"是啊,特别吵。"

"为什么前两天没人来找我?"

宿舍前几天就开放了,有些学生家在外市,干脆报到那天提早入住。蒋尧记得听同学说,尹澈家在本市,离学校不远,不知道为什么也提早住进了宿舍。

至于为什么前两晚这么吵没人找上门来……谁敢?

蒋尧:"不清楚,反正我那儿听起来很吵,不信我录给你听。"

"不用了,我今晚不弄了,抱歉。"

蒋尧有点意外,没想到对方是个讲理的,语气便放松了:"嗯,你注意点就好。那我不打扰了,明天见。"

尹澈眼神古怪地看他一眼,含糊地回了个"嗯"字,立刻关上门。

……没见过这么孤僻的人。

蒋尧回到自己宿舍,躺下听了会儿,隔壁静悄悄的,没再传来任何声响,他吁了口气,重新闭上眼。

半入睡的时候,似乎隐约听到有人把隔壁其他几个宿舍的门挨个敲响了。尹澈那有些冷感的声音隔着门也能辨认出来,不知在说些什么。

蒋尧"啧"了声,把被子拉过头顶,盖住耳朵。

还是不太适应。

开学第一天,风和日丽。

蒋尧走出宿舍楼,迎面就撞上了教导主任。

新同学跟他"科普"尹澈的时候,也顺带着科普了学校里其他不能惹的人物。教导主任张胤峰就是其中一位。因为姓张,且名字霸气,学生省去两个字,简称他为"张教主"。他掌管学校德育处,麾下有四个忠心耿耿的学生干部,统称为"四大护法"。

"张教主"虽然严厉了点儿,天天在校门口抓迟到、在校园里逮不遵守校规的学生,但在学生之中的口碑不差,大家出了什么解决不了的大事小事都爱找他,知道他会帮忙。

认真负责的老师,大多数学生还是尊敬的。只不过,他手底下那"四大护法",按章可的原话,就是"狗仗人势"。

"哪个班的?刘海太长了,违反校规,去剪了。"

"张教主"刚从校门口撤退,抓了几个迟到的学生,心情正不爽,又碰上个看起来吊儿郎当的男生,张口就想数落几句。

蒋尧立正,毕恭毕敬:"老师,校规里好像没有这一条吧?"

转来一中前,他在一中官网把所有条例阅览了一遍,确定没有"不允许刘海过长"这一条,否则他也不会剪这个发型。

"张教主"训学生向来没人敢顶嘴,这回遇上个敢质疑他的,顿时脸色不太好看:"你确定?我怎么记得有这一条?"

蒋尧笑笑:"老师,校规第25条规定,男生头发不可以过颈,您记得的应该是这条吧?"

他给了个台阶,又背出了校规,"张教主"的脸色稍微好转了些:"哦,没错,是这条,行,尽量剪短吧,不然影响视力。赶紧去班级,早读马上开始了。"

"好的，老师再见。"

蒋尧不紧不慢地走进高二（1）班的教室，离早读开始还差五分钟。

他那位半夜拿着锯刀的小木匠同桌已经到了，今天换上了校服白衬衫，看着和私服一样干净，跟周围一群青春洋溢的同龄男生没什么区别，只是又在趴着睡觉。

蒋尧坐到位子上，把书包挂上椅背，对照着黑板上学委写的课表，拿出了今天要用的课本。

早读连着第一节课都是语文，不知道这位同桌能在吴国钟的大嗓门下睡多久。

"那个……蒋尧？"旁边传来道细细的声音。

"嗯，我是，怎么了？"

课桌旁站着个不太高的男生，长得挺甜，眼睛大大的。

"我叫杨亦乐，是咱们班的数学课代表……你那天报到，好像还没交作业……"

"哦，懂了，你等等。"蒋尧在书包里翻了会儿，找出数学练习册，递给他，"是这个？"

杨亦乐点了点头，伸手去拿他的练习册，抽了下，没抽走。

可能是动作大了些，蒋尧的胳膊碰到了趴在一旁的尹澈。

砰！旁边人用拳头砸了下桌子。像在泄愤，又像在警告。

教室里瞬间安静了几秒，接着又好像习以为常似的，各自忙各自的去了。

杨亦乐趁机抽走了蒋尧手里的练习册，轻声说了句"那我把你名字钩掉啦"，小跑回了自己座位。

蒋尧很想问问他这个新同桌，脑子究竟有什么问题，动不动就发出噪音。

"怎么了？打蟑螂吗？"

第一章 同桌

尹澈盯着他,一双眼睛黑白分明:"别欺负他。"

"欺负?我只是逗逗他而已。"

"不是所有人都喜欢这样。"

蒋尧憋着一口气,按兵不动:"尹澈同学,你说话一直就这样吗?"

"我怎样?"

"欠揍样。"

坐在他们前排的两位同学一动都不敢动,屏息聆听。

在尹澈前面坐了一年,第一次听到他说这么多话。这个新来的,似乎也不是个省油的灯。起码之前在班上,没一个人敢这么撑尹澈。

尹澈攥紧了拳头,蒋尧眯起了眼——虽然被眼镜和刘海挡了一半,看起来气势没差。

战斗一触即发。

"早上好同学们!"

吴国钟洪亮的声音直接把两个人都震蒙了,原本剑拔弩张的氛围只剩下嗡嗡嗡的绕梁余音。

尹澈先扭过了头,表明休战。蒋尧乐得清净,把语文书找出来翻开。

早读连着第一节课,整整七十分钟,蒋尧算是领教了为什么吴国钟外号"大钟"。

那音量,可不就像寺庙里哐哐哐撞的大钟吗?

他坐最后一排都嫌吵,不知道第一排的人要如何忍受。

他那位嗜睡的同桌估计也忍不了,课上居然没趴,直到吴国钟离开教室才趴下。桌上摊开的课本笔记齐全,字迹工整,每一段课文注释都按照吴国钟的要求写上去了,简直可以被当作范本全班传阅。

班里有几个学生正在询问课上漏听的几个注释,但没人来这个角落,也没人注意到这本正摊开着、能随便看的课本。

理我一下

蒋尧也不想跟他这位新同桌多待下去，起身走到教室前排。走过去的时候，章可正在滔滔不绝地和陈莹莹聊新八卦。

"真的！我骗你干吗？"章可余光察觉到有个人靠近，一抬头，"咦，蒋尧？"

他一向自来熟，随口就喊了全名。

蒋尧笑了笑："你们在聊什么？我可以听吗？"

章可见他笑得挺亲和，心生好感。虽然这个新同学和想象中的差距有点大，但人家毕竟特意过来搭话，应该是想快点融入新班级，于是热情地招呼："可以可以！来，你靠近点。"

蒋尧找了个空座，正好在杨亦乐旁边："抱歉，占用下你同桌的位置。"

杨亦乐腼腆地摇摇头，没说什么，继续做数学习题。

章可接着聊："我们在说校草最新的动态信息！"

蒋尧随口问身旁的杨亦乐："校草是哪位？很帅吗？"

杨亦乐："嗯……很帅……"

蒋尧看出了点端倪，小声问："你崇拜他？"

杨亦乐应该是属于那种没什么心机的男生，心里想什么全都反映在脸上，脑袋都快埋到练习本里去了，微不可察地点了点头："班长也挺崇拜他的……毕竟他又帅，成绩又好……"

啧，如果不是转了学，蒋尧差点儿以为他在夸自己呢。

上午最后一节课下课，男生们像疯狗一样冲出教室，直奔食堂。

蒋尧慢悠悠地晃到食堂，看见排队的一条条长龙时，才想起来，现在没人给他打饭了。

以前在八中，赵诚等人总是第一批冲到食堂，知道他爱吃什么，统统帮他打好，占好位置。等他走到食堂的时候，直接坐下就可以吃饭了。

哦，还有一些同学会送的自制甜点，赵诚也会帮忙收下，转交给他。虽然他根本不爱吃甜的。

蒋尧挑了个队伍相对比较短的窗口,等了近一刻钟,才轮到自己。几个热销的菜早就被打完了,只剩下些寡淡的素菜和卖相不怎样的荤菜。食堂阿姨敲着铁勺不耐烦地问他要什么,蒋尧看来看去没什么想吃的,就随便点了个炒青菜、蒸蛋和红烧肉。

一共十块,送一碗免费的汤。碗里漂浮着一层油花,看着就没什么胃口。

正值食堂用餐高峰期,蒋尧端着餐盘找了会儿,终于在角落找到一个两人桌的空位。走近了一看,空位的对面坐着他同桌。

难怪其他端着餐盘的学生目不斜视地路过了。

蒋尧走过去,把餐盘放下,淡定入座。

正在喝汤的尹澈抬头,眉毛拧起来:"你干吗坐我这儿?"

蒋尧拿起筷子,慢条斯理地夹菜,当他空气。

"我在问你话。"

蒋尧依旧无视。

"喂!"

啪!

蒋尧摔了筷子:"这位子写你名字了?我不能坐?"

尹澈的肩膀轻轻抖了下,似乎被他吓到了,但也只是一瞬而已:"……你凶什么?"

这就叫凶了?

"我可比不上某位砸桌子的凶。"

"那是因为你先欺负别人。"

蒋尧竖起一根手指:"第一次,我不知情,也对你道歉了。第二次,杨亦乐都没觉得我在欺负他,你凭什么说我欺负同学?现在,我找个位子吃饭,你又质问我,我到底做错什么了?"蒋尧一一列举完,说,"如果你对我有意见,就去跟老师提,把我换走,我很乐意。"

他的脾气其实也没好到哪儿去,大概遗传了他爸一半的暴躁性格，没什么耐心。

尹澈一看就是个被惯坏了的大少爷，没人敢教训，那就他来教训。

食堂环境嘈杂，他们这桌离其他位子有些距离，没人察觉到他们这桌的火药味渐浓，偶尔有几个路过的，也迅速溜走了。

尹澈沉默片刻，突然站起来，端起自己还剩很多菜的餐盘。

"我没质问你。"他声音闷闷的，"平时没人坐我对面，我……算了。"

他端着餐盘头也不回地离开。

蒋尧追着他的背影望过去，看见他走到了倒剩饭剩菜的地方，把没吃完的饭菜一股脑儿全倒了，大步离去。

他的校服有些宽大，背影更显单薄。

周围的学生注意到他走近，都自觉往旁边让了让，像在躲避瘟神。

一中的午休时间将近一个小时。

吃完饭，操场上全是精力过剩的男生在打球踢球，周围一圈学生跟着欢呼呐喊，从教学楼这儿都能听得一清二楚。

蒋尧吃完那顿没什么胃口的午饭，去学校的小卖部买了点零食，顺道在校园里漫无目的地闲逛，熟悉熟悉新环境。

一中的围墙比八中的矮很多，有些地方还长了爬山虎。

蒋尧寻思着不能浪费了这么好的条件，晚上可以出去吃个夜宵，学校的后街有不少小饭店，绝对比食堂水平高。

转过一个拐角，是片小树林，这大概是每个学校的标配。蒋尧以前就常去八中的小树林，多数时候是被人叫去的。

"这是我做的……"

小树林内隐约传来人声。

蒋尧向来都是当主角，第一次当路人，挺新鲜，朝小树林走近了些。

郁郁葱葱的水杉树整齐地排列着，组成了一道天然围墙，透过树叶之间的缝隙，大致能看清里面的情景。

"做得比较粗糙，等明年……明年尽量做个好点的给你。"说话的人手里拎着个大袋子，打开给自己对面的人看，浅浅地笑了笑，"喜欢吗？"

蒋尧在心里"哇哦"了一声。

原来是尹澈。

尹澈面对着他的方位，没注意到他，视线全集中在眼前的人身上，微笑里掺杂着一丝显而易见的紧张。

另一人则只有一个背影，是个男生，很高大，手插在兜里，没有要接过袋子的意思，只低头往袋子里看了眼："是挺粗糙的，我生日，你就送我这玩意儿？"

尹澈笑容微滞："我记得你小时候喜欢搭房子，这个是我自己做的，肯定不如买的好，你不喜欢的话，我再去买——"

"不用了，我不想要。"那男生嗤之以鼻，"你知道我最想要什么生日礼物吗？"

"什么？你说，我尽力。"

"我想让你搬出去住，看见你就烦。"

尹澈怔了怔："可是，我已经在学校里住宿了啊。"

"周末你还不是得回家？我在学校里还不是得见到你？每天都在我眼前晃悠，生怕别人不知道我有你这么一个哥哥？"

尹澈咬着唇，把袋子收了回来，眼睛里布着熬出来的红血丝，沉默半晌，问："那你要我怎么办？"

男生"哼"了一声："怎么，说几句就不开心啦？哥，你是不是以为，给我做个破房子，就算补偿我了？我就得感激涕零地原谅你了？"

"我没有这么想。"

"你就是这么想的。什么明年明年，你的承诺在我这儿就是放屁，别假惺惺的了，以后在学校里拜托离我远点，我就谢谢你了。"

男生说完转身往外走，蒋尧后退两步，装作刚好路过，迎面看清了对方的正脸。

和尹澈有五六分相似，不过五官更加俊朗，少年气中带着点桀骜不驯，一看就是被众星捧月的校园风云人物。

男生没注意到他，大步流星地离开，似乎一秒也不想多待下去。

蒋尧原地等了会儿，等到尹澈从小树林里出来。尹澈手里抱着那个大袋子，看见他，立刻收紧手臂，满脸戒备。

蒋尧笑了："紧张什么？我又不抢你熬夜锯的木头房子。"

尹澈脸色一沉："你偷听。"

"是啊，我偷听，怎么了？"

"无耻。"

"你骂人一直都这么文绉绉的吗？连个脏字都不带，也叫骂人？你弟好歹还会说个'放屁'呢。"

"……滚。"尹澈绕过他。

蒋尧看他吃瘪就心情舒畅，刚才在食堂那点儿小矛盾很快就忘在了脑后。他跟了上去，发动言语攻击："我说，你这哥哥当得也太没尊严了吧？我第一次见到被嫌弃成这副样子的哥哥，哈哈哈……"

尹澈加快了步伐，黑着脸往前走，努力摆脱他。

蒋尧两三步就赶了上去，继续说："实不相瞒，我在家也是哥哥，和你一样。不过我家妹妹，比我小五六岁，又可爱又黏人，每次见到我都要我抱抱，整天跟在我屁股后面跑，把我当偶像，到处跟她同学炫耀我。唉，哥哥和哥哥之间的差距，怎么就这么大呢……"

尹澈刹住脚步："你滚不滚？"

蒋尧鼓掌："不错，终于掌握骂人的精髓了。不过不好意思，这句话对我无效。"

尹澈咬牙忍了忍，还是没忍住，"哐"的一声扔下袋子，一拳头

第一章 同桌

招呼上来。

"让我看看这玩意儿——"蒋尧蹲下去看袋子里的东西,貌似巧合般,恰好躲过了拳头。

打开袋子,里面端端正正地摆放着一个木头房子的模型。三层楼的别墅,有门、窗户、阳台,麻雀虽小,五脏俱全。只是没刷漆,原木的纹理看着很朴素,锯边也有点毛糙。

用心是用心了,但估计幼儿园的小朋友才会为这种手工礼物惊叹,再大一点,就不稀罕了。连蒋尧他上小学的妹妹,今年六月生日的时候,要的礼物都是一部智能手机。

"你看什么?"尹澈没砸中人,迅速蹲下来,把袋子里的东西遮掩住。他两根手指上贴着创可贴,手背上有几处不太显眼的瘀青。

"做房子的时候弄伤的?"蒋尧问。

尹澈迟疑了下,点了点头。

"你弟肯定看到了啊,这样都无动于衷?也太不像话了……友情建议,收拾他一顿吧。"

"你懂什么?我弟他很好。"

"这样还叫好?如果我妹敢对我这么大吼大叫,那我就——"

"你就怎样?"尹澈看他的眼神突然凌厉,仿佛已经把他当成了会欺负小孩子的坏人。

"我就——断了她的零花钱、不给她买漂亮小裙子、不带她去看新出的动画片。"蒋尧笑笑,"不然你以为呢?"

尹澈一愣,抿了抿唇,忍不住轻笑了声。

他笑起来,比平时还好看,一双清澈的眼睛弯弯的,像清泉中倒映出的弯月。光看着,大热天都觉得清凉。

"哎,有没有人夸过你笑起来很好看?多笑笑呗,别总是板着脸。"蒋尧平时嘴上没个正经惯了,顺嘴就说了出来,没什么别的意思。

但尹澈显然不这么想,笑容立马一收。

看到兔子的脸色突然变了，蒋尧举起双手投降："我错了。"

尹澈上下打量他一遍："算了，不跟你计较。"

"尹澈同学，我突然觉得，你还挺善良的。"蒋尧伸出手，"做个朋友吧，你的弟弟不原谅你是他心胸狭窄，而我，大人不记小人过，原谅你了。"

"滚。"

晚自习时间学校要求所有住宿生必须来教室，走读生也可以申请上晚自习，时间是六点半到九点。

下了晚自习，外边的天整个儿都黑了。

蒋尧走在回宿舍楼的路上，抬头看见天上皎洁的月亮，突然有点想家。

以前在八中他走读，住自己家，晚上不太出来瞎晃悠，时间都用来陪他妹玩幼稚小游戏、做低级数学题了。

时光温馨，倒也不觉得无聊。

偶尔遇到夜晚在学校欺凌弱小、惹事生非的人，耽误他的"逗妹"时光，那可就不只挨揍那么简单了。

轻则骂一顿，重则……发一套高中数学卷，不及格一次就用油漆笔在身上画一笔，直到做对了再放人。

油漆笔搓不掉洗不掉，印迹能留两三个星期，所以东城的学生只要在学校里看见满脸王八的黑炭面孔，就知道这人不识好歹地去惹八中那个"混世魔王"了。

"你在看什么？"身后传来一道微冷的声音。

经过中午那段插曲，尹澈对他的态度似乎缓和了些。

蒋尧昂头挺胸，学着吴国钟那抑扬顿挫的音调："举头——望明月！低头——思故乡！"

"……神经病。"

好吧，缓和大概是他单方面的臆想。

第一章 同桌

月亮不知道是不是也被这番吟诗吓跑了,一转眼就躲到了乌云后边。

天气预报说今天有雷雨,一直没下,结果他们前脚刚进宿舍,外边就"轰隆"一声巨响,炸了道惊雷。

"哎哟!坏了!我衣服还晾在外面呢!"章可拔腿就往楼上冲,其他学生也迅速飞奔回自己宿舍。

蒋尧衣服多,不怕淋湿,他那操心的爹给他买了十套校服,有得换了。不紧不慢地走到宿舍门口,才发现尹澈好像一直跟在他身后,保持着不远不近的距离,像是他的跟班小弟。

"你跟着我干什么?"

"谁跟着你?"尹澈拿出钥匙,往宿舍门孔里插,插了几次都没插准。

蒋尧看不下去了:"喂,你帕金森啊——"

一道白光突然打下,劈开了漆黑的夏日夜空与铺天雨幕,照亮了尹澈苍白的脸。

紧接着,又是一声巨响,轰隆轰隆。

蒋尧很确定地看到,尹澈在白光亮起的时候,全身剧烈地颤了颤。

他……居然怕闪电。

这场雷雨来得突然且迅猛,顷刻间,窗外已是狂风骤雨电闪雷鸣了。

蒋尧看见阳台上挂着的衣服被风抽得像陀螺一样高速旋转,湿得透透的,放弃了抢救的念头。

洗澡、刷牙、躺下、拨了个视频电话。

"嘟嘟嘟"几声后,有人接了起来。

"哥哥!"

声音像颗水果糖,把他的心都甜化了:"小柔,在做什么?"

汪小柔，蒋尧的妹妹，一个人见人爱花见花开的、全世界最值得守护的妹妹。

——以上语录，出自蒋尧本人，他所有兄弟必须倒背如流。

赵诚不止一次说过，这种语录传出去有损蒋尧的威名，奈何蒋尧就是个极度"妹控"，压根藏不住。

据说有一次蒋尧在路上被一伙人找麻烦，双方剑拔弩张、气势骇人，即将开战之际，突然，蒋尧出声叫停，手伸进大衣里，像在掏什么东西。对面瞬间高度紧张，脑门冒虚汗。心想这蒋尧果然不是一般人。要命先跑，还是要面子决一死战？

正在众人思考生与死的高难度问题时，蒋尧终于摸到了大衣内侧口袋里的东西，掏出来——一包镶满水钻的、闪瞎眼的——艾尔莎公主贴纸。

"不好意思，刚去饰品店给我妹买的，怕弄坏了。"蒋尧把贴纸放到一边的地上，冲那伙人扬了扬下巴，"一起来吧，我赶时间。"

从此东城蒋尧的传说又多了一个。

"我在写作业哪，作业好多哦……"汪小柔坐在书房里，开了盏台灯，肉嘟嘟的脸上露出苦恼的神色，"哥哥，要是你在家就好了，为什么要转学呀？"

这个问题汪小柔在暑假里问了至少一百遍，刚得知消息时还哭了好几天，蒋尧使尽浑身解数哄了许久才让她接受这个事实。

"哥哥不是说了吗，因为哥哥想早点独当一面，以后保护小柔，所以不住家里了。"

汪小柔年纪小，似懂非懂："那我以后读高中也要搬出去吗？"

"不用，你是女孩子，天生就是被保护的。"

"嗯？可是爸爸说就算是女孩子也要强大……"

蒋尧咳了声："别听爸爸乱讲，小柔要做个温柔善良的女孩子，知道吗？对了，他们两个人呢？没辅导你做作业？"

第一章 同桌

汪小柔一歪小脑袋："他们去看电影啦,让我在家乖乖的。"

"……"

他们家果然是散养模式。

外边的雨势不见减弱,时不时地劈下一道白亮的闪电,照得宿舍内惨白惨白,像恐怖片似的。

"小柔,你那儿在打雷吗?"

"在呀,好吵,都打扰我做题了。"

"你不怕?"

"这有什么好怕的?不就是声音大了点嘛。"

"真勇敢。"蒋尧笑笑,下一句话脱口而出,"那你怕闪电吗?"

问完才觉得是句废话。通常怕雷雨天的人都是怕打雷声,哪有不怕打雷只怕闪电的?

汪小柔果然回:"不怕呀,闪电有什么可怕的?"

是啊,闪电有什么可怕的……怎么那只兔子就那么怕呢?

砰!隔壁宿舍传来一声巨响。

汪小柔在电话里也听到了,被吓了一跳:"哥哥,什么声音?"

"没什么,估计是风大,吹倒了什么东西。"蒋尧边回边下床,披上衣服,单手扣扣子,"你快做作业,不会的发给哥,做完早点睡,哥去背单词了。"

"嗯,哥哥再见!"

挂了电话,蒋尧戴上眼镜,走出宿舍。走廊里静悄悄的,好像除了他,没人听见那声巨响,又或者是听到也见怪不怪了。

他走到隔壁 306 宿舍门前,"咚咚"敲了两下。

过了近一分钟门才被打开,蒋尧还没张嘴,尹澈先来了句:"抱歉。"

"嗯?"

"刚不小心把一个陶罐打破了,吵到你了。"

"陶罐?"蒋尧不可思议,"又是木头又是陶罐的,尹少爷,你是不是锦衣玉食的生活过惯了，在宿舍里体验原始人生活？"

"……滚。"

尹澈转身关门谢客，关到一半遇到了阻力。

"害怕吗？"

走廊骤亮，又一道闪电落下来，蒋尧的手撑在门板上，用身体挡住了那道闪电。背光下的脸不太清晰，镜片后的眼瞳……似乎不是纯黑色。

"怕就说，没什么丢脸的。"蒋尧冲他笑了笑，身体压低了些，离他更近，"谁都有怕的东西。"

尹澈微愣。他突然发现，蒋尧是真的很高，头顶几乎碰到门框。

"……我不怕。"

"哈，你这话倒是很像我爸的风格。"

"嗯？"

"嘴硬王者。不过他只有在特定的时候害怕，平时特别强，我到现在有时候还会被他按着打，一点还手余地都没有，唉。"

当然，也不敢还手，否则怕是会被他那更强的爹揍到六亲不认。

虎毒不食子这句话，在他们家是不成立的。

他们家的宝贝只有汪小柔，至于他，大概是充话费送的。

尹澈不太相信："真的？"

"真的，不信你改天去我家做客，让你见识见识。"

尹澈沉默了。蒋尧也意识到这话突兀了。

他和这位新同桌，认识不过一两天，早上还在吵架，晚上就这么贸然邀请对方去自己家，是有点奇怪。

"咳咳……那什么，我在门口站半天，你不请我进去坐坐？"

"我的宿舍很乱。"

"没关系，我不介意。"

"……随便你。"

尹澈松了手，蒋尧顺势推开门走进去，反手关上门，转头便将地

第一章 同桌

方不大的宿舍全貌尽收眼底。

"我说……你是不是对'乱'字有什么误解?"

尹澈的宿舍,跟"乱"字根本搭不上边。

地上一尘不染,刚刚打碎的陶罐已经扫干净了。书架上的课本整整齐齐按科目摆放,三张空床除了一张放了行李箱,另外两张空无一物。

蒋尧想起自己宿舍里那三张堆满了他衣服和鞋的空床,自愧不如。

非要说乱的话,尹澈宿舍里奇奇怪怪的小东西挺多。没人用的那个书架上摆了些手工艺品,蒋尧随意参观了下,主要是些木头做的小玩意儿,还有编的手绳、黏土、橡皮章、羊毛毡等等。最醒目的是一罐纸星星,五颜六色的,被装在玻璃瓶里,只装了五分之一。

"你还折星星?我妹小学三年级之后就对这东西失去兴趣了。"

"偶尔折。"尹澈坐到自己的书桌前,望着他,"你有事吗?"

这时,窗外又落下一道闪电,蒋尧看见面前的人神色无异,搭在膝盖上的手却一下攥成了拳。

蒋尧走到他旁边,拉了个椅子坐下,手肘撑着书桌,手掌撑着下巴:"想找个人帮我抽背单词,愿意吗,可爱的同桌?"

"……把那个前缀去掉。"

"哪个前缀?"

"可爱的。"

"欸!"蒋尧笑着应了声。

尹澈:"……"

尹澈平时连愿意跟他说话的人都很少遇到,更别说这么厚颜无耻的了。

"你,出去。"他尽量语气平和地说,"当心我揍你。"

"你怎么揍?不是不让别人碰你吗?哦……我懂了,别人不能碰你,你却可以碰别人?这也太'双标'了吧。"

"要你管?"

"好,我不管,那看在你吵到我的分上,能不能帮我抽背下单词?"

尹澈皱眉纠结了一会儿,最终不情不愿地翻开单词书,人冷话不多,直接开始抽背:

"抛弃。"

"abandon."

"不正常的。"

"abnormal."

"意外。"

"accident."

"监禁。"

"arrest."

……………

蒋尧越背越觉得不对劲:"你挑的词……怎么都这么瘆人呢?"

"爱背背,不背走。"

"背背背。"

尹澈又挑了二十来个词,画风总算正常了点,完了把书一合,说:"挺熟练啊。"

"说明我学习认真。"蒋尧笑笑。

他小时候在国外生活,不熟练才怪。

"还有事吗?我要做练习了。"尹澈书架上放着不少课外练习册,各科都有。

蒋尧把椅子挪了挪:"我可以看着吗?学习学习。"

做题的时候旁边有个人盯着其实挺别扭的,一般人都会拒绝,尹澈迟疑片刻,还是把练习册推到了中间。

"你可能看不懂。"

"口气不小啊。"

第一章 同桌

蒋尧凑上去粗略地看了遍题目,是有点难度,但不至于看不懂。看来尹澈对他的智商有所误解。虽然他现在这副样子看起来确实智商不高。

台灯光微暖,令人不自觉地沉浸,专注于眼前事物,渐渐地,忽略了外边的电闪雷鸣。

两个人愣是做了一个小时的数学题,相安无事,平平静静。

蒋尧伸了个懒腰,抬臂一看手表,十一点多了,再看窗外,雨也停了。

"今晚就到这儿吧,我回去睡了。"

尹澈正咬着笔杆子皱眉沉思,听他这么一说,抬起头:"回去了?"

"不然呢?兔子。"

尹澈第一次听他喊这个称呼:"你叫我?"

"觉得你可爱,像小兔子,但叫小兔子太奇怪了,所以叫你兔子。"

尹澈将信将疑:"真的?"

"当然。"当然是假的。

尹澈垂眼,睫毛投下长长的阴影,抿了抿唇:"谢谢。"

……还真信了?这么单纯的吗?

"你回去吧。"尹澈的声音没那么冷了,"明天见。"

"……嗯。"

回到自己宿舍,蒋尧往床上一躺,轻舒一口气。

这只兔子……好像也不像传闻中那么可怕。

或许是这一晚的相处缓和了他俩之间的关系,开学两个星期过去,蒋尧没再和他同桌有大矛盾。

但他们日常生活中免不了有些小打小闹,有的时候一言不合还会扔文具拍桌子,动静闹大了,周围同学也会注意到,久而久之,高二(1)班人对蒋尧的初印象渐渐变化了。

理我一下

"蒋尧，可以啊，居然敢和尹澈叫板，小看你了。"章可敬佩地说。

体育课的自由活动时间，男孩子们基本都去打球了，女孩子们大多在一旁围观。

天气挺热，稍微动动就出一身汗，下午还有两节课，要是衣服粘身上怪难受的，蒋尧没凑这个热闹，跟章可在操场边上找了个长椅坐。

两个星期下来，他和班上同学差不多都混熟了，没再刻意掩藏本性。高二（1）班同学现在都知道，这个新转来的不是宅男，虽然外表平平无奇，但性格还挺阳光，偶尔也有点腹黑。

方才找了一圈，只有尹澈坐着的长椅还有两个空位，章可犹豫着不敢过去，蒋尧直接坐在了尹澈旁边，冲他招手："来啊，章可，我同桌又不吃人。"

尹澈的脸色相当不好看："你碰到我了。"

蒋尧低头一看，两个人的校服边角碰在一起。

蒋尧把校服下摆抽回来一厘米："难伺候，对同学一点都不友爱……哎，你热不热啊？纽扣扣这么高？"

一中的校服有很多套，长袖、短袖、正装、运动装等等，多数学生都是按季节和场合穿，而尹澈从开学到现在，只穿白衬衫校服，纽扣扣到最上面一颗，体育课也不换。

要不是知道尹家有钱，还以为他只买了这一套校服呢。

"不热。"尹澈皱眉，"你坐过去点，别靠我这么近。"

"不行，章可也要坐过来，再过去就坐不下了，你往你那边挪一挪。"

"不要。"

"你不过去，那只好我过来了。"蒋尧作势往他身上靠。

尹澈立刻站起，炸了毛一样："你有病？"

蒋尧笑问："你有药？"

第一章 同桌

尹澈这种连骂人都没几个词的"初级选手",根本撑不过蒋尧这个"高级选手",憋了半天,最后一转身,气闷地走了。

章可在一旁看得目瞪口呆,不禁拍手鼓掌:"蒋尧,你是真猛。"

蒋尧朝他招招手:"过来坐,小章。"

章可屁颠屁颠地坐过去:"难为你还要和他坐同桌,尹澈这个人,脾气真的蛮怪的,我们平时都远离他。"

看出来了。蒋尧前几天被拉进高二(1)班班级群,发现人数少一个,检查都不用检查,少的那个肯定是尹澈。

"其实他没那么可怕,你们这么多人,还怕被他一个人欺负?"

"可他家有钱啊,我可不敢得罪有钱人。"

蒋尧想象了下尹澈仗势欺人的模样……实在想象不出来。

"他不是那种人。"

"你确定?你从哪儿得出的结论?"

"就是这么觉得。"

章可疑惑地看他一眼,把眼前的人也划入了"古怪"的行列。不过程度比尹澈轻点,暂时可以忽略不计。

"就算他不找他爸帮忙,他还有个弟弟呢!"

蒋尧忍不住笑了。

他弟?他弟不帮着你们一起欺负他就不错了。

说起尹澈的弟弟,蒋尧有点好奇:"他弟叫什么?哪个年级的?我上次见过一面,长得还可以。"

章可瞪大眼:"还可以?你口气不小啊,他弟就是咱们学校鼎鼎大名的'校草',三班的尹泽,你居然不知道?"

哦,原来是他。

"还真不知道。"

"那你消息也太闭塞了,以后多听我说说,长长见识。"章可难得有展现优越感的时刻,"尹泽在我们学校人气第一,外校的都知道,家里有钱,长得又帅,崇拜他的人能绕操场十圈!"

"整个西城的人加起来都没这么多吧？"

"喀喀，我这不是使用夸张的修辞手法嘛，老吴教的，你有没有好好听课……这不是重点，重点是尹泽人气真的特高，就连咱们班长的崇拜对象都是他。"

章可四处张望了圈，锁定一个方位："喏，我们体育课正好跟高二（3）班一起上，你看，人最多的地方，肯定是尹泽在那儿打球呢，旁边狂喜乱舞的那个可不就是咱们班班长？"

蒋尧顺着他的视线望过去，某个篮球架下围着好几圈人，水泄不通，比其他场地都多，根本看不见打球的人影，只传来阵阵激动的欢呼。

陈莹莹个子不高，站在外围努力地踮脚，也不知道看见人了没，就在那里跟着其他人一起尖叫。旁边的韩梦貌似嘲讽了她几句，气得陈莹莹跳起来打他，韩梦哈哈大笑，对她说了些什么，接着蹲下了身。陈莹莹毫不客气地抬腿骑上去，坐在韩梦肩上，被扛了起来，想必是视野陡然开阔，于是手臂挥舞得更卖力了。

蒋尧收回视线，转过头，看见尹澈在操场另一边的树下站着，周围没有一个人。

树影斑驳地映在他脸上，模糊了他的神色，但他的目光明显也朝着篮球场方向。

哥哥和弟弟，一个是全校最受欢迎的学生，一个是全校最独来独往的学生。

挺有意思。

开学三周后，除了正常的课时，学校还额外增加了一门社团课，时间安排在每周五的放学后。

一中的社团种类丰富，规定每个学生每学年都必须报名参加一个社团。各个社团的负责人会集中在某一天进行社团展示，吸引更多的社员，申请更多的社团资金，学生间称为"社团大战"。

第一章 同桌

蒋尧为了找一个清闲的社团,午休时也跟着章可他们一起去参观了社员招新的现场。

校内的林荫大道是最佳展示地,开阔又凉爽,两侧摆满了各个社团的桌子,来得早的占了最好的入口位置,已经开始吆喝起来了,为了吸引眼球,什么千奇百怪的宣传语都喊得出来:

"各位同学走过路过不要错过!篮球社招新咯!在我们社,你可以和全校最牛的篮球队员做队友,也可以和全校最帅的同学做朋友。篮球社,是你的第一选择!"

"来来,厌倦了现实中油腻的人吗?厌倦了你身边做作的人吗?加入动漫社吧!如果是纸片人的话,一定能给你惊喜的呢!"

"欲知一中最新消息,欲当一中舆论王者,新闻社是你不二的选择。我们将本着认真、努力、用心地搞事情的态度,报道最前沿的新闻,传播最劲爆的八卦。不用担心犯错,因为我们的口号是:出自本社,概不负责!"

蒋尧路过,问章可:"你报哪个社?"

章可:"和去年一样,新闻社!"

蒋尧点头:"我猜也是。"

逛了几个社团的摊位,标语都挺吸引人,活动也都丰富多彩,但蒋尧偏偏想找个没活动的社团,这就难找了。

走到一半,结伴的几个同学都有了自己心仪的社团,纷纷去填报名表了,剩下他一个人继续往前走。

逛着逛着,随意一瞥,看见杨亦乐坐在一个社团前,牌子上写着:素描社。

"哇哦,数学课代表,你还会画画?"蒋尧走过去,翻了翻摊在桌上的画册,人物肖像栩栩如生,画画的人一看就是有功底的。

杨亦乐不经夸,夸了就脸红:"画得一般……"

"谦虚了,明明很好,艺理双全,厉害厉害。"

"谢谢……"

"你是社长？"

"不是……社长有事，我来帮忙的。"杨亦乐咬了咬唇，像是鼓足了勇气，"蒋尧，你不是喜欢动漫吗？我们这个社，很适合你……要报名吗？"

蒋尧笑笑："不了，我画画特别烂，也没什么兴趣，欣赏就好。"

杨亦乐看起来有些沮丧："嗯……好吧。"

"没关系，肯定会有人来报名的。"

"希望吧……如果这学期招不满十个人，下学期可能就要废社了……"

"啊？为什么？"

"学校规定的……社团至少要十个人才能成立。这学期我们社好几个学姐学长升高三都退社了，现在连我只剩下六个，今天招了三个，还差一个……"

杨亦乐垂着眼，可怜巴巴的。

蒋尧心中对弱者的保护欲油然而生。

素描社应该没什么活动，估计挺闲的，他报个名去里边充充数也可以……

正这么想着，突然小跑过来一个人："素描社是吧！总算找到了！"

杨亦乐眼睛一亮："同学，你要……要报名吗……"

他的声音渐渐弱了下去。

跑过来的人看样子是高一新生，朝气蓬勃，面容还带着点未褪的稚气，声音爽朗："对啊对啊，我可喜欢画画啦！我还加入了文艺部呢。不过刚开始学，画得不太好，你们愿意收吗？"

杨亦乐有些迟疑："同学……报了名的话，一年都不能换的……"

像这种朝气蓬勃的新生通常都不是耐得下心画画的性格，素描社几乎都是女孩子还有一些喜欢安静的男孩子。

那个新生却很坚持："我不会换的！以后都不会换，高三退不退另说，高一高二肯定不会退的！"

"真的？"杨亦乐开心地笑了，"那……你在这里，填一下名字……"

"好！"

两个人一个低头填表，一个凑上去介绍素描社的情况，脑袋都挨在一块儿了。

蒋尧只好继续往前走。

越到末尾，社团的人气就越低，围着问详情的学生也少了许多。

人声渐弱，蝉鸣渐响。

摊位的最末尾，已经出了林荫大道的范围，没有树荫遮掩，夏末的炽亮阳光直直地照在脸上，晃得人睁不开眼。

蒋尧抬手挡住了光线，勉强看清前路。

走了两步，脚步顿住。

坐在最末尾摊位前的那个人，正闭着眼，面朝阳光而憩，白皙的肤色被光照得几近透明。

他独自坐在那儿，好似也不需要人陪。

一阵微风拂过，将他柔软的发丝扬起，轻飘飘的。

仿佛下一秒会生出翅膀，随风展开，飞向阳光最灿烂处。

像天使一样。

夏末的午后，困意倦浓。

尹澈坐在温暖的阳光下，视野被一片橙黄光斑眩到失焦，昏昏欲睡。忽然，眼前一黑，被一片不知名的阴影挡住了光线。他颦眉，眼睛睁开一道缝。

"醒醒，有人来报名了。"

尹澈继续睁大眼，看清了来人。

"哪儿呢……"他扫视了圈，没看到其他人，身体左晃右摆，张望蒋尧的身后，"没人，你骗我。"

蒋尧撑着桌子，冲他笑了笑："我不是人吗？"

尹澈一愣："你要报名？"

"对啊。"

"你知道这是什么社吗？"

"知道啊，这不是写了嘛，手工社。"

尹澈这个社团的摊位比起其他社团，实在寒酸，连块牌子都没有，就拿了张白纸，用记号笔写了"手工社"三个字，摊在桌上，用一个木头笔筒压着。

桌上零零散散地摆放了几样手工制作的小玩意儿，基本都是尹澈从宿舍书架上搬过来的，勉强装点下门面。

"这个社只有我一个'活人'。"尹澈实话实说，"没资金，自己出钱。没活动，比较无聊。"

"那正好，我就想找个这样的社团混日子。"蒋尧拿起笔，按着报名表，"在这儿签名就行了吗？"

"嗯。"

蒋尧唰唰两笔签完："OK。"

尹澈："……"

这签的什么东西？是字？

"欸，不对啊……"蒋尧突然说。

尹澈心里一紧："干吗，你反悔了？"

"不是，我是觉得奇怪啊，刚刚杨亦乐跟我说，不满十个人就要废社。你这社团，只有你一个人，怎么还能开下去？不会明天就没了吧？"

"谁说只有我一个人？"

"难道还有别人？有几个？人太多的话我真要反悔了啊，我就想找个清净的地方。"

尹澈："还有个社长，高三的，他身体不好，休学了。"

"就你们两个？"

第一章　同桌

"还有几个，后来……"

后来他加入了，其他人就不怎么来参加活动了。

"后来社长把社团交给了我，我管理得不好，现在只剩我一个活跃成员。"

又绕回了原来的问题。

"一个人怎么开展社团活动？"

"我平时也是一个人啊，有问题吗？"

蒋尧恍然大悟："哦——差点忘了，您是大名鼎鼎的尹澈，失敬，失敬。"

蒋尧这人，有时候挺人模人样的，但大多数时候，都不好好做个人。

比如现在。

尹澈手上一用力，抽走了填好的报名表，冷冷道："既然你是新来的，那论资排辈，这一学期，社团教室的清扫工作就交给你了。"

"嗯？你一个人还有专用教室？哪一间？"

"306。"

"啊？"

尹澈抬手当空一指，朝着宿舍楼的方向，看着他说："我宿舍。"

周五放学。

蒋尧按时参加新学校本学期第一次社团活动，颇为隆重地洗了个头，换了身自己的私服。

然后走到隔壁宿舍，敲了下门。

"我来上社团课了！"

尹澈黑着脸打开门："进来。"

蒋尧大摇大摆地进了他宿舍，还是和上次一样干净整洁。

"你这宿舍有什么可打扫的？你该去我宿舍看看。"

尹澈关上门，跟着进来："做完手工会有废料和垃圾，你清扫那个就行了。"

"哦……"蒋尧兴致缺缺,拿了把椅子坐下,"那你做吧,我在旁边看着。"

"不行,既然你入社了,就要参与。"

"我不会啊。"

"不会就学。"尹澈随手拿了包白色的东西扔给他,"先试试这个。"

"这什么东西?"

"黏土。"

"黏土是什么?"

尹澈眼神古怪:"你不是喜欢看动漫吗?黏土手办没听说过?"

蒋尧讪讪地笑了笑。

自我介绍时随口扯的,他居然还记得。

"偶尔看看,了解得不多。"

尹澈没怀疑:"就是一种材料,和橡皮泥差不多,你想捏成什么就捏成什么。"

"……行吧。"

捏橡皮泥……蒋尧感觉自己仿佛回到三岁。不,他三岁时也不会玩这种东西。

尹澈坐在自己床上,看着他取出材料。

"你不捏吗?"

"不了,这很不男人。"

蒋尧:"……"

难道他就不是男人了吗?!

蒋尧咧嘴:"兔子,你等着。"

尹澈挑眉:"你想干吗?"

蒋尧不回话,扯下两坨白乎乎、软绵绵的黏土,一大一小,放在手心里使劲搓成两个圆球,接着将球拼在一起,又搓了两根扁平的长条物,装到小的圆球上。

第一章 同桌

"看,像不像你?"

"这是什么东西?"

"兔子啊。"

尹澈:"……"

尹澈明白了,只要是通过蒋尧的手产生的东西,不管是写出来的字,还是做出来的手工,都会惨不忍睹。

"哦,兔子……然后呢?"

"然后啊……"

蒋尧抬起手,啪的一声,把那只刚做出来的兔子拍扁了。

"这就是你欺负我的下场。"

尹澈:"……"

尹澈之前只是怀疑他脑子有点小问题,现在推翻了这个猜测。

蒋尧的脑子,应该是有大问题的。

"神经病啊……"但他忍不住发笑,越笑越觉得好笑,"你小学生吗?"

蒋尧把那片压扁的黏土扔回袋子,拍了拍手上的碎屑,毫不在意。

傍晚,社团课结束,蒋尧打车回了东城。

一到家,先把行李箱往门口一扔,接着喊赵诚出去打了把球。

天气已经不像刚开学时那么热了,不过剧烈运动之后,浸透了汗的上衣T恤依然能拧出水。

这一把打得挺尽兴,一场下来,出了一身酣畅淋漓的热汗,蒋尧把湿透的刘海拨到脑后,走到场边,拿起矿泉水瓶灌了几大口。

赵诚走过来,气喘吁吁地说:"你打球的时候倒是把力道收一收啊……我……我快被撞散架了……"

"啊,抱歉,好久没打球了,忘了控制。"蒋尧说完,象征性地揉了揉赵诚的胳膊。

赵诚活了过来,有力气调侃了:"怎么样,在一中过得怎么样?有没有看到好看的女同学?"

"没有。"

"不符合常理啊。"赵诚挤眉弄眼,"想当年你在咱们八中,崇拜你的人能把这个篮球场围上十几圈。"

"呵,你又不是没见过我在一中什么造型,哪儿来的崇拜者?"

提起这个,赵诚就乐得不行。蒋尧开学后第一个周末回东城的时候,他压根没认出来站在眼前的是谁。

"你那'非主流'的发型和土到掉渣的眼镜……哈哈哈……绝!真的太绝了!"

"怎么个绝法?"

"绝对不会有人'透过现象看本质'。"

蒋尧踹他一脚:"嘲笑两句得了啊,笑三个星期有点过分了吧?"

"哈哈哈……没事没事,不管打扮成什么样,您在我心里都是伟岸的尧哥!噗……哈哈哈……"

赵诚这人笑点奇低,一旦开始笑就收不回来,蒋尧懒得再跟他探讨造型问题,又灌了几口水,把空瓶往垃圾桶那儿一投,一举命中。

"走吧,找个地方吃饭去。"

"啊?今晚不陪你妹妹了?"

"他们仨开车自驾游去了。"

"没带你?"

"什么叫没带我?那是我不乐意去,作业一堆,哪儿有空?"

"哦哦哦。"赵诚很朴实地信了。

蒋尧想起那条在回家的出租车上才收到的信息,狠狠地叹了声气。

赵诚心头一惊,能让他天不怕地不怕的尧哥这样叹气,一中的作业一定多得恐怖,幸好他当年填志愿没选一中……

第一章 同桌

两个人最终在商业街挑了家火锅店。

周五晚上饭店的生意很好，大堂里人声嘈杂，说话都要大点声儿才能听见。

赵诚打球体力消耗过多，饥肠辘辘，两盘肉一上来立刻下了一整盘进去。

"这季节就该吃火锅，爽！"吃完一盘肉，赵诚精力恢复，又开始叨叨，"你转学之后，咱就像没了主心骨，惨呐……"

蒋尧盯着自己锅里的肉："我不在，你们不也好好的？东城那些个混混几斤几两你又不是不清楚，没我你们也照样不会被欺负。"

"话是这么说，可你不在，我们气势上就差了一大截……以前你往那儿一站，他们就吓得屁滚尿流了，不战而胜，那感觉，嘿，太爽了！"

"哪有你吹得这么厉害？"蒋尧将涮好的肉夹入碟中，蘸了点酱料，送入口中，吃完再下第二片，"我身手好这点是没错，但人多了也未必压得住，平时那是有你们帮我，不然我一个人，能成什么气候？"

赵诚筷子顿在半空，微微睁大眼："我突然觉得……你好像变成熟了。"

从举止到谈吐，都隐隐有点儿成年男生的样子了。

蒋尧："请你忘记我以前的黑历史，现在坐在你面前的，是一位正直善良积极向上的蒋·优秀青年·强中强·尧。"

赵诚："……"

好吧，某些方面，并没有什么改变。

"你哪儿有黑历史，都是丰功伟绩好吗？"

"丰功伟绩？让自己妹妹差点被绑架的丰功伟绩吗？"蒋尧抬眼。

他平时脸上总挂着笑，看起来俊朗阳光，但嘴角一旦放下，就会发现，其实他长得很冷峻。尤其是一双灰褐色的混血眼瞳，偶尔在光线的折射下划过一道银光，像狼一样充满攻击性。

盯谁谁遭殃。

赵诚心下一怵,不敢说话了。

"别怕,又不是你惹的事。"蒋尧淡淡地垂眼,接着涮肉,"都过去了,不聊这个,说说其他的。"

"你想聊啥……"

"聊——"蒋尧本来想说聊一中的同学,但想到那些新同学,脑子里率先蹦出来的却是——

"聊聊我在一中的同桌,还挺有意思的。"

"嗯?"

他眼里向来只有他那个宝贝妹妹,啥时候听他念叨过别人?

赵诚啥也不敢说,啥也不敢问,只能顺着他:"哦哦,然后呢?"

蒋尧想起尹澈就莫名心情舒畅,笑意重新浮现:"我一开始以为他是个狠角色,想吓唬吓唬他,后来发现凶起来也就那样,虚张声势而已,其实挺单纯一人,对他好点就把你当朋友了,还嘴硬不承认。我每天逗逗他,看他不高兴我就高兴,哈哈。"

赵诚也跟着哈哈:"哈哈,听起来你跟他关系不错啊。"

蒋尧继续哈哈:"哈哈是啊,他长得也好看。当然和我比还是差那么一大截的。"

赵诚拍拍胸脯:"能让你夸好看的,我倒是真想瞧瞧。"

"行,等有机会带出来给你瞧瞧。"

不过以他目前与尹澈的关系,这机会怕是遥遥无期了。

第二章
谣言

理我一下

进入十月份,气温忽然就降到了十几度,一中校园里再也看不到短裙短裤的夏季校服。课间倚靠在走廊栏杆上故作深沉吹风的男生少了,独属于夏日的那份青春躁动也跟着消散了。

午休的时候,高二(1)班的体委郭志雄拿着份报名表往讲台上一站:"同学们!金秋十月到了!一年一度的运动会要开始了!各位同学,展现你们强健体魄的时候到了!展现你们柔韧身姿的机会到了!展现你们综合实力的时刻到了!让我们一起努力,为咱们班争光!一班一班,高不可攀!"

陈莹莹招手:"行了行了,说这么多有的没的,报名表拿过来,我先填。"

郭志雄乐呵呵地双手呈上报名表,拔开笔帽:"班长,您请!"

陈莹莹潇洒地签上大名,在班里高声说:"班里的男生至少都给我报一项,不报不是男人,听见没,韩梦?"

韩梦刚吃完饭,正在拿纸巾擦嘴,放下小镜子:"来,一千米给我报上。"

陈莹莹笑了:"你行?"

"大胆,怎么能说不行?我让你见识见识什么叫猛男。"

"呵呵,那就看你的了,不拿第一你就请我喝奶茶。"陈莹莹收回视线,恰好扫到末排正在睡觉的某个人。

"蒋尧,别睡了,你也得报名,过来。"

蒋尧:"班长,我没睡,我眼睛睁着呢。"

第二章　谣言

"哦，你刘海太长了，我没看清。"

"没关系，我原谅你了。"

"嗯，不好意思。"

陈莹莹转回头，在一千米那一栏填上了韩梦的名字，突然反应过来："蒋尧！别转移话题，我让你报名！"

蒋尧小声："差点就混过去了，这女人怎么这么聪明？"

尹澈正插着耳机听歌，看着窗外，没搭理他。

蒋尧没办法，只能走过去，在报名表上随便挑了一个不太费力的项目。

"你一米八五的体格，就报个 4×100 米的接力？"

"班长，我不爱运动，开学的时候就说过了。"蒋尧摊手表示无奈，忽然脑筋一动，鬼鬼祟祟地低下头，"不过，我同桌他特别喜欢运动，不如……您喊他也报一个？"

陈莹莹略微迟疑："他愿意吗？"

"交给我。"蒋尧转身，朝自己座位那儿中气十足地喊了声："尹澈！"

这一声喊出去，原本在聊天的、在打闹的、在写作业的，统统安静了。

尹澈背后一凉，察觉到异样，摘下耳机，缓缓转头，看见全班几十双眼睛都盯着他。

蒋尧走回位子，手撑着自己的桌子和椅背，对他说："报一个呗。"

教室里静得落针可闻。

尹澈的脸色渐渐转白，抿紧了唇。

"……走开。"

章可此刻很想开个赌局，押一押蒋尧会以何种方式离世。

而作死者本人却毫无自觉："干吗这么不乐意啊？以我们俩的交情，你报一个不行吗？"

"你要脸吗？"

"怎么还扯到要不要脸了？报一个又不是什么羞耻的事。"

尹澈很想出去，可他座位靠里面，蒋尧这么撑着，将他的路完全堵死了。他就像只困兽，被所有人虎视眈眈地盯着，逃脱不得。

"我不抱。"

"你不报，我可要强行报了啊。"

"你敢？"

"我怎么不敢？"蒋尧冲他一笑。

尹澈想像上次那样一脚踹开他，可蒋尧还没碰到他，不算触碰底线，他犹豫了一秒，开口道："别抱我……"

他这句话说得很轻，只有蒋尧一个人听见了。

"……那我去帮你报名了啊。"蒋尧拿了他桌上的黑水笔，直起身，朝他做了个口型：

傻——瓜。

尹澈愣了半天，反应过来之后，一脚踹开蒋尧的椅子，低头疾步走出教室。

晚自习。

蒋尧瞄了眼他同桌，正在埋头做作业，目不斜视，一句话都不说。

蒋尧摸摸鼻子，撕了张纸，唰唰几笔写了句话，折成小方块，往旁边一扔。

尹澈手中的笔停住，在蒋尧饱含期待的目光中，打开了小字条，看完，揉成一团，丢到一旁。

蒋尧不气馁，锲而不舍地继续写——

> 中午是个误会，没想到你会理解成那样。
> 好吧，我也有错，兄弟，别生气了。
> 不然我再免费帮你打扫一次宿舍？
> 你说吧，只要你能原谅我，我赴汤蹈火在所不辞。

第二章 谣言

陆陆续续扔了十几张过去,全部被揉成了皱巴巴的小纸团,堆在尹澈桌上,像座废品小山似的。

课间休息铃一响,尹澈立刻起身走出教室。蒋尧动作比他快,把他堵在了楼梯口。

"喂,我都道歉了,还不原谅我?"

尹澈冷冷地看着他:"你什么时候道歉了?"

"刚刚扔给你的那一堆字条不都在道歉吗?"

"哦,字太丑,没看懂。"

蒋尧无言以对。

"没生气。"尹澈说,"就觉得自己傻。"

蒋尧松了口气:"那就好,其实我也觉得你中午挺傻的。"

尹澈:"你更傻,话都说不清楚,嘴巴怎么长的?"

"是是是,我也傻,我是大傻瓜,行了吧?"

尹澈看了他半天,终究忍不住笑了:"神经病。"

蒋尧想去搭他肩,手刚抬起来就想起尹澈不让碰,只好又放下,问:"你干吗去?"

"宿舍里材料没了,我出去买点。"

"带我一个。"

"我一个人不容易被发现,你别来拖我后腿。"

蒋尧被尹澈警告"别拖我后腿",于是恍恍惚惚地回到了教室。

前排的章可和陈莹莹正在聊天,声音压得挺低,神神秘秘的,估计又在讨论什么最新八卦。

蒋尧闲得无聊,走过去:"聊什么呢?"

"来来来!"章可热情地招呼,"靠近点儿,我这可是最新一手消息,很机密的!"

陈莹莹翻白眼:"你哪次不是这么说?自己学校的消息都能搞错,还去打听人家曙光中学的。"

蒋尧:"曙光?"

章可:"就咱附近那所高中,隔了几条街,普通高中,高考成绩比咱们学校差得远呢。"

蒋尧:"哦,他们学校怎么了?"

章可招招手,蒋尧凑过头去。

陈莹莹不过去,章可又使劲招手,她才勉为其难凑过去听一听。

"他们学校,据说这学期也来了一个转学生!"章可神秘兮兮道。

陈莹莹:"就这?"

"我还没说完呢,听我好哥们说,那个转学生是从东城来的,可厉害了!全东城的小混混都怕他。"

蒋尧笑容微滞。

陈莹莹:"这么厉害?假的吧。"

章可:"千真万确!听说他光站在那儿就能压制对手,不战而胜,谁见了都要喊一声……喊一声……那人叫什么来着……哦对了!叫飞哥!"

陈莹莹皱眉:"飞哥?我还大哥呢。"

章可:"班长你能不能不要打断我……算了算了,我接着说啊,那个大哥……呸!那个飞哥,在东城就不是个正经人,天天欺负同学,这回到咱们西城,也不是个省油的灯,据我哥们说,他们曙光已经有好几个同学被他欺负过。"

陈莹莹:"这么恶心?"

蒋尧:"那……他会不会只是想跟人家搭个话,聊聊天?"

章可摇头:"生活费都被抢走了,怎么可能?"

陈莹莹:"天哪,流氓啊。"

章可:"可不是,已经被他们学校老师警告过了,再欺负同学就退学。但这人欺负不了自己学校的,就开始打咱学校的主意了。所以我好哥们让我跟你们说一声,大家都注意点儿,说不定放学回家的路上,就碰上了。"

第二章 谣言

陈莹莹一阵恶寒:"好变态……"

章可:"所以我这不就来告诉你们了嘛!"

陈莹莹:"算你有良心,如果消息可靠的话,我要去班级群里说一声。"

章可:"别,这还没对咱们学校出手呢,我怕说了引起恐慌,不是谁都跟你一样胆大啊,要是被胆子小的听见了,还不得吓得不来上学了?"

陈莹莹:"那总不能等真出事了再当心吧。"

章可:"这……我也不知道该怎么办才好,蒋尧,你怎么看?"

蒋尧扶了扶眼镜:"我有一个问题。"

"什么?"

"你确定那个人叫飞哥?"

"确定,我好哥们亲口告诉我的。"

蒋尧点头:"哦,那没事了。"

他在东城有两个外号,八中的学生一般喊他"尧哥",八中外的小混混很多都不知道他本名,只知道有这么号人物,就按他的外貌特征起了个"灰哥"的外号,久而久之"灰哥"这个外号就流传开来了。

章可:"不是,我问你有什么建议吗?"

蒋尧笑笑:"没有。"

章可:"那……行吧,那就先观察几天,你们有什么好办法说出来一起探讨啊。"

蒋尧回了自己座位,没把章可说的事往心里去。还飞哥……名字都能搞错,成不了多大气候。

第二节晚自习铃声响了,他拿起笔继续写作业,尹澈还没回来。

等等。

蒋尧停下笔,看向旁边的空座,慢慢皱起眉。

他可别在外边被那个"冒牌货"撞见了。尹澈要是撞见了"飞哥"……可能就麻烦了。

蒋尧当即扔了笔,打算出去找人,结果刚一转头,尹澈踩着最后一声铃响从后门进来了,手里拿着包折星星的长条纸。

"……你就去买这个?"

"嗯。"

"遇到可疑的人了吗?"

"没有,什么可疑的人?"尹澈一脸迷惑。

蒋尧稍稍松了口气。

章可说的消息五个里能有一个准就不错了,他这么当真干什么?或许那"冒牌货"被学校警告之后就不敢放肆了。

蒋尧越想越觉得应该是这么回事,于是放宽了心,继续写作业。

可没想到,当天晚上,一中就出了事。

有个学生在晚自习下课后的回家路上,被人找了麻烦。

偏偏还是高二(1)班最胆小柔弱的那个,杨亦乐。

早上第一节课。

吴国钟站在讲台上,声音洪亮依旧,只是比平时和缓了些:"同学们,教务处发了个通知,由于最近天黑得越来越早,学校担心大家的安全,所以从今天起,不允许走读生再申请晚自习,住宿生晚自习照常。"

一下课,全班都炸开了锅。

"天哪,这么严重吗?学校都发通知啦?"

"杨亦乐今天没来,也不知道怎么样了……"

"我今早看见'张教主'带着'四大护法'在门口巡逻呢,看来真的出大事了。"

"为什么只停走读生的晚自习啊,住宿生也很怕好吗,咱们学校围墙那么矮,万一那人翻墙进来怎么办啊?"

"晚自习结束我俩一起走吧?最好再找几个人,有个照应。"

蒋尧脚踩在课桌前的杠上,看着前排的那个空座,摇晃着椅子思考了会儿:"晚上跟我一起走吧,我送你回宿舍。"

尹澈一个眼神都没给他。

"你这人怎么总把好心当驴肝肺呢?跟你弟一样,果然不是一家人,不进一家门。"

"闭嘴,别带我弟。"

蒋尧"啧啧"两声,不跟这个"护弟狂魔"计较。

杨亦乐过了两天才来学校,一进教室,立马被一群人团团围住,陈莹莹护着他回座位,拦开众人:"你们别挡路,让人家先坐下。"

"谢谢班长。"杨亦乐脸色看起来还好,只是笑得有些勉强。

大家都有很多想问的事,尤其是担心自身安危的其他人,但几个人你看我我看你,谁都没敢开口。

"你放心,坏人一定会抓到的。"陈莹莹拍拍他的肩,"有什么想说的可以跟我们说,不想说也没关系。"

杨亦乐点点头,刚想开口,章可突然在门口喊:"亦乐!吴老师喊你去一趟。"

待杨亦乐走了,陈莹莹一把拽过章可:"老吴找他干吗?"

章可一下到了人群的中心位,感觉备受瞩目,嗓门也大了些:"我看'张教主'和心理老师都在办公室,可能是想对他进行心理疏导吧。唉,遇到这种事,谁能不留下心理阴影呢……"

众人皆惋惜地叹气:"杨亦乐太惨了……"

"发生这样的事,多少会影响学习状态吧。"

蒋尧敲了敲旁边人的桌子:"欸,看到没,这个世界多可怕,被人找麻烦就够惨了,还得被人议论。所以啊,我劝你晚上回宿舍还是和我一起吧。"

尹澈:"不用,如果我遇上这种事,我先解决掉对方,大不了两败俱伤。"

"哟，这么硬核？"蒋尧震撼了，"世界和平组织应该给你颁发最佳创意奖。"

前排的同学憋笑憋得辛苦，肩膀都在抖，死死捂住嘴，不敢笑出声。

尹澈："闭嘴吧你。"

蒋尧要是让闭嘴就闭嘴就不是蒋尧了："不开玩笑了，说正经的，我觉得杨亦乐应该没事，你也别太担心那个流氓，他没胆量做违法的事。"

"你又知道了？"

"不信一会儿杨亦乐回来了你问他，我估计他应该也没有被怎么样。"

"就算没有又怎样？"

"啊？没有不就完事了？还能怎样。"

"你这么神经大条，你当然觉得没事了。"尹澈目光微冷，"但对于受害者……事情才刚刚开始。"

两节课后，杨亦乐终于回来了。

跟着他一起进教室的还有老吴和"张教主"，老吴先清了清嗓，说："同学们，都安静一下，张老师有话要说。"

其实不用他提醒，底下人早就没声了，都目不转睛地盯着讲台上的三个人。

杨亦乐局促不安地搅着手指，低头保持沉默。

"咳，同学们，杨亦乐同学前几天晚自习结束回家的时候，遇到了校外的不良青年，所幸他当时带着美工刀，把对方手臂划伤了，对方就此罢手，他也没有遇到更多危险。不过杨亦乐同学因此受到了点惊吓，希望大家这段时间多多照顾他，发扬同学之间的友爱精神……"

"张教主"滔滔不绝地说了一连串关于友情的重要性的场面话，完了对杨亦乐说："杨亦乐，你也要快点打起精神，不要让同学、老师和父母担心，知道吗？有什么困难找老师和同学帮忙，我们都很乐意。"

杨亦乐点头，很小声地说："谢谢老师，谢谢大家。"

"张教主"拍拍他的肩，让他回了座位，接着说："不过，有一点还是要提醒大家，正当防卫虽然没错，但也要注意不能防卫过度，否则是要负法律责任的……"

两位老师一走，几乎所有人都围到了杨亦乐座位旁边，七嘴八舌地说："太好了，杨亦乐，你吓死我们了，没事就好，没事就好。"

陈莹莹还觉得不解气："好样的杨亦乐，没给我们班的人丢脸，不过我觉得你当时划他一刀太便宜他了，应该多划几刀，最好是这样……"

杨亦乐被她的示范动作吓得不轻："班长……别说了，好恐怖……"

章可："哼，我就知道其他班那帮人乱传，气死我了，我得告诉他们真相去！"

韩梦："你难道没乱传？讲八卦你不是最来劲的吗？"

章可怒道："我当然没有！我这两天都没跟他们聊天，八卦也是有底线的好不好？"

韩梦竖了个大拇指："章可，你终于义气了一回。"

章可："我一直都比你义气，谢谢。"

韩梦的大拇指立刻换成了兰花指："我夸你你还损我！"

陈莹莹："行了，有完没完？你俩别光斗嘴，赶紧去跟外班的人澄清，再有造谣的喊我去，撕烂他们的嘴。"

杨亦乐一哆嗦："班长，老师刚说了，不要防卫过度……"

事情看似有了个圆满的结果，蒋尧扭头道："你看，这不解决了吗？"

尹澈轻哼了声，没有说话。

下午体育课。

运动会将近,篮球场上打球的人少了很多,都去练各自的比赛项目了。这个年纪的男孩子大多好胜,这种证明自己实力的活动,谁都不想输。

蒋尧照样无所事事到处闲逛,逛到篮球场,意外地在一个偏僻篮球架下发现了尹澈他弟。

这回没有围观群众,他有幸见识到了一中"校草"打球的英姿。

平心而论,打得不错,动作干净利落,投篮十投八中,有做"校草"的资本。只是那股由内而外散发出的"本人最强,不服来战"的骄傲劲,怎么看都像个乳臭未干的傲慢小孩儿。

和以前的他差不多。

蒋尧站在旁边看了会儿,没欢呼没喝彩,存在感微弱。尹泽却突然停下,皱眉冲他喊:"你看什么看?"

看都不让看,什么大少爷脾气?蒋尧正要拍拍屁股走人,忽然从身后传来一道声音:

"我就看看,不影响你。"

原来不是对他说的。

蒋尧转头:"篮球场又不是他建的,你想看就看呗。"

尹澈瞪他:"别插嘴。"

蒋尧识趣道:"行,不参与你们兄弟俩的'爱恨情仇'。"

他选择退出对话,尹泽却偏要拉他加入:"这你新同桌是吧?呵,有什么可跩的?"

蒋尧:"嗯?"

尹澈:"你别说他,他是我朋友。"

蒋尧:"哇哦,感动,想哭。"

尹泽把篮球往地上狠狠一砸,球砰的一声弹到铁丝网上:"朋友?哥,你什么时候开始交朋友了?不走'孤僻路线'了?"

蒋尧:"这位小弟弟,就算你想得到你哥的关注,也别用这么幼稚的方式好吧。"

尹泽："谁想被他关注？"

蒋尧："如果真心讨厌，就不会喊他'哥'了。"

尹泽："胡说，什么歪理？"

篮球从铁丝网上掉下来，落地弹跳了几下，滚到尹澈脚边。他捡起来，递过去："阿泽，不要吵了。"

尹泽一巴掌拍掉他手里的球："你少装好人，虚伪！"说完头也不回地走了。

蒋尧把球重新捡起来："打一场？"

尹澈望着尹泽离开的方向："下次，我先去找他谈谈。"

蒋尧自讨没趣，背对着篮球筐随手一抛——

三分，中了。

下了体育课，小卖部挤满了来买饮料的学生，章可从人群中杀出重围，抢了四瓶冰可乐，自己留一瓶，剩下三瓶丢给了另外三个人。

韩梦："哎呀！好冰，我不是说了要常温的吗。"

章可"呵"了声："您老要求太多了吧，想要常温的自己买去。"

韩梦："里面都是一身臭汗的人，恶心死了，我才不去。"

陈莹莹："你刚刚体育课没出汗？"

韩梦骄傲地说："我喷了止汗剂，还喷了香水。"

蒋尧叹服："精致啊，朋友。"

韩梦："过奖，哎，蒋尧，你身上好像也没汗味，用的什么牌子的止汗剂？"

蒋尧笑笑："很简单，不运动就好了。"

陈莹莹白眼快翻到天上去了："一时竟不知道你们两个谁更奇葩。"

还有七八分钟才上课，他们四个慢悠悠地走在回教室的路上，突然，章可碰了碰蒋尧的胳膊，压低声音："快看，前面那四个就是

'四大护法'。"

蒋尧对他们久仰大名,顺着他的目光望过去,看见前面走着四个人,个子有高有矮,差别还挺明显。

"四大护法"是直接负责学校事务的学生干部,按理来说应该够强势才能服众。其中竟然有一个娇小可爱型的,蒋尧挺意外。

"你别小看那个短头发的女生,有时候比男生还凶。她叫唐莎莎,咱们学校的文艺部部长,特别霸道一女的。韩梦之前也竞选过这个位置,差点把她挤下去,唐莎莎一直看他不顺眼,明里暗里诋毁他。"

"咱们班长不也总骂韩梦吗?"

"这怎么能相提并论?咱们班长那是开玩笑!跟她比起来,班长简直算是温柔可爱了。"

"哦?"蒋尧来了点兴趣。

他们一行人越走越近,听清了"四大护法"的聊天内容:

"张老师肯定是故意那么说的,想安抚大家的情绪,这几天人心惶惶的。"

"不一定,我觉得是杨亦乐在撒谎,流氓怎么可能被划一刀就跑了,只会恼羞成怒好不好?"

"对啊,他不说实话,我们怎么抓到流氓?以后大家会不会遇到同样的危险?一点也不为同学考虑。"

唐莎莎这时候出来劝道:"好了,既然张老师不想事情闹大,咱们就别讨论了,总之大家自己心知肚明,别和这个人来往,免得被人议论。"

"不用你说……"

听起来这四个人完全把这事当成了杨亦乐的过错。

陈莹莹听得火冒三丈,撸起袖子一个箭步冲上去:"你们几个——"

韩梦及时捂住了她的嘴,把她硬拽回来:"别惹他们,你没证据,闹起来对你没任何好处。"

蒋尧也拉住了要冲上去的章可:"想被处分是吧?"

第二章 谣言

章可迟疑了一瞬，错过了时机，眼睁睁看着那四个人走远了。

韩梦一松开手，陈莹莹就大骂："你们怕被处分我不怕，别拦着我！"

章可也后悔了："刚刚不该迟疑的，太气人了！杨亦乐不会说谎，我平时求他跟数学老师说我作业交了，他从来没答应过我！"

韩梦："你们两个都冷静一点好吧，其实……我也猜到杨亦乐即使解释了，还是会被人议论。这种事，解释不清的，除非……"

陈莹莹立刻问："除非什么？"

"除非……当事人出来做证。"韩梦说，"但这很难，你们想，传闻中的硬茬儿，被一个手无缚鸡之力的人划伤了，还吓得逃跑了，这么丢脸的事怎么好意思说出口？"

章可："那我们就去把他绑过来！威胁他！"

韩梦："你去闹事，咱校长能放过你？"

章可："凭什么对方能过来欺负我们学校的同学，我们就不行？"

蒋尧耸了耸肩。

"如果不是情况特殊，以'张教主'的性格，肯定已经把那流氓的大头照片贴遍全校让我们提防了，这次居然连姓甚名谁都没透露，一定是被校领导叮嘱过了。"韩梦说。

"难道只能让杨亦乐受这份委屈了吗？这多憋屈啊。"陈莹莹气闷得要命，突然脑子里一念闪过，"章可！你不是说你有个朋友在曙光吗？让他去打探消息啊，如果不能去学校里抓他，我就在放学路上堵他！"

章可拍拍胸脯："好！包在我身上，我晚上就问！"

晚自习的时候，章可的好兄弟就把那位"飞哥"的照片传过来了，声称冒着生命危险偷拍的，千万不要出卖他。

章可把偷偷带来的手机里的照片传到了教室电脑上，再投影出来，"飞哥"的大脸盘子立马占据了一大半屏幕。

陈莹莹在一旁激情解说:"同学们,这就是欺负咱们亦乐的流氓,你们要是在路上遇见了,先别轻举妄动,打个电话给我,我火速赶到,扇得他爹妈不认得他。"

教室里其他几个同学也附和:"带我一个!"

"班长,群里喊一声,兄弟们支援你!"

尹澈难得抬头凑了回热闹:"长得还行吧。"

蒋尧难以置信:"这叫还行?你标准也太低了吧?"

这位"飞哥"长得不能说难看,只是微胖了些,显富态,看着挺有亲和力,不太容易让人联想到是个"流氓"。但无论如何,比起真正的"东城校霸",这外形条件差得远了。

——蒋尧自己这么认为。

"是还行啊。"尹澈的视线移到自己同桌的脸上,不知道他哪儿来的勇气说别人长得不行,"起码比你帅吧?"

"……是什么遮蔽了你的双眼?"

"是你的眼镜和刘海。"尹澈盯着他,"你不嫌长吗?都快挡住眼睛了。"

"你不懂,这叫潮流。"

"我觉得像二十年前的'非主流'。"尹澈盯得更认真,"你是不是戴有色隐形眼镜了?怎么眼睛看起来好像……"

蒋尧迅速凑过去:"靠近一点,让你品一品哥的盛世美颜。"

"……神经病。"尹澈往后撤退,不再看他,转移了话题,"章可为什么要放这个人的照片?发生什么事了?"

蒋尧把白天"四大护法"的事情完完整整地复述了一遍,末了说:"这事确实才刚刚开始,你挺厉害啊,料事如神,在下佩服。"

尹澈淡定道:"是你太蠢。"

"我蠢我认了,不过我很好奇啊,陈莹莹她没料到很正常,她神经粗得不像个女的,韩梦料到也很正常,他心思比较细腻。可你为什么能这么精准地料到?"

第二章 谣言

"人类是你创造的吗?"

"嗯?"

"你有什么资格定义别人,又有什么资格规定别人必须这样,或者必须那样?"

蒋尧愣了愣,感觉自己的三观受到了冲击:"哦……啊?"

"每个人都是独立的,跟属性没关系,就算是女孩子也有神经大条的,就算是男孩子也有心思细腻的,懂?"

蒋尧琢磨了会儿这番话:"我刚刚不是在贬低他们,当然也不是在贬低你,但你说得还挺有道理,我活这么大第一次听,受教了。"

尹澈:"孺子可教。"

一夜过去,杨亦乐的事看似平息了,但也只是看起来。

高二(1)班内部很团结,即便有八卦好事者,迫于陈莹莹的压力,也不敢妄加议论。但只要走到外班去,几乎都能察觉到近期校园热议话题是什么。

这天数学课,做了个随堂小测验,试卷批完发下来,杨亦乐破天荒地没考及格。

陈莹莹安慰:"没事的,偶尔发挥失常而已,大家都有过,不是大考,别往心里去。"

杨亦乐轻轻地"嗯"了声,没多说什么,接过试卷,认认真真地看起了自己的错题。遇到不懂的,拿着试卷去办公室问老师了。

放学后,蒋尧伸了个懒腰,大手一挥:"澈澈,今晚出去吃?哥请你。"

章可闻风赶来,从教室前排一个滑步到后排:"什么什么?出去吃?吃哪家?"

一中住宿生在放学后到晚自习开始前这段时间可以随意出入校门,是一天内最自由的时间。校门口的小饭店对于吃腻了食堂千篇一律菜色的学生来说,诱惑力还是很强的。

"你走开，我只请我同桌，不带别人。"

章可："凭什么啊，我就不是你可爱的同学了？"

蒋尧："我同桌给我讲题，让我数学考试多得了10分，你呢？"

"不会吧……"章可小声嘀咕，"尹澈还会给人讲题？"

不知何时开始，班上直呼尹澈名字的人越来越多了。可能是因为和蒋尧当同桌后的尹澈看起来比以前正常了许多。但改观归改观，真要上去搭话，依然没人有这个胆量。

章可一听尹澈也要去，就有点打退堂鼓了，顺着台阶下："那好吧，我去找别人。"

尹澈站起来："你们去吧，我有事，不去了。"

蒋尧拦住他："别啊，你帮了我，我得还你人情啊。"

"那道题你本来就会做，你昨天是闲着无聊没话找话，别以为我不知道。"

蒋尧摸摸鼻子："嘿嘿，被你发现了。我作业早做完了，实在没事干。"

尹澈懒得搭理他："今晚别再打扰我，走了。"

章可目送着那道背影离开教室，立刻回头："蒋尧，亏你能在尹澈手下活这么久，厉害啊。说实话，你刚来的时候，被老吴流放到这个座位，我们都以为你坚持不了两天就得申请换座位。"

"为什么啊？"蒋尧撑着桌子，漫不经心地，"我同桌他挺有意思的，让我换我还不乐意换呢。"

章可除了"厉害"二字，无话可形容这种牺牲自我保全大家的崇高精神。

去校外的路上，蒋尧又随手抓了几个遇到的同学，五六个人浩浩荡荡地走出校门，来到饭店一条街，左挑右拣，直到走到街的尽头，才遇到一家所有人都满意的。

正值放学高峰期，不仅一中的学生出来吃饭，其他隔着几条街的

第二章 谣言

学校的学生也时常走到这儿来觅食。小饭店里的空间根本容纳不了那么多学生，店家就在外边摆几张桌子，热热闹闹的，挺有氛围。

蒋尧几个在店外围着张小圆桌坐下，章可豪迈地喊："老板！来一瓶可乐！最大容量的！"

有人笑话："要瓶可乐喊出了要白酒的气势。"

章可："有人请客就是底气足啊，是不是？"

蒋尧笑了笑："看在你这么尊敬我的分上……就请你一瓶可乐吧。"

"才一瓶可乐？要不要这么抠啊！"

几个人各点了一道想吃的菜，等上菜的时候，男生们免不了要吹吹牛，吹着吹着，话题又绕到了最近班里发生的那件事。

"唉……杨亦乐表面上看着没事，心里一定挺难受吧。"

"其实我也不知道到底发生了什么，但既然他都不在意，还关别人什么事啊？"

"就是啊，我们一个班的都不了解实情，那些外班的传得像他们在现场一样。"

一个男生在旁默默听着，神色有点心不在焉，微微蹙眉。

蒋尧注意到了："孙博，你怎么了？有心事？"

孙博平时在班上没什么存在感，突然被蒋尧点名，见大家目光都集中到了自己身上，神色更不自然了："我……我有件事，不知当讲不当讲……"

章可："有什么不能讲的啊？这儿没外人，讲吧！"

孙博踌躇了会儿，还是说了："我今天去办公室，听到数学老师在说杨亦乐……"

高二年级办公室是一整间大办公室，所有学科老师都在里面，不同的学科组坐在不同区域，用书柜隔开，彼此之间看不见，但隔得不远，能听见声音。

孙博下午去英语老师那儿订正作业，听到身后数学组的老师在讨论杨亦乐。

其他班的数学老师先开的头:"你们班这次小测验平均分多少啊?"

他们班数学老师陈淑梅回:"才75，年级倒数。"

"哎哟，这次题目难嘛，正常的。"

"正常什么呀？好几个发挥失常的，尤其我那课代表，连及格都没到，把平均分都拉低了。"

"你们班课代表……就是那个杨亦乐吧？人家最近肯定心情不好，考砸也情有可原。"

"多大点事，还心情不好，现在的学生就是太脆弱，唉……当初我看他中考数学成绩全班第一，才选他当课代表的，后来知道他是学画画的，以后说不定要考艺术类大学，太可惜了。"

"你没考虑换个课代表吗？"

"是打算换了，主要是他最近的状态不好，我想让他好好休息一段时间。"

孙博复述完数学老师的对话，说："他们大概没看见我，老师是好意，但……"

章可拍桌子："不行，不能让她换！"

孙博："我还没说完，这些话要是只被我听见也就算了……可我交完作业走过去的时候，发现……发现杨亦乐也在办公室。"

所有人脸色一凝："什么？真的？"

孙博："嗯……他手里拿着数学试卷，应该是来问问题的……可能还没走到数学组，就听到数学老师的话了，就没走过去……"

章可呆住："我说他怎么下午脸色特别白，放了学问他要不要出去吃也没反应，自己背起书包先走了……"

孙博迟疑道："其实……还有件事……"

"还有什么事啊？你快点一起说了吧！"

"就是……当时……尹澈也在……"

蒋尧："嗯？他去办公室做什么？"

"蒋尧你别打岔，先听他说完！"

孙博:"我也不知道他去干什么,也没敢问……但我想安慰杨亦乐的时候,尹澈比我先一步走了过去,对杨亦乐说,'跟我出来'。然后他们两个就走了……"

一男生:"难不成杨亦乐哪儿惹到尹澈了?这不完蛋了吗?刚遭到精神打击,又要遭受身体打击,杨亦乐也太惨了。"

蒋尧:"尹澈不会打他的。"

开学第一天的时候,他跟杨亦乐搭了句话,就被"重拳警告"了。尹澈这人,还挺有正义感的。

章可慌了神:"怎么办啊?要不要告诉老吴去?万一亦乐真出了什么事……"

正说到一半,一人从不远处小跑过来,气喘吁吁,神色着急:"打扰了!请问是高二(1)班的学长吗?"

话是冲着蒋尧问的,他看了看来人,觉得有点眼熟:"你哪位?"

那人先自我介绍:"学长好,我是高一的,叫林远,和杨亦乐一个社团。上次社团招新的时候,我们见过一面。"

蒋尧想起来了:"噢,对,找我什么事?"

林远:"我本来跟杨学长约好放了学去买社团用的画材,但没找到他人,打电话也不接,你们有看到他吗?"

章可倒吸一口凉气:"完蛋了完蛋了,杨亦乐他肯定是……"

"别瞎说。"蒋尧打断他,对林远说,"我们正好也想找他,不如分头去找吧?谁先找到了就在群里说一声。林远,你加一下我微信好友,找到了跟我说。"

"嗯!"

这么一打岔,几个人都没心情吃饭了,蒋尧到柜台把账结了,接着给章可等人分配了各自搜寻的方向,另外给韩梦发了消息,让他去杨亦乐家跑一趟,说不定他已经回家了。

章可:"我跟班长也说一声吧。"

蒋尧拦下了他:"班长那性子,知道了这事肯定要帮我们一起找。

现在天都暗了,让她一个女孩子在街上乱跑,不是更危险吗?"

"是哦!还是你想得周到。"章可敬佩道,"蒋尧,我发现你特别有领导力!"

蒋尧笑笑:"别拍马屁了,赶紧找吧,最好别耽误晚自习,否则学校知道了……就更麻烦了。"

"好好好,那我们赶紧分头找去!"

五六个人立即分头行动,朝着不同的方向和街道搜寻杨亦乐的身影。

蒋尧看着他们的背影逐渐变小、消失。接着转过身,径直朝着曙光中学的方向跑去。

如果没猜错的话……该找的不是杨亦乐,而是他那位正义感爆棚的同桌。

会遇到危险的也不是杨亦乐,而是那只碰都碰不得的兔子。

曙光中学门口,夕阳只剩最后一丝残光,街边的路灯感应到夜幕降临,自动亮了。

"啊!"杨亦乐被吓了一跳,"是路灯啊……"

"嗯,别怕。"尹澈聚精会神地盯着校门口走出来的每一个人。

杨亦乐见天色越来越暗,踌躇道:"谢谢你陪我来……但晚自习快开始了,你不快点回去,老师和同学们会担心的,要不今天就算了……"

"没事,不会有人担心我,你放心。"

这更让人担心了好吗?杨亦乐心想。

"你确定他是走读的吗?"尹澈问。

"嗯,我从章可那儿听来的。"

"那就继续等吧。"

杨亦乐点头,和他一起张望校门口,同时,偷偷地瞄了身旁人几眼。

第二章 谣言

尹澈在高二（1）班的风评一直不太好，人人都说他性格孤僻古怪，杨亦乐原先也这么以为，除了平时收作业，从来没跟他说过话。但今晚他们俩在这儿等了一个多小时，说了好几句话，杨亦乐忽然觉得，其实尹澈……没传闻中那么可怕。

"你那天把他划伤了是吗？"尹澈冷不防地问。

杨亦乐回神："嗯，他抢我书包……我脑子一热，拿出美工刀挥了下，本来是想吓唬他的，不小心划到了他……我一看见血就吓哭了。"

"他什么反应？"

"他一开始很生气，过来跟我拉拉扯扯，说要我赔偿，不然找他爸来，后来我又挥刀，他就被吓跑了……"

"孬种。"尹澈道，"但你有些地方也做得不好。"

杨亦乐嘴巴一扁，眼眶有点红："我知道……我不该这么没防备，他问路我就带着他去了。"

尹澈摇头："我不是说这个，你愿意带路是你善良，善良没有错，错的是利用你善良的人。我是想说，下次遇到这种事，一定要留好证据，否则有可能被他倒打一耙，指控你故意伤害，知道吗？"

杨亦乐愣了愣，眼睛更红了："呜……知道了，尹澈，谢谢你……"

"没事，一会儿我尽量拿到证据。"

"嗯……你千万别跟他硬碰硬啊，我俩不一定能制服他，不过我今天带了……"

"嘘，是那个人吗？"尹澈忽然压低声音。

杨亦乐心下一凛，立即看向校门口——

一个不高不矮身材微胖的人刚走出来，书包吊儿郎当地搭在肩上，一手插着兜，大摇大摆地朝他们的方向走过来。

他们俩躲在拐角处，一时半会儿还不会被发现，尹澈朝杨亦乐做了个待在原地的手势，自己走了出去。

王鹏辉这几天心情不佳,如果被退学,他爸可能会打死他,更严重的话,停了他所有的银行卡,那他就生不如死了。所以这两天他都安安分分的,不敢再乱来了。

路边垃圾桶边上躺着个空饮料瓶,王鹏辉一脚踢开,边走边踢,越踢越郁闷。

饮料瓶被一脚踹了出去,撞在另一个人的腿上。

王鹏辉抬头看了眼,本打算若无其事地走过,然而眼神和对方一对上,就挪不开了,他判断这人应该很有钱。

"同学,不好意思啊,我没注意,嘿嘿。"他堆上笑。

尹澈皱眉:"你把我裤子弄脏了。"

王鹏辉忙抓住机会:"哎呀,那太抱歉了,我赔偿!多少钱?或者……我帮你洗?"

"不用了,赔钱吧。"

"我现在没钱,不然我们先加个好友?"

"嗯。"

王鹏辉立即走过去:"你手机号多少?"

尹澈随口报了串数字。

王鹏辉输入完,把手机拿过去给他看:"你看我输得对不对。"

一张脸突然凑近,尹澈迅速后退一步:"你干什么?"

王鹏辉看了看周围,走读生基本上都回家了,住宿生也回学校了,街上没几个人,胆子便大了些,笑着走向尹澈,伸出手就要搭他肩:"没干什么啊,相遇即是缘,我觉得我俩挺投缘的。兄弟我正缺钱,你借我点行不?"

"别碰我。"

"脾气还挺大……"

"我警告你别碰我。"

尹澈一再后退,口袋里的手机把王鹏辉的话统统录了下来。

"你这校服,是一中的吧?哪个班的?"

第二章 谣言

王鹏辉还在不断靠近,尹澈深吸一口气,正准备发作,余光突然扫到不远处的一个人影。

个子很高,奔跑时产生的风把过长的刘海吹了起来,露出英气的眉毛。只是眼睛仍被镜片挡着,反射出路灯光,看不真切。

尹澈微怔。

那是……他同桌?

王鹏辉趁他出神不动,刚要把爪子伸向他,尹澈的脸色瞬间一沉:"你——"

"啊啊啊!!!"

突如其来的尖叫把两人都震住了。

杨亦乐双手握着棒子冲上来:"你不准碰他!!!"

尹澈瞳孔骤缩。

王鹏辉还没反应过来怎么回事,就被杨亦乐一棒打中了,他登时头晕眼花、手软脚软。

"够了!杨亦乐!"蒋尧及时赶到,"一下就够了,打太重会出事的。"

"啊!"杨亦乐一听这话,吓得立刻松了手,棒子砸在地上,咕噜噜转了几圈,停在尹澈脚边。

尹澈缓缓低头,脑子里一片空白。

王鹏辉被打痛,连连后退,被石头绊倒,扑通一声,摔倒在地上,捂着脸求饶。

杨亦乐吓傻了:"他……他……他没事吧?"

"没事。"蒋尧看也不看地上躺着的人,蹲下去捡起那根棒子,甩臂一挥,扔出去老远,回头看面前的人,"你还好吗?"

尹澈不说话,发白的嘴唇隐隐发颤。

"没事的,我已经扔掉那东西了。"

尹澈依然不说话,像是哑巴了。

蒋尧稍稍低头,靠近了些,直视着他的眼睛,抬起手,轻轻地碰了碰他的肩膀:"别怕,哥在呢。"

尹澈怔怔地回视他。

蒋尧的刘海又散落了下来,长度过眉眼,使得他的眼睛看起来总是影影绰绰的。但此时他们相距不过七八厘米,路灯光照亮了彼此的脸庞,所有以前未曾注意或未能确定的细节,都无所遁形。

——蒋尧的瞳色,是灰褐色的。

灰得不明显,更像是一道时隐时现的银光,隐藏在深褐色之中,光下才透出来,伴随着一股不容忽视的危险与压迫感。

"傻了?"蒋尧冲他笑了笑,往后退开,那双眼睛又看不清了,"回神。"

这句话像能招魂似的,尹澈恍然惊醒,刚才心头涌起的那股恐惧感,不知怎么,忽然就烟消云散了。

好像真的出神了。

丢脸。

"没事了就好,要是还有哪里不舒服,跟哥说。"

"……嗯。"

杨亦乐在一旁焦急了半天,快哭了:"怎么办啊,就让他躺在这儿吗?我是不是闯大祸了?"

"别急,没事的。"蒋尧掏出手机,"大家都在找你们呢,我喊他们先过来,再商量商量怎么处理。"

章可他们接了电话,立刻赶过来,还多带回来一个不认识的男生。

"这就是我那好兄弟,刚在路上遇到的,翔子,你快看看是不是这货?"

翔子往地上瞅了眼:"没错,就是他!"

蒋尧:"我刚看了,这周围没监控。这样吧,翔子,你去找你们学校的保安,让保安把他弄到医务室去,之后如果他要来我们学校,我们再想办法。"

第二章 谣言

一行人点头称是,但脸色都有些愁,没有监控就等于没有证据,万一这人回过神来找到学校来,要讨个交代,杨亦乐或许还会有麻烦。

"不用想了。"尹澈拿出手机,"我录下了他刚才说的话,该找碴的是我们。"

其他几个人脸上一喜,但随即意识到说话的人是尹澈,又不知道该怎么接话了,几个人面面相觑。

"澈哥厉害!!!"章可突然喊了一嗓子。

其他人愣了愣。

男生之间的义气和冲动总是爆发得突然,章可这一喊,瞬间点燃了几个男生心中的热血,把那点小别扭烧了个干净。对啊,考虑这么多干什么?牛就完事儿了!

"澈哥牛!"

"太机智了!"

"不愧是你!"

蒋尧也跟着喊:"澈澈好棒!"

其他人:"……"

蒋尧:"好了,没事的赶紧撤吧,还有十分钟就开始晚自习了,当心被'张教主'抓到。"

众人刚刚急着找杨亦乐,都忘了时间,经蒋尧一提醒,猛然想起晚自习这事儿,立刻道了别狂奔回去。

林远自告奋勇送杨亦乐回家,先行一步,一伙人顷刻间只剩下蒋尧、尹澈、章可、翔子,还有地上的王鹏辉。

翔子:"那我去找保安了啊。"

章可:"去吧,拜托你了兄弟!"

"放心吧!"

翔子挥挥手,转身朝着门卫室的方向小跑了过去。

章可见他跑远了,说:"我们也回去吧,我可不想被'张教主'

逮到写八百字检讨。"

　　蒋尧却站在原地不动，颦眉沉思："章可，你那个兄弟……是哪里人？"

　　"湖城的，怎么了？"

　　哦，难怪了。

　　"没什么，走吧。"

　　"所以，这人不叫飞哥，对吗？"尹澈突然问。

　　蒋尧脚步一滞。

　　章可莫名其妙："不叫飞哥叫什么啊？"

　　"你的兄弟，'fei''hui'不分，而且我听杨亦乐说这人叫王鹏辉，应该是叫'辉哥'。"尹澈分析道，"不过……看这人的屎样，八成是冒充厉害人物，'hui'哥应该另有其人。"

　　章可："你怎么知道是冒充的？或许这人吹牛呢。"

　　尹澈："我以前听我弟说过，东城有个很嚣张跋扈的人，好像就是叫'hui'哥，自以为长得帅，总是骚扰别人，臭名远扬。"

　　蒋尧："……"

　　章可："啊？难不成……他们学校有两个东城转来的？"

　　尹澈："我不清楚那个真正的'hui'哥有没有转学，如果真的转了过来……"

　　"欸，你们还有心情聊东聊西呢？"蒋尧指了指自己的手表，"只剩下五分钟了啊，我腿长跑得快不要紧，你们两个小短腿抓紧时间。"

　　章可："喂！你说谁腿短呢？"

　　尹澈的脸也黑了："比一比？"

　　蒋尧："比就比，谁怕谁。"

　　三人互相对视一眼，同时拔腿就跑。

　　三道年轻的身影在夜色中狂奔。

　　章可吭哧吭哧拼了命地跑，始终垫底，终于不得不承认，前面两位确实比他腿长。

第二章 谣言

蒋尧放慢了速度,保持在第二名的位置。尹澈在他前面,隔着一米远的距离,校服外套被风吹起,鼓得老高,露出里面单薄的衬衫。

奔跑时轻盈的姿态仿佛下一秒就要飞起来。

无论是灿烂阳光,抑或无边夜色,对他似乎没有任何影响,随时都会毫无眷恋地离开。

蒋尧忽然很想把他拽过来。

脑子尚未想明白这样做好不好,手已经伸了出去——

"蒋尧!"

尹澈大声喊了他的名字。

"……什么事?"蒋尧放下手。

"刚才忘了说,谢谢你!"尹澈没有回头,但蒋尧能从侧后方看见他的侧脸,嘴角是扬起的。

"我收回之前的话,你比他帅一点!"

蒋尧怔了怔,也笑了,回喊:"你终于认清哥的颜值了啊!"

"我不是指长相!"

"那你指什么?"

尹澈却不肯说了,在奔跑中笑得畅怀。

晚风在耳边呼啸而过,扬起了少年们的头发与校服衣摆。路灯光照亮了他们奔跑的方向,黑夜亦无惧。

第二天的午休时间,高二(1)班教室里比往常都热闹。

"……说时迟那时快,亦乐见情况不妙,大喝一声'不准碰他!',接着扬起手中的木棒,撞上去,势与流氓共存亡……"章可说到激动人心处,唾沫星子乱飞。

陈莹莹嫌弃地往后退,抹了把脸:"真的假的?亦乐,没看出来啊,你居然这么勇猛。"

杨亦乐羞赧地红了脸:"没……没有,章可说得太夸张了,我当时以为尹澈有危险,脑子一热就冲上去了,其实现在想想,尹澈那么厉害，哪需要我帮忙呀，还给大家添乱了……"

章可挥手："没有的事！我巴不得你再多打他几下，不然便宜了他。"

陈莹莹："我举双手支持。"

"不行的……蒋尧说，打多了会出事的……"

"他那是骗你的，你那点儿力气，又没有打他的重要部位，怎么会出事？"章可说，"不过蒋尧做事确实周到，人不可貌相啊……"

三个人不约而同地朝教室最后排望过去——

"哎呀，戴一下嘛，绝对可爱！"蒋尧手里拿着个毛茸茸的兔耳头箍，试图往他同桌头上戴。

尹澈一手举着课本挡脸，一手抄起笔袋揍他："滚滚滚！"

陈莹莹："……"

章可："……"

杨亦乐微笑："自从蒋尧来了，尹澈的话也变多了。"

确实话变多了，从一个"滚"变成三个"滚"了。

蒋尧强塞未果，郁闷地放下了头箍："为什么不愿意戴啊？多可爱。"

"我又不参加入场式，戴什么戴？"

校运会下星期举行，每个班都要挑20人组成方队，在入场式上表演节目，得分最高的前三个班级会有奖状。

高二（1）班的文艺委员是韩梦，放飞自我型选手，每次遇上这种活动就兴奋地摩拳擦掌，想出来的方案一个比一个惊世骇俗。

好在有陈莹莹压制着他，最后定了个全员戴兔耳跳可爱舞的入场式，韩梦高呼："太无趣了！都没有看点！"

他本来是打算让所有人穿兔女郎装的。

陈莹莹："你是自己想穿吧。"

蒋尧被强行拉去充数，分到了一个兔耳头箍，越看越觉得适合他的兔子同桌，又请求了好几次，差点被第二次掀翻。

第二章　谣言

正要厚着脸皮再问一次，吴国钟从教室前面进来了。

班里立刻安静了些，说话声也压低了。吴国钟左右张望了会儿，锁定了目标："杨亦乐、尹澈，来我办公室一趟。"

尹澈二话不说站起来，十分愿意离开他的神经病同桌。

蒋尧也跟着站起来："是昨天那事吧？你把录音交给老吴了？"

"嗯，早上就交了，说会处理。"

"看来要有个结果了，我跟你一起去。"

尹澈脚步刹住："……你先把那玩意儿放下。"

蒋尧满不在乎地往桌上一扔："不戴你也是兔子，标签撕不下来咯。"

到了办公室，老吴带他们三个进了里边的小会议室。

尹澈走在前面，刚进门，突然僵住不动了。

"挡路了喂。"蒋尧从他旁边绕过去，抬眼一看，发现会议室里有好几个人。

除了老吴和"张教主"，还有王鹏辉和三方的家长。

场面堪称大型"修罗场"。

蒋尧凭长相一眼就认出了尹澈的爸妈，一位神态严肃的男士和一位貌美温和的女士，正坐在会议室的沙发上，脸色不是很好看，一见尹澈进门，尹妈妈立刻走了过来：

"小澈，你怎么能做这么危险的事啊？也不跟爸妈说。"

尹澈侧身，躲开了他妈妈伸过来的手："你们不用来，我自己能处理。"

"你能处理什么？"尹权泰冷声问，"偷偷录音？用棒子打人？谁教你的这些歪门邪道，一不当心你就犯法了知道吗？"

尹澈抿着唇，一言不发，似乎在酝酿情绪，蒋尧以为他下一秒就要顶嘴了，可他张口却只说了一句："对不起。"

杨亦乐弱弱地说："叔叔……木棒是……是我用的……尹澈也是

为了帮我，才偷偷录音的……"

"亦乐，人家爸妈在说话，你别插嘴。"杨妈妈使了个眼色。

杨亦乐："我说的是实话啊……"

杨亦乐没看懂他妈妈的眼色，蒋尧倒是看懂了。

尹家有钱有势，就算杠上了同样有钱有势的王家，也不会吃亏。但杨亦乐家庭条件一般，他爸妈应该不想和王家硬碰硬，想借尹家来教训王家。

大人之间的斗争，可比少年人的小打小闹复杂多了。

作为全场唯一一位家长不在现场的学生，蒋尧谁也不用顾忌，非常嚣张地咳了两声，成功吸引了全场的注意。

"张教主"："这位同学是来干吗的？没喊你吧？"

蒋尧："张老师，我叫蒋尧，是尹澈最好的朋友……"

尹澈："他自封的。"

"咳……也是这起事件的全程目睹者。"蒋尧看向王鹏辉，笑了笑，"这位同学，还是我让人把你抬到医务室去的呢。"

王鹏辉回以真挚笑容："谢了啊兄弟！"

王父敲他脑门："谢什么谢！没听出来他们是一伙儿的吗？"

蒋尧："这位想必就是你爸了吧？让我猜猜，你们一家三口今天过来，是为了讨个说法？"

王父："废话，我儿子先是被你们学校的学生划了一刀，又是被你们学校的学生打倒，现在你们还去我儿子学校告状，要是不讨个说法，我儿子就要被退学了！"

尹澈："他早该被退学了。"

"尹澈！"尹权泰愠怒地呵斥。

尹澈住嘴了。

蒋尧："叔叔，您别这么凶啊，他胆子小，经不起吓唬。"

尹澈："你说谁胆子……"

蒋尧朝他眨了下眼。

第二章 谣言

虽然因动作不熟练而显得非常生硬做作,但那确实是一个眨眼。

乔婉云总算拉住了自己儿子的手,小手冰凉冰凉的,明明天气还没多冷。她心疼得要命,嗔怪自己丈夫:"你少说两句行不行?小澈已经很不容易了。"

尹权泰似乎有话想说,但最终还是咽了回去,叹气:"我也是为了他好。"

出现了,叛逆期青少年最讨厌听到的一句话。蒋尧心想,兔子这下该炸了吧。

然而尹澈依然平静,像一潭死水,语调没有任何起伏:"我知道,爸、妈,对不起,让你们担心了。"

王父不耐烦了:"你们说完了没?能不能给个说法了?我的时间很宝贵,一分钟赚几百万的生意,你们耽误不起!"

"张教主"赔笑:"您少安毋躁,我们先听听孩子们的说法,毕竟我们都不在现场,不了解事情全貌,不能妄下断论啊。"

王鹏辉立刻先控诉:"我就是和他正常聊天而已!都什么年代了还不允许自由交友啊?"

蒋尧:"那录音里的话是怎么回事?尹澈明显不想理你,你那是什么态度?"

王鹏辉:"我可没听出来!"

吴国钟都听不下去这番强词夺理了,皱眉摇头。

但王鹏辉说完,他爸立即说道:"我儿子长这么帅,又不是没朋友,他有必要做这种事吗?肯定是你们学校的学生想认识我儿子,我儿子没搭理,他就恼羞成怒。"

"张教主"的额角绷起了青筋,若不是校长叮嘱过不要闹太僵,他立马就把这一家子轰出学校。

尹权泰冷哼:"我儿子瞎了眼才会想认识您家孩子。"

语气彬彬有礼,反衬得这句话格外嘲讽。

蒋尧小声道:"你爸这么会骂人,你怎么连他的十分之一都没遗传到？说来说去只会说个'滚'。"

尹澈："滚。"

王父先奓了，"噌"的一下从沙发上跳起来，指着尹权泰怒斥："信不信我告你家儿子诽谤！"

尹权泰也站起来，威严从容："请便，记得找个好律师，哦，不巧，全市最好的律师都在我司，需要我给您一张名片吗？"

"你！"

要不是气氛不合适，蒋尧都想为尹爸爸鼓掌喝彩了。

"叔叔，您先别生气，我还有话没问完。"

尹权泰看了眼说话的少年，模样有点吊儿郎当，但和自己儿子站得挺近，像是自己儿子信任的同学，于是微微颔首，示意他继续。

蒋尧捋了捋思路，看向王鹏辉："我们确实没法自证，我们只有录音，没有录像。"

王鹏辉得意地哼哼了两声，显然已经调查过这点，才敢这样颠倒黑白、扭曲事实。

"不过呢，你可别忘了，被你刻意找碴的不只我同桌一个人，还有他。"蒋尧指向杨亦乐。

杨亦乐立刻往前一步，挺直背，昂起头，颇有气势道："嗯！没错！"

因为个子矮，头昂得再高也只能仰视在场的几个人。

王鹏辉嗤之以鼻："你不提他我都不想计较了，那天我也只是想单纯地认识一下这个同学，结果这家伙像疯了一样，划了我一刀，我没让他赔偿就不错了。"

蒋尧："现在改口了？之前不是不承认是自己主动跟人说话吗？"

王鹏辉："我……你们有证据吗？"

听他的口气，似乎是想把前面已经承认的不正当行为统统推翻。

"你明明就是主动找碴！"这可能是杨亦乐有生以来第一次这么大声地跟人说话，脸涨得通红，"敢做不敢当！"

蒋尧安抚了杨亦乐几句,让他先冷静,接着对王鹏辉说:"昨天晚上的事我们确实没录像,但杨同学那件事,可是有目击证人的。"

杨亦乐一愣:"……啊?有吗?我怎么不知道……"

王鹏辉:"不可能,我当时特意留意了周围……"

王父:"鹏辉!"

王鹏辉反应过来,立刻闭嘴。

蒋尧追问:"为什么要特意留意周围,这是正常交友的态度?"

王鹏辉:"我……我觉得没人的地方清静,方便聊天,不行吗!"

蒋尧笑道:"行,你不愿意说没关系,自然有人看见你做了什么。"

"张教主"按捺不住了:"蒋尧,你别卖关子了,到底谁是目击证人,你快说吧!"

蒋尧耸肩:"我也不知道。"

尹澈又露出了看神经病的眼神。

"……先别那样看我,你总是不听我把话说完。"蒋尧道,"虽然我不知道具体是谁,但这个证人肯定有,兔……尹澈,你还记得,第二天学校里是怎么传的吗?"

尹澈回忆了会儿:"传他被一个人拦住问路,之后被强行带走,后来找到人看到他很狼狈,还在哭。"

蒋尧:"对,你不觉得奇怪吗?"

尹澈沉思片刻:"确实很奇怪。"

其余人:"到底哪里奇怪?"

尹澈转向杨亦乐:"那天晚上,谁看见你了?"

杨妈妈:"同学,你问这个干什么?"

吴国钟也问:"看见他的人,未必目睹了事情的经过吧?"

"不,他一定是目击证人。"尹权泰突然发话。

他声线浑厚低沉,不怒自威,一开口,就有种莫名的说服力。

王父不耐烦道:"你们两个故弄什么玄虚?当我们傻啊?我看根

本就没有目击证人,全是这小子瞎编的!"

蒋尧:"我们几个都明白了,叔叔您还没明白?行吧,能理解,毕竟不是人人都读过高中,那我给您解释解释。"

不等王父反应过来自己被嘲讽了,蒋尧便迅速分析:"王同学和杨同学都说当时周围没人,而且杨同学在事情发生后受到惊吓,两天没来学校,也没和任何同学联系,学校里的同学却都知道这件事了。大家为什么会知道?

"这人看到了杨同学很狼狈,还在哭,这种状态有可能是被抢劫了,也有可能是被人欺负了,总之可以有很多个版本,可不管是什么版本,都明确地提到了,他被人强行带走,说得这么模棱两可,大家不觉得很奇怪吗?"

吴国钟有点听懂了:"你是说……有人故意这么传的?"

蒋尧:"是的,不愧是吴老师,理解能力满分。"

吴国钟颇为得意:"那当然,没两把刷子怎么当语文老师。"

"张教主":"咳,吴老师您先别打岔。"

吴国钟:"哦哦,抱歉抱歉。"

蒋尧继续:"杨同学明明是因为帮忙带路才和王同学走到了没人的地方,是自己走过去的,传言却说他是被强行带走的。足以证明,第一个放出传言的人,篡改了真实情况。"

"张教主"点了点头,但还有一个地方存疑:"可你说的这些,并不能证明那个第一个发现杨同学、第一个放出传言的人,目睹了全过程呀?"

王鹏辉逮住机会插嘴:"就是!可能只是那个人看他不爽想整他而已呢!"

蒋尧从容道:"不可能。"

"怎么不可能?"

尹澈:"因为传言里说的是'找到的时候'。"

蒋尧递给他一个赞许的眼神:"聪明。"

王鹏辉:"这能证明什么啊!"

蒋尧:"能证明的多了,起码能证明,那个人,是主动去找杨同学的。那个时候晚自习刚下课,按理说走读生都直接回家了。

"如果那个人想找杨同学,应该顺着杨同学回家的路找,怎么会走到没人的犄角旮旯里,找到受惊的杨同学,这不奇怪吗?

"所以我们可以断定,那个人看见杨同学往其他方向走了,看见他被带走了,看见他和对方发生争执、划伤了别人,最后等对方跑了才出现,假装无意中发现了杨同学。"蒋尧看向杨亦乐,"所以,第一个发现你的,到底是谁?"

杨亦乐望了一圈办公室里的人,所有人的视线都集中在他身上,令他有些紧张局促,迟疑片刻,轻声说:"是……唐莎莎。"

杨亦乐说出名字后,最震惊的莫过于"张教主":"谁?唐莎莎?杨亦乐,你没记错吧?"

杨亦乐点头:"嗯,我不会搞错的。张老师,我记得很清楚,当时我很害怕,不敢出去,就在原地哭……然后唐莎莎出现了,问我怎么了,我不想让她担心,就说没事。后来她帮我打电话,陪我等到我妈来接我,我们才分开的……"

"张教主":"这么听起来,她挺为你着想的啊,怎么会在事后篡改真实情况呢?"

尹澈冷笑了一声。

"张教主"听见了,问:"尹澈,你有话要说?"

"嗯。"尹澈目不斜视,微昂起头,"蒋尧。"

他语气沉肃,这声喊得颇有气势,镇住了场子,几个大人也凝视望过来,想听听后边的话。

"你把那天跟我说的话,再跟张老师说一遍。"

蒋尧:"我每天跟你说八百句话,你指哪一句?"

尹澈磨着后槽牙:"就、是、那、天,你在小卖部外面,听到的,唐莎莎说的话。"

蒋尧总算想起来了:"噢!你说那个啊!"

他立刻对"张教主"转述了唐莎莎等人那天关于杨亦乐一事的议论。尹澈的脸色稍微转晴了些,然而其他人的脸色都转阴了。

"除了我,章可、陈莹莹、韩梦都听见她那样说了,他们可以做证。"蒋尧道。

杨妈妈:"我要和她家长谈谈,怎么教的?这么没教养!"

"您冷静……""张教主"劝道。眼下三方家长对峙已经够让人头疼了,他真不想再把事情搞大。

"唉……这样吧,蒋尧,你去叫唐莎莎过来,我当面问她。"

"好的,张老师。"蒋尧倒是爽快,转身就走。

留在会议室里的其余人都微妙地保持着沉默。

杨家父母静观其变,尹家父母气定神闲,王家则显得有点焦躁不安,王父小声问了自己儿子几句话,听不清说了什么,王鹏辉面如菜色,不停摇头:"应该没人啊……我没注意……"

吴国钟和"张教主"商量着对策,时不时地往几个大人和小孩那儿扫一眼,具体在讨论什么也听不清。

打诨插科的蒋尧一走,空气好像登时变沉重了。

尹澈跟他爸对视了几眼,没看懂他爸那严肃的眼神到底是什么意思,也不是很想看懂。

"我去外面等着。"他打开会议室的门走了出去。

乔婉云跟出来,走到他身边,朝他伸出手:"小澈,就这么不想看见爸爸妈妈啊?"

乔婉云的声音总是很柔和,让人无法拒绝。尹澈这回稍微适应了些,没避开她的手,被她挽着,垂眸说:"没有不想见。"

"还说没有呢,开学到现在,你周末都没回过家。"乔婉云埋怨,"是不是小泽跟你说什么了?那孩子就那样,不会好好说话,你别把他的话往心里去,他没恶意的,他只是……只是……"

"只是讨厌我而已,我知道。"尹澈扯了扯嘴角,"妈,别担心,

第二章 谣言

不是因为他,是我自己想更独立一点,而且在学校里待着也挺好,有吃有穿有住,没什么不方便,以后就一个月回一次家吧。"

"唉……你总有理由,妈妈拗不过你。独立是好事,但也不要太逞强,遇到困难要跟爸爸妈妈说,知道吗?"

"嗯,知道了。"

乔婉云摸了摸他的头发,眼眶微红:"你总是答应得爽快,但每次有事还是瞒着我们,一点也不听话,我们真怕你再出什么事……"

尹澈稍稍低下头,方便她摸自己的脑袋:"不会的,你们放心,学校里能出什么事?像今天这样的都是小事,不用你们来我也能解决,就算我解决不了,你也看到了,还有我同学呢。"

他其实并不想依赖蒋尧和其他同学,这次受蒋尧相助纯属意外,但这么说的话,乔婉云会放心一点。

果然提到这个,乔婉云总算露出了笑容:"嗯,看到了,我们小澈终于愿意交朋友了,这点妈妈很开心。那孩子以前没见过,新来的?"

"嗯,这学期转来的,我同桌。"

"挺好的,看起来跟你关系不错,妈妈以前托你们吴老师给你安排了几个同桌,你都把人家赶走了,现在终于有同桌了。"

尹澈无奈:"妈,不是我赶走的,是他们自己要换位子的。"

"你还好意思说的,你都不跟同学说话,不就是间接地赶走别人吗?"

"我……就是不想跟他们说话。"

"那现在就想了?我看你这新同桌也没什么特别的啊。"

他不知道该怎么说了,一抬眼,看见蒋尧从办公室门口进来了。

"怎么站在外面?等我是不是……"蒋尧说到一半看见了乔婉云,立马住了嘴。

蒋尧身后的唐莎莎还不知道发生了什么事,疑惑地问:"喊我来干吗?张老师呢?"

"你等一下。"蒋尧打开会议室的门走进去，过了一会儿，又走了出来，说，"好了，你进去吧。"

唐莎莎迟疑片刻，大概也察觉了似乎不是什么好事，但终究不敢不听老师的话，进了会议室。

乔婉云："我们也进去吧。"

尹澈点头，刚要开门，蒋尧却说："阿姨，他就不进去了，我刚刚和张老师说过了，我们马上要上课了。而且唐莎莎和杨亦乐的事跟我们没关系，进去也是干听着，我们就先回教室啦。"

乔婉云微愣："啊，哦……那小澈，你要跟你爸说一声吗？"

尹澈看了眼蒋尧，不确定他是在朝自己使眼色还是眼角抽搐。但他确实不想再进去了。

"不用了，这周末我会回家，有什么话到时候再说吧。"

乔婉云没办法，只好目送着他们俩离开办公室。

午休只剩最后五分钟。

高二（1）班教室就在楼下，不用太着急。尹澈插着兜一步步下台阶，看着前面人的后脑勺和宽阔的后背。

十七八岁的男生，面容介于少年与青年之间，轮廓还不是很硬朗，身形却已经是个成年男人的模样了。即便穿着宽松的校服，也能看出挺拔的身姿和笔直的长腿，不知道底下蕴藏着多么强健的力量。

尹澈想起乔婉云刚才对蒋尧的形容，有点不同意。

蒋尧明明很特别。

蒋尧个子很高，比大多数同龄男生都高。眼睛是灰褐色的，应该有点混血基因，学校里没有其他混血的学生了，这不是很特别吗……

而且，最重要的是，蒋尧愿意和他做同桌，愿意和他交朋友。

一般人都不愿意。

蒋尧一点都不一般，他很特别。

快走到教室门口的时候，几个刚从小卖部买好下午要吃的零食的学生狂奔而过，扬起一阵风。蒋尧稍稍侧头，说："当心。"

尹澈脚步顿了顿，喊了声："喂。"

蒋尧面色不愉："兔子，刚刚在里面我还有名有姓呢，现在就成'喂'了？"

"我想喊什么就喊什么，你管得着吗？"

蒋尧转身："我刚救你于水深火热之中，你就用这种语气和我说话？"

"你哪里救我了？"

"装什么呢？瞎子都看得出你不想待在里面。"蒋尧靠上墙，懒懒散散的，"虽然我不知道你是不想见你爸妈，还是不想看见那猪头，但总之，我看到了你眼中求救的小信号，于是你体贴又勇敢的同桌挺身而出，找借口带你逃出来了。"

尹澈："多管闲事。"

蒋尧："……尹澈同学，虽然我们已经当了一个多月的同桌，关系也算不错，但我有时候还是觉得你很欠揍。"

"那你要换同桌吗？"尹澈看着他，直视他镜片后的眼睛，"现在换还来得及，以后换，我就要揍你了。"

蒋尧笑了："我怎么听出了点舍不得我的感觉？"

"可能是你耳朵出了问题。"

"哈哈，我发现我跟你做同桌之后脾气真是变好了，听到这种话居然都不生气。"蒋尧笑嘻嘻地走近一步，"不换就不换呗，坐到高三毕业都没问题。"

"如果我跟你吵架了呢？"

"就你那点骂人的词汇量，吵架能吵得过我？"

尹澈沉默了。

蒋尧乐得不行："放心吧，哥大度着呢，兄弟之间吵架不是很正常吗？过两天就又形影不离了。"

尹澈踹他一脚："谁跟你形影不离啊？"

"你不跟你同桌形影不离,跟谁?说不定突然有一天有个人见人爱的天仙非要跟我做同桌,到时候别怪哥——欸!怎么还踹人呢!够了啊,都留下鞋印了!我昨天刚洗的裤子!"

"好心踹醒你,天仙干吗非要跟你做同桌?图你不剪头,还是图你非主流?"

"人身攻击就过分了啊,老实说,我长得还行吧?你那天晚上不是夸我帅来着?"

"都说了,不是夸你长相。"

尹澈绕开他往前走,从后门拐进教室,第一节课是英语课,铃还没打,许贝妮已经进教室了,正在发昨天的默写卷。

蒋尧跟进来,不依不饶地问:"那到底是夸我哪儿帅啊?"

"自己领会。"

尹澈坐回位子上,拿起自己的默写卷,上面写着个 A。再瞥了眼他同桌的,写着 B。

蒋尧的英文字和中文字一样惨不忍睹,但英文字笔画简单,勉强还是能看清。尹澈大致扫了一遍,全是粗心的小错误,原本能拿 A 的。

奇怪的家伙,有时候吊儿郎当粗心大意,有时候,却又细心得不可思议。

尹澈又想起那天晚上奔跑而来的蒋尧。

那时的他一身的狠戾狂气,尹澈还以为下一秒就要目睹一场暴力事件。

然而蒋尧急停在他跟前,仿佛知道他怕什么,也知道他那时那刻最需要什么。

明明才认识一个多月而已,除了这人生性就细心,尹澈想不出第二个蒋尧为什么这么了解他的理由了。

也不得不承认,当时路灯光照着的那张笑脸,确实有点帅。

不是帅在表面,而是平凡之下,难能可贵的温柔。

"张教主"做事一如既往地雷厉风行,仅过了一个周末,公示栏里就贴出了一张处分单。

"唐莎莎被记过了?怎么回事啊?"

一楼的公示栏边上围了一群看热闹的学生。换作其他人被处分可能引不起这么大注意,但唐莎莎担任文艺部部长,负责学校各大文艺活动,不少学生都认识,对她被处分很惊讶。

正值午休时间,回教学楼必经公示栏,刚吃完饭的学生全围在这儿了,知情的给不知情的科普,被科普的再给后来的科普:

"哎哎,我听说啊,跟杨亦乐那事有关,是她没弄清楚情况就到处说杨亦乐的事,给人家带来了不好的影响。"

"就说呢,当时差点当真了呢……她这人也是,夸大事实何必呢。"

"大快人心,虽然她可能也不是故意的,但让她长个记性也好,我早就看她不顺眼了,文艺部长而已,总对我们摆架子。"

"话说唐莎莎被撤职了,那新的文艺部部长是谁啊?"

"好像是高二(1)班的吧,叫什么我忘了,就那个爱翘兰花指的男生。"

"他啊?那也没好到哪儿去,'张教主'怎么回事啊?挑的都是一些'妖魔鬼怪'……"

咚!

易拉罐以一个完美的抛物线落入了窄小的垃圾桶口,蒋尧转头:"怎么样,哥投得准吧?"

尹澈面无表情:"你扔在分类为湿垃圾的桶里了。"

蒋尧:"啊?!"

从一堆泡面零食残渣里拣出那个易拉罐之后,蒋尧立马跑去洗了个手,洗完也不擦干,把水珠往自个儿同桌脸上弹,特别欠揍地问:"凉不凉快?"

然后被尹澈从走廊一头踹到了另一头。

"那不是你哥吗？"高二（3）班有人看见了走廊外打闹着路过的两个人，喊了句，"尹泽，他旁边的那个人是谁啊？好像没见过？"

啪！尹泽扔了笔，黑着脸起身离开："爱谁谁，关我屁事。"

韩梦被提拔当上文艺部部长之后，立马在朋友圈发了条："我的才华终于可以大施拳脚了！"并配以无数爱心和星星表情。

陈莹莹回复："绣花拳。"外加一个翻白眼的表情。

"韩部长"新官上任，春风得意，大手一挥豪气冲天，扫荡了小卖部的冰柜，请高二（1）班所有同学吃雪糕。

章可咬了口巧克力味的雪糕，还没咽下去就说："老韩牛！真给我们班长脸！"牙上沾满了黑乎乎的巧克力，看起来像个憨憨。

陈莹莹不忍直视："你能不能吃完了再说话……欸，姓韩的，怎么不给我一根？"

韩梦刚发完雪糕，拎着大袋子走到陈莹莹边上，从袋子里掏出最后一包东西，扔到她桌上："怎么能忘了您呢，班长大人？小的有今日，多亏了您栽培啊，这不，特意把小卖部最贵的一盒曲奇买来孝敬您了。"

陈莹莹点头："还是小韩懂事，小可，学着点儿。"

章可突然觉得手里的雪糕不甜了："这盒曲奇五十几块呢！我也想吃！"

韩梦笑笑："你吃屁吧。"

蒋尧分到一根草莓味的雪糕，往他同桌桌上看了眼，是香草味的。

"要不，咱俩换换？吃草莓味的雪糕，这很不男人。"

尹澈想说你戴兔耳的时候怎么不说这话，但他现在没精力，趴在桌上，捂着肚子："你拿去，我不吃。"

蒋尧低头："怎么了？早上班长的肚子痛传染给你了？"

尹澈转过头，脑门上几撮头发翘起着："滚，还不是因为你。"

第二章 谣言

"我怎么了？"

"刚吃完饭就踹你，剧烈运动了。"

蒋尧很想把他的头发按下去，但那样做估计自己会先被他按到地上去，只好说："行，我的错，给你倒杯热水。"

蒋尧拿起他的水杯从后门走了。

尹澈愣了愣，觉得自己应该把水杯夺回来，他的东西从来不让别人碰。但是，当蒋尧骨节分明的手指握上他水杯时，他一恍神，水杯就被拿走了。

算了，反正蒋尧已经碰过他的很多东西了。他的文具、他的手工、他寝室里的桌椅……除了一开始无意间的触碰，再到后来……好像都是他默许的。

饮水机在各个楼层的楼梯口，离得远的班级学生不高兴每节课都过来倒水，通常都会在午休的时候拿个大杯子倒满水，储备一下午的水量。

尹澈的杯子也挺大，是那种密封厚实的保温杯，摸不出温度，蒋尧只好倒一会儿热水再倒一会儿冷水，确保温度够热又不至于烫嘴。

兔子踹起人来生龙活虎，实际上就是只纸老虎，跑两步就肚子痛了，还说是剧烈运动……蒋尧想想就想笑。

果然本质上还是个小兔子，没多强的战斗力。

正估算着水温，旁边又来个人，却不倒水，光盯着他手里的杯子看。

"你拿我哥的杯子干什么？经过允许了吗？"

蒋尧一听这高高在上的语气，不用抬头都知道是谁："帮你哥接水，他身体不舒服。"

"怎么可能？他周末在家还好好的。"

"被他弟弟气的呗，听到哥哥不舒服第一反应居然不是关心而是质疑，要我我也气死咯。"

尹泽也不傻："你少绕着弯骂我，当了一两个月的同桌就自以为很了解我哥了？他脸皮厚着呢，我再怎么说他他都不会当回事，就装样子给你们这些外人看，让你们同情他。"

蒋尧觉得没必要和这叛逆少年多费口舌，冷声道："我乐意同情他，要你管？"

"你同情谁？"

第三道声音从背后乍然响起，两个人手里的水杯都抖了抖。

尹澈站在他俩身后，看着蒋尧："谁要你同情？"

蒋尧第一次见他这种眼神，不对，开学报到那天也见过一次，当时自己被踹翻在地上的时候，尹澈也是这种眼神。

愤怒、锐利、戒备，这次还比上次多了一丝失望。

不知道为什么，这一丝隐约可见的失望，像根针似的扎进蒋尧心里，他的心脏抽疼了一下。

尹澈这股无名火来得莫名其妙，突然就炸开了："我让你来接水的吗？我需要你同情我吗？"

他一把夺回蒋尧手里的杯子，装满的水在剧烈摇晃中洒了出来，一地狼藉。

下午最后一节课的时候，天空忽然下起了雨。

入秋以后就没下过这么大的雨了，教学楼外的梧桐树叶被豆大的雨滴砸落了一片又一片，堆积在树下，没能挺过这个秋季，以自己的牺牲，换取来年孕育新生命的肥沃土壤。

数学老师在黑板上讲解三角函数题，底下的学生一脸愁色，或许在担心自己没带伞一会儿怎么回去，或许在想寝室阳台上的衣服白洗了，又或许只是看不懂老师在写什么东西。

尹澈的桌上又堆起了一座"废纸山"，是蒋尧坚持不懈地朝他桌上扔的小字条。

就那破字，打开看了也看不懂，扔这么多有意义？

尹澈也不想打开看。中午那事，他表现得太傻了，不想面对。

遇上蒋尧之后，他好像变得越来越傻了。会因为一些无聊的事而发笑，也会因为一些没意义的事而生气。

一定是被蒋尧这个傻子传染了。

"噗嗤！"某个傻子正对他发出信号，相当执着地要吸引他的注意。尹澈的笔顿了顿，有那么一点点，被这种锲而不舍的精神打动，只有一点点。

算了，也没多大事，给他个机会吧。

尹澈稍稍侧头，施舍给了他同桌一个眼神。

蒋尧笑容一亮，热情地把草稿本的某一页展开给他看。

兴许是终于意识到了靠自己丑绝人寰的字无法打动他高冷的同桌，蒋尧改变了策略，画起了丑绝人寰的画——空白的草稿纸上，用黑笔画了两个手牵手的火柴人，一个写着"澈"，一个写着"尧"——这是尹澈勉强辨认出来的。

尹澈心想：用"傻子"这个词形容蒋尧太低估他的实力了，蒋尧的幼稚难以用言语形容。

"画得感人吧？""傻瓜"还在那儿自我感动，"哥知道说错话了，对不起，别生气。好兄弟，听我说，让我们冰释前嫌，活得潇潇洒洒，喔哦……"说着说着还唱起来了。

尹澈伸手就去撕那张草稿纸，这要是被别人看见还不笑死。

"你干什么？这可是象征我们友谊的画！"蒋尧连忙把草稿本拿开，动作大了点。

"最后排那两个！干什么呢！"数学老师陈淑梅一声吼，教室里所有人都望了过去。

蒋尧伸长的手臂僵在半空，手里举着草稿本，尹澈奋力去夺，几乎扑到他身上。

所有同学的目光都投向他们俩，表情诡异。

陈淑梅捏着粉笔头从讲台上走下来，以两点之间最近的直线距离命中蒋尧的脑门："老师在上面辛辛苦苦讲题，你们不听也就算了，还在下面打打闹闹，什么东西这么好看，拿出来给大家都看看？"

蒋尧合上草稿本："不了吧，老师。"

"还顶嘴？！"陈淑梅手往外一指，"站外边去！放学留下来，我说走才能走！"

蒋尧乖乖听从命令，拿着草稿本从后门出去了。尹澈总算耳根清净，拿起笔继续记黑板上的笔记，一抬头，发现数学老师正瞪着他："还有你，出去！装模作样写什么写。"

于是高二（1）班教室门外最终站了两个人。

蒋尧："不愧是我的好兄弟，够义气！"

"滚。"尹澈烦得很，"你下次作死别拉上我，数学老师本来就不喜欢我。"

"啊？为什么啊？你数学成绩不是还可以吗？"

"那杨亦乐数学成绩还全班第一呢。"尹澈靠在墙上，后背一片冰凉，眼前是密不透风的雨幕，"有些偏见一旦建立，就很难被改变。"

蒋尧："也是，你看韩梦，都被老师钦定为文艺部长了，还有那么多人质疑他的能力。天生的东西，上哪儿说理去？"

尹澈勾唇："是，大家都不容易。"

这句话有那么点儿感慨的意味，蒋尧估摸着他同桌应该是想聊聊人生，于是也靠倒在墙上，四十五度角仰望阴沉沉的天空："我们的人生，就像这片天空，虽然一时会被乌云遮蔽，但我相信，只要我们努力拼搏，积极向上，就一定能冲破层层乌云，迎接灿烂阳光！加油吧，尹小澈！"

尹澈："……"

第三章
秘密

下课铃刚响,一群早就收拾好书包的学生从各个教室的后门冲了出来,犹如脱缰的野马。

陈淑梅怕门外那两个不守纪律的学生趁乱悄悄溜了,今天难得没拖堂,走到教室外查验情况。

人倒是还在,只是……姿势又变成了刚才在教室里的样子。

蒋尧高举着自己的草稿本:"你接着踹啊?兔子,当我没脾气?你再惹我我就把这页复制个百八十张,贴满你宿舍,时时刻刻提醒你,咱俩是好兄弟……"

说到一半,手里突然空了。

蒋尧心里一咯噔,缓缓扭头——正对上陈淑梅包公似的黑脸,堪比惊悚片。

"好兄弟是吧?"

尹澈战术性后仰,就看到那两个手牵手的火柴人在眼前乱晃。

"来,就按这图,手牵手到我办公室去,让所有老师看看,你们俩有多兄弟情深!"

两人愣住。

"愣着干什么?刚才不是打闹得很起劲吗?现在知道错了?"

尹澈没说话,一副关我屁事的臭脸,蒋尧怕他顶撞老师,先出声:"我们知道错了,老师,我们跟您去,手就别牵了吧,尹澈他不喜欢别人碰。"

"哦哟,碰都不让碰?"

第三章 秘密

尹澈的脸色更臭了。

"不是的,老师……"蒋尧想解释两句,忽然感觉袖子被扯了扯。

他低头,看见他同桌用两根白皙修长的手指,捏住了他校服外套的袖口。

像是在拥挤的游乐园里,怕走散而拉住家长衣服的小朋友。但又怕被别的小朋友笑话,只能暗戳戳地捏住一个小角角。

超级可爱。

尹澈没爆炸,蒋尧心里先炸了个烟花。

他对白白软软的东西一向没抵抗力,无论是小动物,还是人类幼崽。汪小柔小时候,不知道被他这个哥哥捏过多少回小脸蛋。

习惯了尹澈现在的样子,他都快忘了第一次见面的时候,他对这只兔子的印象是白白软软的小兔子。

虽然小兔子身高有一米八,虽然小兔子脾气又怪又难伺候,但乖巧起来,原来还是能和"可爱"二字沾边的。

"这样行吗,老师?"尹澈问。

陈淑梅勉强接受,哼了声扭头回办公室。

放了学的大部队陆陆续续从教室里走出来,走廊里全是学生,熙熙攘攘、吵吵闹闹。所有经过高二(1)班门口的学生都看见,高二(1)班那个据说被碰一下就要揍人的孤僻的尹澈,主动拉着一个人的衣袖,乖乖跟着走——

人间奇景。

章可走出教室看见这一幕,瞬间犹如五雷轰顶:"天哪……尧哥真乃神人,连咱们尹老大都能收服……"

韩梦:"比'老大'还厉害一点,那是不是该叫'老太'?"

陈莹莹出来给他俩一人一记拳头:"不要命了?"

走廊另一头的高二(3)班也放学了,走出来的学生刚好和去办公室的三人在楼梯口碰上。

"咦,这两人挺有意思,中午打架,下午就和好了?"

理我一下

话音刚落，背后突然刮起一阵阴风。

说话的学生一抖，只见他们班上的校草从自己身侧路过。

"活腻了？"

高二办公室。

陈淑梅把课本和三角尺往自己办公桌上一扔，转身抱胸看着两个扰乱课堂纪律的学生。

她执教二十多年，什么样的学生没见过，也不是没遇见过更不听话的，但这么明目张胆在她面前打打闹闹的，还真没见过几回。

"说说，怎么回事？"她敲了敲桌上那张被撕下的草稿纸。

如果说刚才尹澈的表情是"不爽"，那现在就更"不爽"了："您问他，谁知道他画这个丑不拉儿的东西是想干什么。"

蒋尧："……倒也不用这么嫌弃。"

陈淑梅："那你说，怎么回事？"

蒋尧："老师，您有所不知，我今天和我同桌发生了点小矛盾，画这个是想跟他和好。"

尹澈："是他自己要画的，我没搭理他。"他迅速地撇清了关系。

蒋尧瞪眼：你还是不是我兄弟？

尹澈回以蔑视：不和傻瓜共沉沦。

陈淑梅拍桌怒斥："在我这儿还不老实！有完没完了？！"

蒋尧："老师，我身为一个转学生，努力和同桌搞好关系，这不是很正常吗？"

陈淑梅笃定了这俩小子不肯说实话，还在狡辩，指着蒋尧鼻子说："别拿这套来忽悠我！你都转学来了多长时间了！"

蒋尧忽然感觉袖口收紧了些。

兔子还捏着他的衣袖，只不过从两根手指变成了五指，很用力，骨节突出，青筋可见，手紧握成拳，将校服布料绞成一团。

怎么回事？

第三章 秘密

陈淑梅见一个低了头,还以为自己的施压起效果了,问那个低头的:"承认错误了吗?承认了就写份检讨给我,再加一张卷子……"

"我没错。"蒋尧看见他同桌紧抿的唇分开,"我就是不想被人以为我和他关系很好,所以抢他草稿本,我有什么错?"

陈淑梅愣了愣。

在她印象里,尹澈其实不算一个问题学生,甚至可以算是一个好学生。平时作业按时交,听课很认真,成绩虽然总上不去,但也能维持在平均分,基本不需要管。只是性格有点怪,从来不和老师同学交流,一个人安安静静地坐在最后排,似乎不想引起任何人的注意。

若不是因为他的长相和优越的家庭条件,应该会是个存在感极低的孤僻学生,毕业之后很快会被所有老师和同学遗忘的那种。

像今天这样公然顶嘴的尹澈,陈淑梅是第一次见。

数学组还有几位老师没走,都在自己位子上暗暗听热闹,陈淑梅面子上过不去,正要发作,忽听刚转学来的那个说:"确实不关他的事,都是我的错。"

蒋尧站得笔直,比她高两个头,语气不卑不亢:"老师,您罚我吧,尹澈真的是无辜的,我不该跟他开这种玩笑,耽误您上课,还耽误他听课,非常抱歉。"

这个歉是对着两个人道的。

尹澈刚才不想和身边这人扯上关系,但现在蒋尧真的挺身而出揽下所有过错,他却没觉得轻松,反而更烦了。他很想问蒋尧:你又同情心泛滥了?

陈淑梅盯着他俩的表情,一个倔强一个坦然,倔强的那个不好对付,坦然的那个给了台阶下,于是她就顺着台阶下了:"你要替你同桌受罚是吧?行啊,两份检讨,两张卷子,明天交给我。我再给你爸打个电话,让他好好管教你。"

陈淑梅打开电脑里的文件夹,翻出高二(1)班学生的家长联系方式,看见蒋尧那栏填着两位家长,就直接选了最上面的一个电话号码。

蒋尧看见她手机上正在输入的那个号码,表情坦然的脸仿佛出现了一丝裂缝:"那什么,老师,您打另一个电话吧。"

"我就打这个。"陈淑梅以为他怕了,立即拨出电话,还开了免提,"让你长点记性,怕我找家长以后就别在我课上惹事。"

电话响了五六声后,通了,那头人问:"哪位?"

声音冷沉,听起来不像善茬,陈淑梅又核对了遍号码,确定没有打错,问:"喂,是蒋尧爸爸吗?"

"嗯。"

那就对了,陈淑梅接着说:"你儿子现在在我这儿……"

"哦。"那头冷笑了一声,"撕票吧,谢谢。"

"嘟嘟嘟……"

电话被挂断了。

陈淑梅:"……"

尹澈:"……"

蒋尧:"老师,我都说了别打给我爸,怕您被他气着。"

陈淑梅觉得自己今天出门大概是没看皇历,接二连三遇奇葩。她偏不信这个邪,赌上自己执教几十年的尊严,重新拨过去,连拨了三四遍才接通。

"我是他数学老师!"这回她开口就表明身份,这下对方总该有点敬畏心了吧?

"哦,抱歉,我以为是诈骗电话。"那头态度确实好了点,只是声音依旧冷淡,"您有什么事?"

陈淑梅煞有其事地清了清嗓子,端起老师威严的姿态:"蒋尧爸爸你好,你家孩子今天上课不好好听讲,跟他同桌打闹,被我抓到办公室来了,我罚他写两份检讨、两张试卷,再通知你一声,希望你之后也严肃批评他。"

"为什么是两份?"

第三章　秘密

问到点上了。陈淑梅等的就是这个问题："哦，因为他自愿替他同桌受罚。"

她故意这么说，蒋尧对她的惩罚无所畏惧，但家长就不一定了。

蒋尧察觉自己的袖子又紧了紧，侧头轻声说："没事，我爸很信任我。"

"不可能，我相信我儿子。"电话那头说。

蒋尧朝尹澈笑了笑："我就说吧。"

"就他那副蠢样，他还替别人受罚？"

尹澈弯了下嘴角，露出了今天第一个微笑。

陈淑梅傻眼了，从没遇见过这样的家长，教学生涯受到了前所未有的挑战。

蒋尧忍不住说："爸，您真了解我。"

电话那头的人听见了，笑了声，声音总算有了点人情味："乖儿子，真出息，刚去新学校就被找家长了，周末回来别让我碰见你，否则打断你的腿。"

这对父子之间有什么仇什么怨？

挂了电话，陈淑梅已经失去打其他家长电话的念头了，捂着额头筋疲力尽，布置完检讨字数和额外的练习卷，就放他俩回去了。

蒋尧下楼的时候一路垂头丧气："唉，你说我怎么摊上这么个爸？"

"你爸很有意思。"尹澈嘴角又扬了起来，"感觉是个很厉害的人。"

"那可不，我从小到大最怕的人就是他，给我的童年带来了深深的阴影，现在还挥散不去……"

"看你这副蠢样。"尹澈学着他爸的口吻说。

蒋尧听了也不生气，反过来问他："兔子，不生气啦？"

"我没生气。"

"还装呢，刚刚在办公室，我都怕你要揍数学老师了。"

"她说的不对，我反驳而已。"尹澈低着头，看着脚下的一级级台阶，伸出脚，踏向虚空，"我只是不愿意交朋友而已。"

蒋尧笑笑："我这样的你也不愿意？"

尹澈给了他一个眼神让他自己体会。

"其实如果你多了解一下我的话，或许会发现我的闪光点。"蒋尧大言不惭，"主要我这人吧，比较低调，比较内敛，所以你暂时还没发现。"

尹澈抬头："发现了又怎样？"

蒋尧摸摸鼻子："到时候你就会觉得跟哥做朋友是一件相当值得骄傲的事情。"

尹澈："……"

台阶只剩最后三级，尹澈往下一跳，稳稳落地，回头看他慢吞吞的同桌。

傍晚的霞光照进教学楼，楼梯被光线一分为二，一半沐浴在阳光下，一半隐没于阴影中。

蒋尧从昏暗走入绚烂。

他的身姿挺拔高大，在身后拉出一道长长的阴影。

低调个鬼。

明明全身上下从里到外都发着光。

蒋尧熬到夜里一点才把数学老师布置的任务完成，两张数学卷用了一个小时，两份检讨磨了两个小时。

他中途还去了隔壁寝室请求了协助："看在哥帮你写检讨的分上，你也帮我想想呗，我实在写不出来了。"

尹澈面无表情地折着纸星星："不是你自己要替我写的吗，反悔了？"

冷漠、无情、没人性。

蒋尧："你好歹也是我的同桌，能不能对我多点关爱？"

尹澈手一抛，把折好的星星扔进罐子里，已经装满小半瓶了。然

第三章 秘密

后站起来,连人带试卷,把蒋尧踹出了寝室。

第二天,学校有个体检,被特意安排在运动会前,以防有的学生在场上发生意外,尤其是长跑项目,每年总有些不自量力逞英雄的选手跑得上吐下泻。

陈莹莹身为班长,专门叮嘱了参加项目的同学,尤其是一位相当娇贵的比赛选手:"韩梦,好好检查知道吗?要是不行就别上场了,省得我再给你抬下来。"

韩梦:"您放心,我已经练了一个星期了,气都不带喘的,第一非我莫属。"

陈莹莹勉强信了他。

上午第三节自修课的时候,高二(1)班全体学生到走廊上排好队,跟着老吴去校医那儿。

蒋尧环顾了一下四周:"我同桌呢?周浩亮,你看到我同桌了吗?"

周浩亮是他前桌,扭头回道:"哥,我咋知道?我后脑勺没长眼啊。"况且后边坐着全校知名的危险人物,谁没事总往后看?万一对上眼神,对方来一句"你瞅啥"可怎么接?

蒋尧以为尹澈去厕所了,过一会儿就会回来,没多想,跟在大部队后头离开了教室。

直到他体检完,穿上衣服从隔间出来,还是没见到尹澈的身影,觉得有点奇怪,于是随手抓了路过的章可,问:"你看见我同桌没?"

"他啊?应该去医务室单独体检了吧,去年也这样。"

"为什么他单独检?"

"你说说你提的问题,那可是尹少爷。"章可耸耸肩,接着测视力去了。

蒋尧心想我干爹捐了那么多钱我怎么没这个待遇?再说了体检不都是一样的项目吗?有什么好特殊化的?等等,兔子可别是有什么隐疾不想被人发现吧?

蒋尧见到他同桌后开口就问了这个问题，差点被对方打到"原地逝世"。

"你才有隐疾。"

蒋尧扶起自己被踹翻的椅子："我这不是关心你嘛，那你说说，为什么不跟我们一块儿体检？"

尹澈正烦着，口气也冲："因为不想跟你这种臭烘烘的男生共用一个隔间，懂？"

体检有个项目是胸透，需要脱上衣，校医准备了隔间，拉上帘子什么也看不见，但一群大男生进进出出，难免在狭小的空间里留下点体味。

蒋尧前面是体育委员郭志雄，外号"大熊"，体毛浓密、体味浓郁，轮到蒋尧进去的时候差点窒息。

"我哪儿臭了？"蒋尧抬起胳膊闻了闻自己，"好像真有点，肯定是把郭志雄的味道带出来了。"

他立马隔着过道喊了声："老韩！把你的香水借我喷喷？"

"我香水很贵的。"韩梦这么说着，还是拿了过来，"怎么，打算和我一起做精致美男子了？"

蒋尧拿起瓶子往身上喷了两下："我同桌嫌我臭。"

话题引到尹澈身上，韩梦就没那么随意了，不过想了想，还是接了话："你同桌嫌弃你又不是一天两天了。"

蒋尧："没有吧，是不是？"

他朝旁边人笑了笑，身上刚喷的香水味飘散出去，干净、清冽，又朝气蓬勃，淡淡的柑橘调，像是冰镇的鲜榨橙汁。

尹澈心里的疙瘩忽然就被这股气味抚平了。

蒋尧见他不说话，歪过身子又靠近了些："给你的同桌一点面子好不好？"

"你脸皮这么厚，再给你糊一层面子，你的脸皮就要厚如城墙了。"

第三章 秘密

"噗。"韩梦忍不住笑了声,可尹澈一望过来,立马又收了回去。高一时挨踹的经历记忆犹新,指不定人家还记着仇呢。

"我说得对吗?"

韩梦愣了愣,好半天才确定尹澈问的是自己,简直受宠若惊:"啊……对,对……"

这堵隔了一年多的无形的墙,就这样莫名其妙地被打破了。

韩梦回到自己座位之后还有些不敢相信,同桌问:"你怎么了?失魂落魄的。"

"我刚刚居然跟尹澈对视了,还对话了……"

"天哪!"同桌震惊,"牛啊,什么感觉?是不是特可怕?"

"不……"韩梦很久没如此近距离地和班上这位危险人物对视过了。他曾几度困惑,自己当初为什么会去搭讪这么个孤僻冷酷的同学,怕不是脑子进了水。刚刚这一对视,总算回忆起了原因。

"就觉得……他真好看。"

晚自习轮到陈淑梅值班。

迫于她一贯的威压,教室里格外安静。连蒋尧都在老老实实做作业,没多造次,否则陈淑梅再一个电话打给他爸,他这周末就不用回去了,待在学校避难吧。

课间休息铃一响,所有人都松了口气。

"陈老师怎么每次值晚自习都这么凶啊?像谁欠了她五百万似的……"

陈淑梅前脚刚出教室门,章可就吆喝了起来:"大新闻大新闻,谁要听?速速过来!"

没几个人搭理他,运动会就在后天,大家都忙着去操场练习了。不求出彩,但求别出丑。

教室里只剩下不到十个人,蒋尧敲了敲他同桌的桌子:"去不去练跑步?我怕你到时候跑不动,你这个传第三棒的选手要是落下太多，我这个负责第四棒的也回天乏术啊。"

尹澈合上作业本："要去你自己去。"

蒋尧本来也没抱多大希望，闲着无聊随口问问而已。正想找点其他事做，忽然听见前排的章可在说刚才喊的"大新闻"，声音没压着，最后排也听得见。

"我听隔壁班我兄弟的同桌的朋友说，他今天体检的时候听见校医在聊，咱们年级有个身体素质巨好的人，从没见过哪个高中生有那么完美的肌肉线条的，你猜会是谁？"

体检的数据当然是不对外公开的，学生之间也不太会交流太过于隐私的东西，不然万一不如别人，岂不是很没面子。

被强行拉来听八卦的陈莹莹兴味索然："还能有谁啊？肯定是我们的'校草'呗。"

"校草"之所以能当上"校草"，不光要长得帅，还得实力强，尹泽的身体素质在全校学生中是当之无愧的佼佼者。

章可却摇头："不不不，高二（3）班他们明天才体检，跟我们不是一批。"

"那我就不知道了，反正不可能是我们班的。你看看我们班这些个男生，哪个看起来有八块腹肌？"

章可托着下巴思索："好像是没有，那到底是哪个班的呢？我太好奇了，我们年级里藏了这么号人物，我居然不知道。"

陈莹莹已经不想搭理他了，回头看见杨亦乐还坐在位子上，奇怪地问："亦乐，你今天怎么没去问陈老师问题啊？"

杨亦乐支支吾吾地说："啊……今天……今天没什么问题……"

陈莹莹眯眼："你好像有点不对劲啊……你怎么闷闷不乐的，难道有其他心事？"

"没……没有……"

章可作为知情群众，眼珠子一转，突然指着窗外喊："天哪，我刚看见尹泽和一个女生从咱们班门口过去了！"

陈莹莹噌地站起来:"什么?!在哪儿?"

"我没看清楚,要不咱出去看看?"

"走走走。"

两个吵吵闹闹的人走了出去,杨亦乐如释重负,教室里更安静了。

蒋尧作业都做完了,无事可干,见他同桌在看闲书,突发奇想,低声问:"哎,哥也有腹肌你信吗?"

他平时其实不太会显摆自己的肌肉,八中的同学都知道他身体素质强,没必要显摆。但他这会儿突然就想在他同桌面前显摆显摆。

尹澈没抬眼:"你有吗?"

"嘿,什么意思?嘲笑我是吧?偷偷告诉你,哥的肌肉堪称完美。"

说完,蒋尧还真悄无声息地掀开了一点上衣衣摆,范围控制在胸腔以下,显摆完毕,勾唇笑看他同桌,神色挺跩。

"看到了没?是不是很完美?百分百纯天然人类肌肉。"

尹澈压根没看:"如果你真的这么厉害,早就有一批仰慕者了。"

蒋尧很想反驳,东城想认识他的人能绕操场好几圈,但碍于现在的"人设"……只能说:"那是他们还没发现我这个宝藏男孩。"

尹澈:"呵,加油,宝藏男孩——"

"什么语气?"蒋尧笑笑,"说真的,我要是有了仰慕者,一定第一个介绍给你。"

"嗯。"尹澈随手打开了旁边的窗户,秋日的凉爽晚风拂面而来,稍微吹散了某些淤积的情绪。

"等我的粉丝团体壮大,我们就一起奋斗,等到三四年后,我就会成为本市最年轻的首富,到时候再找一个漂亮老婆,我和她会生一窝可爱的'小崽子'。对了,你要来给我当伴郎吗?哥的兄弟很多,欲报名从速。"

尹澈扯了扯嘴角:"三四年后我都不知道在哪儿了。"

理我一下

"什么叫不知道在哪儿？现在网络这么发达，还能联系不上你？除非……你不愿意来，这就有点不够兄弟了啊。"

"你不是说自己兄弟很多吗？不差我一个吧。"

"关系最好的就那么几个。"蒋尧侧着身子，撑着脸看他，"你是其中一个。"

窗外的树叶沙沙响动，一阵大风卷过，吹进打开的窗户，像一股无形的推力，从背后将尹澈推向面前的人。

蒋尧认真的时候，似乎会变得让人很难拒绝。

"我尽力。"尹澈听见自己说，"如果你到时候联系不到我，就找别人吧。"

"我肯定能联系到你，天涯海角都给你揪回来，别想跑。"

第二节晚自习的铃响了，学生们陆陆续续从外边回到教室，陈淑梅也夹着本杂志进来了，原本在聊天的学生都安静了下去。

蒋尧转正了身子，琢磨本子上的题怎么做。尹澈继续看图书馆借来的小说，翻到后一页，一句话映入眼中——

你瞧这些白云聚了又散，散了又聚。

人生离合，亦复如斯。

他不是很同意。

云散了可能会有重聚之日，但人散了，或许就是永远。

周五，运动会当天。

蒋尧睡到七点半才起，匆匆洗漱了一番，把刘海放下来，戴上黑框眼镜，打扮后又是一个平平无奇的"土味男孩"。

关寝室门的时候，恰好遇上他同桌，招呼了句："早啊，你也刚起？"

"我忘拿东西了，回来一趟，你以为人人都像你一样？"

蒋尧顿住：新的一天，新的无情。

到了教室，老吴说了几点注意事项，"张教主"就在广播里通知各班学生去操场了。一中操场没有看台，学生只能拖着教室里的椅子，去操场边上各班的指定位置就座。

高二（1）班在教学楼的中间层，上面有下来的班级，下面有还没走的班级，在楼梯口被堵了半天，纹丝不动。

蒋尧干脆把椅子放下坐着了："一起坐，节省体力，争取下午接力拿个第一。"

尹澈没搭理他。

韩梦看他俩互动觉得挺有意思，加上上次尹澈主动跟他说话，对他的印象改观了些，于是也大着胆子加入对话："蒋尧，你好意思吗？人家尹澈都没坐。"

"他一会儿站得腿酸了就知道我是为他好了。"

尹澈不屑地挪开眼神，想离这人远一点，往后退了一步。突然膝弯被什么硬物撞了下，差点单膝跪下去，跪到一半将将稳住身形。

蒋尧抬手："不必行此大礼。"

"……滚。"

尹澈转头看向身后，一个高高壮壮的男生抓着椅子站在后面，离他很近。

"对不起啊，不小心的。"

说话的语气和脸上的神色没有半点歉意。

韩梦皱眉："荣炜，你什么意思？"

"没什么意思啊，说了不小心的。"荣炜"哼"了声，"我离远点行了吧，真是。"

说完拖着椅子退到了自己班队伍的后边。

蒋尧听了他俩对话，才意识到："你刚刚被他撞了？"

尹澈："你反应可真快。"

韩梦皱着的眉还是没松开："他肯定是故意的，可能还会来找麻烦。"

尹澈:"他是谁?"

第二次被主动搭话,韩梦的心情依然有点小震动,但比第一次平静多了,回话也不结巴了:"你不认识他吗?高二(4)班的荣炜,'四大护法'之一,应该很多人都认识啊。"

尹澈显然不属于"很多人":"不认识,我招惹过他吗?"

蒋尧笑了:"这话不该问你自己吗?"

尹澈:"看我不爽的人多了,我难道都要认识?没这个闲工夫。"

韩梦一愣,这话嚣张得他都不知道该怎么接。

蒋尧乐得不行,拍手称赞:"不愧是我们澈澈。"

"蒋尧你别笑,你也招惹过他。"韩梦瞧他俩没心没肺的样子就愁,"唐莎莎还记得吧?荣炜和唐莎莎关系一直很好。"

蒋尧:"他还能怎样?不就是因为上次的事嘛。他顶多搞搞小动作。要是敢玩大的,我就……"

韩梦:"就什么?"

蒋尧心里想,就趁月黑风高之夜约他到学校小树林去,揍他个心服口服。

"就找老师呗,还能怎样?"蒋尧笑了笑,一口白牙,人畜无害。

"就算是小动作也挺麻烦的啊,像刚刚那样,时不时地给你找点不痛快,多难受?万一你不爽了揍他,他可能还会污蔑是你先动的手。"韩梦说这话的时候目光一直瞟向某位性格暴躁的同学,"所以你们一定要沉住气啊。"

他的担心似乎是多余的,尹澈表现得相当平静,拍了拍裤子,像什么事都没发生一样。

体育委员带着大家终于挤下了楼梯,到达操场,找到了自己班的位置,在操场左侧,是一块阴凉地。

章可开心道:"今年还不错啊,去年晒得我黑了两个度,捂了一个冬天才白回来点,今年终于可以看对面的晒成茶叶蛋了,哈哈哈。"

杨亦乐小声地说:"那个……按照太阳运动的轨迹,下午就轮到咱们晒了……"

章可:"……"

所有学生差不多入座后,各个班的方阵就要去排队准备入场式了。放眼望去,一群奇装异服的班级,有的穿古装拿折扇,有的戴金链和墨镜,有的全员穿女装,怎么引人注目怎么来,显然不是为了拿名次,只是为了在这难得的自由时刻放飞一把,享受一次肆无忌惮的青春年华。

韩梦扼腕痛惜:"我就说我们的兔耳装饰太普通了,不然我现在去换一身兔子玩偶装吧,我带了,应该能扳回一城……"

陈莹莹将他按住:"我就知道你是自己想穿。"

"我这是为了班级的荣誉!"

"不准。"陈莹莹无情拒绝,把兔耳头箍扔给他,"快戴上,老吴让我拍张集体照,装饰班级园地用。"

韩梦只好委委屈屈地戴上了头箍,脱下外套,露出里面同样是可爱风的粉色卫衣。

蒋尧也脱了校服外套,拿起头箍往头上戴,戴到一半突然卡住了:"哎哟,好像缠到头发了,疼疼疼,你帮我看看!"

尹澈淡定地喝着矿泉水:"让你留这么长刘海。"

"真的疼!拿不下来了我,快,帮我看看哪儿卡住了。"

"烦。"尹澈拧上瓶盖,凑过去,"手拿开,我看看——"

蒋尧以迅雷不及掩耳之势摘下自己的兔耳,往他头上一戴。

"嗯,果然很合适。"蒋尧满意地点头。

尹澈捏爆了手里的矿泉水瓶,水花飙到半空。

"蒋——尧——"

"咔嚓!"快门声响。

泼洒出的细碎水珠在阳光的照耀下折射出灿烂耀眼的光,定格在了半空中,也定格在了照片中。闪闪发亮。

理我一下

  高二（1）班的入场式最后得了年级第五名，普普通通的成绩，韩梦扬言明年一定要拿第一，哪怕名垂校史也在所不惜。

  入场式过后，运动会正式开始。

  郭志雄给每个有比赛项目的同学逐一发放号码牌，号码牌其实就是张A4纸，用黑色记号笔写上了数字，再用别针别到背后的衣服上。

  接力跑在下午，蒋尧还不急，目送着其他同学逐一上了战场，问他同桌："要不要去看看？一会儿韩梦跑一千米，见证奇迹的时刻到了。"

  尹澈冲他扬了扬新开的一瓶矿泉水："今天不要跟我说话。"

  "不就开个玩笑嘛，又没碰到你，生什么气呀？"蒋尧不知悔改，"我这高大威猛的人都不介意戴兔耳，你这个小兔子倒是很有包袱。"

  尹澈捏紧了手里的矿泉水瓶，挑眉看他。

  他眼神示意：再叨叨一句，我接着泼你。

  蒋尧读懂了这个讯号，不想回寝室换衣服，很识趣地没再招惹他。

  韩梦出发前豪言壮语一堆，什么"让你们见识见识韩爷的威猛""'校草'今天要让位了"，说得像稳拿第一似的，结果只拿了个第六名，还是被体育委员和班长搀扶着回来的。

  陈莹莹："标准结局，毫不意外，说好的练了一星期呢？"

  韩梦喘得跟驴一样，脸色苍白，头发散乱，精致美男子的形象都顾不上了："我是……练了一星期啊……每天……跑两百米……跑了五天……不就是……一千米嘛……"

  郭志雄："还能这么算？你体育是数学老师教的吧？"

  "我……呕！"

  "喂喂喂！谁有垃圾袋！快点！我的裤子啊啊啊啊啊！"

  "我就让你量力而行，你非要逞能！章可快扔瓶矿泉水过来！"

  …………

  吵吵闹闹的一上午眨眼间过去。

第三章 秘密

  到了下午,高二(1)班的"风凉宝地"果然如杨亦乐所言,变成了"日晒地狱"。

  十月下旬的温度不算炎热,但长时间暴露在阳光直射下也有点吃不消。学校还不允许打伞,怕戳到脸上造成危险,学生们只能拿校服外套罩在头上,一个个都把袖子卷得老高,垃圾桶里的冰棍木棒和冰饮瓶子越来越多。

  蒋尧也罩了校服,但没卷袖子,正想着会不会有点奇怪,引起同学注意,转头一看,他同桌连外套都没脱,像往常一样,拉链规规矩矩地拉到领口以上,只露出小半截白皙的脖子和一张冷酷的小脸。

  "你不热吗?"

  尹澈摇了摇头,态度较上午友好了些。

  本人都不介意,蒋尧就没再管他。到了正式比赛的时候,尹澈依然没脱外套,反手拿着号码牌,费劲巴拉地想别到自己背后去。

  蒋尧看不懂他的奇怪行为:"你把外套脱了再别上去不就行了?"

  "不帮忙就别废话。"

  这到底是想让他帮啊,还是不想让他帮啊?

  蒋尧最终认定是前者。

  "给我吧,知道你想让哥帮忙,下次能不能坦率点?"

  尹澈不说话,等他别完了,才说了句:"谢谢。"

  接力跑比赛是四个班级一起比,先是一到四班的男子组,每个班基本都有校运动员上场。高二(1)班总共没几个体育好的男生,韩梦报了一千米就没再报接力,最后选定了四个看起来应该还可以的男生跑接力。

  虽然有一个不是自愿报名的。

  尹澈站上自己班的跑道,还没开跑,先把旁边其他班的选手吓着了,他们聚在一起交头接耳:

  "那是尹澈?他不是从来不参加这种活动吗?"

  "我好慌,如果一会儿比他跑得快,他会不会揍我?"

"这么吓人？说得我都不敢跑了……"

但再怎么害怕，起点处的枪声还是响了。

第一棒的学生犹如脱缰的野马般狂奔而来，将手里的接力棒交给第二棒。高二（1）班的第二棒是郭志雄，那不是脱缰的野马，是脱缰的野熊，跑得没有多快，声音却比谁都大，咆哮着往前冲刺，扬起一路灰尘。

蒋尧站在最后一棒的位置，看着第二棒迅速接近第三棒，视线转移到了他同桌那边，他突然发现，尹澈旁边高二（4）班的那个选手有点眼熟。

定睛一看，这不就是荣炜吗？

一丝不祥的预感从心底浮起。

第二棒交接完成，比赛逐渐进入高潮部分，跑道边上围观的学生愈发激动，隔着一百米也能听见陈莹莹中气十足的嘶吼："冲啊！尹澈加油！"

其他同学本来有点不敢喊，听班长带头这么一喊，胆子也放开了，第一次为这个从未交流过的同班同学加油打气：

"尹澈加油！"

"拿第一！"

"你是最棒的！"

他们都是十六七岁的热血少年，越喊越激动，完全忘了平时有多避讳这个孤僻的同学，此时此刻，他们眼里的尹澈只是一个能和体育生抗衡、能给班级争气的兄弟，是班级的一分子，是全班的希望！

尹澈也果然不负众望，速度惊人，很快把第二棒郭志雄落下的差距拉了回来，与荣炜并列第一，越跑越靠近第四棒。不到十米的距离，蒋尧已经能清楚地看见他同桌眼中藏不住的笑意。

然而下一秒，尹澈摔倒了。

在周围学生的惊呼和倒吸气声中，被绊倒的尹澈整个人重重地砸在塑胶跑道上，因为惯性滚出去了两圈，手心撑地时蹭破了皮，当即见了血。鲜艳惨烈的红色，刺得蒋尧瞳孔骤缩。

高二（1）班的同学还没反应过来，尹澈已经自己撑了起来，脸上灰扑扑的，抬手用力一甩，直接将接力棒扔向三四米外某个站立不动的人。

"愣着干吗？跑啊！"

其他三个班的选手都已经接过了第四棒，最快的已经跑出了十几米，他再怎么努力也肯定追不上其他人了。

陈莹莹急红了眼："还跑什么啊！"她想去扶尹澈，但前面挤满了人，一时半会儿冲不出去。

接力棒在空中飞速旋转几圈，越过所有人头顶，突然，一只手伸出，将它当空截下，牢牢握紧，手背青筋绷起。

接住它的人深吸一口气、转身、迈腿，一阵劲厉的秋风席卷而过。

终点处鸦雀无声，裁判嘴里咬着哨，忘了吹。

章可张大嘴愕然半晌，恍然如梦："我刚刚看见了什么……那是人的速度？"

陈莹莹也呆了："他是被什么附身了吗……"

三四秒后，裁判终于回过神，看了眼秒表，抬起头，欲言又止，低头又看了眼秒表，确定自己没看错。

"9秒……98，9秒98！"

这是他当裁判以来看到的最好的成绩。

"我的天呀……破校记录了？"

"居然跑得比尹泽还快！"

"这人是谁啊？哪个班的？"

"跑太快了都没看清脸，不过真的太猛了……"

尹澈坐在原地，微微发怔。

他看着他同桌跑到终点后半秒都没停留，立即转身原路跑回，仿佛只是一眨眼，蒋尧就停在了他的跟前，蹲下身："我背你去医务室，上来。"

尹澈咽了口唾沫:"不用,我……"

"我让你上来。"

蒋尧的声音冷沉,带着点哑,很凶,不容拒绝,是尹澈从未见过的蒋尧,有点陌生,有点……让人害怕。

他鬼使神差地抬起了手。

"不会碰到你,放心。"蒋尧抓住他的手腕,拉向自己的肩膀,接着捞起他的膝弯,往上一抬,稳稳地背起了他。

尹澈伏在他背上,不知道自己什么时候出的操场,他看到眼前人阔挺的肩膀和因发力而绷紧的颈肩肌肉,第一次对"朋友"这个词有了具象化的认识。

尹澈抬头望向广阔的天空。

秋高气爽,蓝天之上,两片洁白的云,正在风的推波助澜下,缓缓地聚到一起。

蒋尧步子迈得很大,两三分钟就背着人到了医务室。

"老师,我同学摔伤了,您能帮他看看吗?"

校医正喝着茶看着剧,也没穿白大褂,看着就像一个普通阿姨。见有学生来,随手把视频关了,上下打量了遍进来的两人。

"哪里伤了?我看他挺好啊。"

尹澈除了校服和脸上有点灰之外,看起来确实没有大碍。

蒋尧把人轻轻地放到椅子上,说:"他腿可能扭到了,手上也有擦伤。"

尹澈怀疑他是不是在自己衣服里装了监视器:"你怎么知道我腿扭了?"

"你要是能站起来,会在那儿坐半天给人看笑话?"

尹澈无法反驳。他确实因为腿扭了站不起来,但另一半原因……是因为当时蒋尧像一阵狂风似的跑了过去,画面过于震撼,他看怔

第三章 秘密

了,忘了站起来。

但这个原因他说不出口。

每年运动会总有那么几个出状况的,校医经验丰富,听了描述,大概知道怎么处理了,留下句"等会儿",便走去储藏室去拿消毒用具。

医务室里一时安安静静。

"你刚刚怎么回事?"尹澈忍不住问,"基因突变?"

蒋尧笑了笑,又变回了他熟悉的同桌:"这不看你受伤,咱们险些要输了,我心里一着急,潜力就爆发了嘛。"

爆发能爆发到这种骇人的速度?尹澈也不想过多了解,没多问:"早知道你跑这么快,我就不拼命跑了。"

"这是什么话?就是因为你拼了命我后面才能追上啊,否则落下个五六十米,就算我能跑过世界冠军也拿不了第一,还是澈澈棒。"

"摔个狗吃屎还棒。"

"又不是你的错……哼,提起这个就来气,是荣炜的动作让你分散了注意吧?看我不打——"

尹澈疑惑地看着他。

"打……打小报告。"蒋尧及时把"死他"两个字吞了回去。

"没用的,他会说他是不小心的,你又能拿他怎么办?"

蒋尧想说我方法多了,但没必要让他知道:"你别担心,先养伤。"

"嗯。"尹澈看了眼自己的手心,蹭破皮的面积还不小,混着灰尘和沙砾,血淋淋、脏兮兮的,不知道过多久才能恢复,"还好是左手,不然期中考就完了。"

蒋尧看着都觉得疼,轻声问:"是不是很疼?"

"还好。"

"没想到你这么坚强,一滴眼泪都没掉,我对你刮目相看了。"

尹澈扯了扯嘴角:"这点伤算什么?"

蒋尧听着不对劲："你受过更严重的？"

"谁小时候没受过点伤？"尹澈收回了手，"记不太清了。"

蒋尧还想追问，校医从药品储藏间出来了："来来来，同学，先把外套脱了，裤管撩起来，给你消毒。"

尹澈迟疑着没动，看了眼站在一旁的蒋尧。

蒋尧："嗯？"

这时候，医务室的门又被敲响了。

"老师在吗？我们有个同学昏倒了！"

"哎哟，今天怎么这么多伤患啊？你们这些年轻人身体素质也太差了。"校医数落着，把手中的棉球和碘酒往桌上一放，开了门。

门口站着个女生，神情着急："太好了，老师你在啊，我同学在操场那儿昏倒了，估计是晒久了然后又剧烈运动，现在被抬到树荫下去了，麻烦您跟我去看看吧。"

"行，我知道了。"校医取了衣架上的白大褂，迅速披上，朝医务室里的两人说，"这位同学，你先帮你同学消个毒，用棉球蘸点碘酒擦一擦伤口，我去去就回。"

校医撂下话，风风火火地走了，门一关，医务室里重归宁静。

蒋尧见他同桌一声不吭，也不知道愿不愿意，摸了摸自己鼻子："你手不方便……我帮你？"

尹澈皱眉，蒋尧怕他拒绝，连忙补上："绝对不碰到你，相信我。伤口要及时消毒，不然感染了就麻烦了。"

尹澈犹豫片刻，最终幅度很小地点了点头。

"这才对。"蒋尧笑笑，走到他身前，伸出手，去拉他的校服拉链。

尹澈条件反射，往后躲了躲。

蒋尧弯下腰，尹澈可以很清晰地看见这人镜片后灰褐色的眼睛、浓密的睫毛，以及被刘海挡住、若隐若现的眉毛。

蒋尧将面前人的拉链从上拉到了底，捏着衣角扯开外套，轻轻吁了一口气,感觉像完成了什么棘手的任务,手心不自觉地渗出了薄薄的汗。

一抬眼,看见尹澈那张脸,他的肤色太白了,像是很久没被阳光照过了。

"看够了吗?"尹澈挑眉,模样挺凶,"再看揍你。"

蒋尧啧啧道:"还说没有隐疾,你一个男生怎么白成这样?"

尹澈:"那你一个男生怎么傻成这样?"

兔子越来越会骂人了,多半是跟自己学的。

"你是伤患你最大,不跟你一般见识。"蒋尧直起身,走到他背后,抓住他的领口,"我给你脱了啊,要是碰到你伤口说一声。"

"快点,别废话了。"

蒋尧边将他外套往下拉,边回:"兔子,你今天格外的暴躁啊,怎么了,心情不好?那你也应该去找姓荣的,怎么往我头上撒气呢?我背你来医务室容易吗我?也不知道感谢——"

蒋尧说到一半顿住。

"……这是……疤?"

尹澈的脖子左下方,靠近肩膀的位置,有一块很明显的疤痕,硬币大小,红褐色,皮下组织全都坏死了,肌理模糊,看着有些狰狞。

"嗯,小时候烫伤的。"

"哦……"

"是不是很丑?"

蒋尧愣了愣:"这有什么丑不丑的,不就是道疤吗?"

"我觉得很丑。"尹澈抿了抿唇,"你别告诉别人。"

"所以你平时脖子总是裹得严严实实的,是不想让人看见这道疤?"

尹澈侧头瞥他一眼:"你观察得倒挺仔细。"

兔子居然会在意美丑,还会在意别人的眼光,真新鲜。

蒋尧举手发誓:"放心,我绝对保密。不过你也别太在意,这疤又不是长在脸上,不影响你的颜值,再说了,谁身上没点磕磕碰碰的疤痕?不会有人说什么的。"

"嗯……谢谢。"

"不客气。"

蒋尧帮他把整件外套都脱了下来,再将T恤袖子卷起,瞅见手臂上有几处小擦伤,便用棉球蘸了少许清水,小心翼翼地把伤口擦干净。

"不过话说你怎么会烫到这种地方,小时候是不是特别调皮捣蛋?"

"能闭嘴吗?"尹澈仰头闭了闭眼,"你吵得我头疼。"

"行,没良心的兔子。"

蒋尧替他清理完手臂上的伤口,说:"手摊开。"

尹澈伸出手,摊开在他面前。

面前的人低下头,长长的刘海又挡住了那双特别的眼睛,笨重土气的黑框眼镜把他的脸部轮廓修饰成了平庸的样子。

蒋尧的手指修长,帮他处理伤口时动作很轻,蒋尧背着他的时候很稳当,蒋尧很会照顾他的情绪,蒋尧也没有觉得他不好……

尹澈垂眸,睫毛颤了颤。

"好了,应该干净了,我给你涂药水。"蒋尧把用过的棉球扔了,又扯了团新的,蘸了些碘酒,"别动啊,忍着点,疼就叫,哥不笑话你。"

"……滚。"尹澈踹了他一脚,没真踹到,运动鞋的前头碰撞了下。

蒋尧没注意,拿着棉球往他摊开的手心按。

"来来来,扶进来,当心别撞到门。"

门外传来校医的声音,蒋尧动作顿住:"老师回来了,不然让老师给你消毒吧,我怕我手上没个轻重,你又这么嫌弃我……"

尹澈想说不嫌弃,又觉得这话从他嘴里说出来挺突兀的,迟疑了半秒,医务室的门就开了。

校医和之前那个女生扶了另一个女生进来,后者脸色苍白,嘴唇也发白,一副随时会晕倒的样子。

医务室的门窄,只能容一个人通过,扶人的女生先进,她扶着的女生被她带得重心前移,身子一歪,直挺挺地倒下来。

"啊!"扶人的女生惊叫了声,伸手去拉,却没拉住,眼看着自己同学就要面朝下撞上地板了,吓得僵在原地。

所幸预想中的画面没有发生。

蒋尧一个箭步冲过去,把那个摔倒的女生抱了个满怀,那个女生虚弱地睁开眼,轻声说:"谢谢……"

"没事。"

蒋尧的声音很温柔,也很遥远。

有什么东西滚到了脚边,尹澈低头,是那团棉球。

原本白乎乎软绵绵的棉球遇水后变得沉甸甸的,颜色也被碘酒染成了红棕色。

喧嚣自由的运动会结束之后,一切都回归原样。

过了一个周末,"张教主"依然一大早就在门口抓迟到的学生,吴国钟依然声若洪钟地在讲台上讲课,台下的学生依然怨声载道,抱怨作业太多。

"都快期中考试了,还这么懒散,作业多那不是为了你们好吗?"吴国钟把课本一夹,数落着几个一下课就趴下的,"章可你看看你,这学期语文背诵篇目才过了几篇?学学人家杨亦乐,还没教的都已经到我这儿背完了,我看你这次考试能得几分。"

章可不敢捂耳朵,耳膜硬生生抗了五分钟的暴击,等老吴走了,整个人都恍恍惚惚的:"班长,你在喊我吗,班长?我怎么感觉耳朵嗡嗡嗡的?我是不是要聋了?"

陈莹莹嫌弃地挥手:"走开,我跟亦乐商量这周末去哪儿玩呢,别来打扰我们。"

章可："啊？下周就考试了你俩还想着出去玩？我要给老吴打小报告，太不公平了，凭什么我下课趴会儿就要挨训啊！"

陈莹莹："人家这周末过生日，有特权，您配吗？"

章可瞬间精神了："什么，亦乐你生日啊？怎么不早说？"

杨亦乐不好意思地笑了笑："其实本来没打算过的……结果被班长发现了，那就过吧。"

章可诧异："班长，你怎么知道的？"

陈莹莹得意地说："我在你们每个人名字旁边都备注了生日啊，体不体贴？"

"天哪，跟你认识一年多，第一次看到你这么细腻的一面耶！"

"章可你活得不耐烦了是吧？"

前排吵吵嚷嚷的，杨亦乐偷偷地往最后排瞄了一眼。

尹澈坐在自己位子上，这周换到了靠走廊的窗户旁边。他靠着椅背，脚踩着课桌前面的铁杠，椅子前后摇摆，目光出神地望向窗外，像在发呆。

"你们说……如果我邀请尹澈，他会同意吗？"杨亦乐问得很小声，却让正在拌嘴的两个人突然安静了。

"……你想邀请他？"陈莹莹不自觉地压低了声音。

杨亦乐点头："嗯，尹澈之前帮了我很多……如果不是他，我不会有勇气去找那个辉哥，也不会拿到证据，我一直想找机会谢谢他……"

章可为难道："谢是该谢，但他一来，感觉就玩不尽兴了啊……"

陈莹莹给了他一拳："别只顾着自己，人家尹澈其实也没那么孤僻吧，蒋尧不是天天开他玩笑也没事吗？而且运动会上我看他跑得很努力，说不定他也很想跟咱们一块儿玩呢？"

章可望了眼最后排的那位冷面同学，将信将疑："是吗……唉，反正是亦乐你的生日，你来决定吧，不管怎样我肯定给你面子。"

第三章 秘密

"嗯,谢谢……"

"不过我还是友情建议,你要邀请尹澈的话,把蒋尧也带上,我感觉只有他才能镇住他。"

"嗯,我本来就打算喊蒋尧的,他也帮了我很多……不然我先邀请蒋尧吧,如果他同意,还可以帮我说服尹澈也同意……"杨亦乐凭直觉得出了这个结论,又回头看了看,"欸,蒋尧人呢?"

上课铃响时,蒋尧才从后门进来,冲他同桌笑了笑:"搞定。"

尹澈看着前方,没什么兴趣的样子:"哦。"

"不枉我在高二(7)班走廊徘徊了半天,她总算认出我了。"英语老师已经进教室了,蒋尧还在滔滔不绝地说,"说是谢谢我那天扶她,中午要请我吃饭,下了课来找我,要一起吗?"

"不了。"

"行吧,那我就自己去了。唉,来这个学校之后第一次遇到对我这么友善温柔的女同学,真好,哪像你,一天到晚嫌弃我。"

尹澈的喉结微微动了动,没说话。

"今天我们讲周末练习卷啊,这卷子我早上批得真是要吐血,阅读题怎么能错这么多?下周要期中考了你们可别给我丢脸。来,我们先看第一篇……"

许贝妮边讲解边抽同学回答问题,尹澈拿着笔,在卷子上记笔记。

蒋尧一般见尹澈要认真听课了就会安静下来,但今天格外兴奋,说个没完:"我打听到了,她叫白语薇,名字都这么美……当然人更美,今天见比上次在医务室见到的样子还漂亮,而且性格也好,一看就是那种温婉贤惠的……"

尹澈笔没停:"人家愿意理你吗?"

"就从她主动请我吃饭这点来看,说明她不是个以貌取人的人。"

"她只是想感谢你而已。"

"那也行啊，先把关系培养好，慢慢发展，凭我的真诚和努力，一定能和她交朋友。"

"哦。"尹澈低下头，把许贝妮写在黑板上的英文词组抄了下来。

"祝你成功。"

考试前的一周总是最痛苦的，每节课几乎都是做试卷讲试卷，好不容易熬过了一周，学生们各个犹如挣脱牢笼的小鸟，飞回各自家中，暂时把考试压力抛之脑后，先玩一个周末再说。

尹澈之前答应乔婉云一个月至少回一次家，又到了兑现承诺的时候。周五放学，走到校门口，司机已经等着了。拉开车门坐进车里，立马和后座的人打了个照面。

"你的社团就你一个人参加活动，怎么还这么晚？"尹泽面色不快，"是不是故意让我等？"

尹澈坐好，对他解释："没有，我的社团现在有两个活跃社员，今天在教社员折纸，稍微晚了点。"

蒋尧果真如他入社时所说的那样，是来浑水摸鱼的，每次参加活动基本就是拿着材料瞎玩，不过结束后也是他清扫。

尹澈嫌他浪费材料，后来就没再强迫他做东西了，所以蒋尧大多数时候，只是看着他做，时不时地夸两句"你手还挺巧"，或者损两句"这做的什么玩意儿"。

但今天的社团课，蒋尧主动提出想学花的折法，让他教。尹澈其实也不会，借口上厕所，在卫生间里待了半天，看着网上教程把折法学会了，然后教蒋尧折。

"啊……有点丑。"蒋尧是真没什么手工天赋，折得歪七扭八，不说根本看不出是朵花，他自己也瞧不上，随手扔进了废纸篓里。

"你说她会喜欢纸做的吗？要不还是买朵真的？"

"你说的就是你那同桌吧？"尹泽哼了声，"他还有空陪你玩这种幼稚的东西啊，他最近不是和白语薇走得挺近的吗？"

第三章 秘密

尹澈转头:"你怎么知道?"

"你的同桌,在运动会上出了那么大的风头,现在年级里好多人都在讨论他,我不想听都不行。到底有什么了不起的,不就是跑步跑得快了点吗?很稀奇吗?"

是没什么稀奇的,尹澈心想,蒋尧只是个平平无奇的男生。

平平无奇的人,应该没法和那么漂亮的女生成为朋友吧。

车子还没开到家门口,大老远就已经看到乔婉云等候的身影了。

"妈,你怎么在外面等?风多大啊。"

乔婉云摸了摸一个月没见的儿子的脸:"想早点见到你,看看你在学校过得怎么样,是不是瘦了点?脸上都没几两肉了……"

尹泽插着兜绕过他俩,不屑道:"妈,他好着呢,只是在运动会上摔了个狗吃屎而已。"

乔婉云吓坏了:"啊?怎么回事?宝贝你受伤了没?"

"没事,小伤,我去医院看过了。"

还好扭伤得不严重,校医帮忙矫正了下,又去医院做了个检查,一个星期下来已经恢复得差不多了,只是手上的擦伤还没完全愈合,仍然缠着纱布,疼倒是不疼了。

乔婉云也注意到了,牵起他的手,眼眶立刻红了:"我就知道你照顾不好自己,都受伤了还不跟爸妈说,我看你还是别住宿了,让你爸在学校附近给你买套房子,我跟你一起住过去。"

"不用,真没事。"

但不管他怎么说,乔婉云都不相信他了,晚饭的时候就和尹权泰提了这事:"小澈他快成年了,身体状况也不稳定,我去照顾着,有什么事也好有个照应。"

尹权泰还没发话,尹泽先冷哼了声:"他还有什么不稳定的?这辈子就这样了。"

"别这么说你哥。"尹权泰低声呵斥。

"行，他是你们的宝贝，我不配说。"尹泽摔了筷子上楼。

"这孩子……"乔婉云叹气。

尹澈轻轻地拍了拍她的手背："妈，没事的，我能照顾好自己。"

乔婉云眼里涌上了泪光，哽咽着"嗯"了声，尹权泰看着他们母子俩，无奈道："明天帮你约了冯医生，你再去检查一下吧。"

"嗯。"

虽然他们三个都知道检查不出什么变化，但都还抱着微小的希望，说不定会发生奇迹呢？

可奇迹如果那么容易发生，也就不叫奇迹了。

吃完饭，尹泽还在自己房间里赌气，乔婉云让佣工把饭菜送了上去。尹澈走到他的房间门口，想了想，没去敲门，回了自己卧室。

自家的床比寝室里的床松软许多，躺上去就不想起来，尹澈翻了个身，闻着被褥间阳光晒过的味道，不知不觉睡着了。

梦里的时间快速往后拨，他梦到三四年后，蒋尧和白语薇结了婚，他做伴郎，跟着蒋尧去接新娘，去当众宣誓，去给各桌敬酒。最后蒋尧回头敬了他一杯，笑着说："谢了，兄弟。"

其实是个美梦，尹澈醒来后想，梦里他还做了蒋尧的伴郎。

手机屏幕的光在傍晚的昏暗环境中亮了半天，仍在不停振动，尹澈看了眼，是刚才梦里的新郎。

"喂，什么事？"

他刚睡醒，没什么力气，声音有点哑，语调软绵绵的。

"这么早就睡了？"

"没，打了个盹儿。"

"懒。"蒋尧笑了声，很有穿透力，"吃饱了就睡，当心变小肥兔。"

"滚，没事我挂了。"

"别，有事，能不能对哥有点耐心？明天杨亦乐生日，他订了间密室逃脱，看评价挺有意思的，去不去？"

"不去，要复习。"

"这么认真？我看你都埋头苦读一个星期了，放松一下嘛，人家杨亦乐特意让我邀请你，你如果不去，他可能要哭了。"

"……他让你邀请我的？"

"是啊，哦，当然，哥也想跟你一起去。"

尹澈勾唇："行吧。"

"那就这么说定了啊。对了，我还邀请了白语薇，你猜怎么着？她居然答应了！还特意推了补课跟我出去，明天你给我点面子啊，别当着她的面损我。"

尹澈看了眼窗户，没开，难怪空气好闷。

"也是杨亦乐让你邀请的吗？"

"不是啊，杨亦乐跟她又不认识，是我问的，杨亦乐也同意了。"蒋尧挺得意，"我就说和她成为朋友有希望吧，希望掌握在主动者手里。"

"算你厉害。"尹澈起身走到窗边，打开了窗。

秋夜的晚风萧瑟微冷，花园里的鲜花已经尽数凋零了，管家说明天就会换上一批新花和常青树。

其实到了明年春天，花还会再开，只是人不给它机会。

夜色的另一边，秋风将阴冷小巷子里的人吹得一哆嗦。

蒋尧挂了电话，给杨亦乐发了句："我带上我同桌行吗？"

杨亦乐回得很快："好啊好啊，我正想让你帮忙邀请他呢，就是不知道该怎么开口……谢谢你了，蒋尧。"

"没事。"

屏幕光暗了下去，蒋尧吁出一口气，将额前被风吹乱的头发往后一拂，黑暗中的脸庞俊朗漠然，朝巷子深处喊："好了没？"

一人很快从里头小跑出来，踢翻了几个散落在地上的瓶瓶罐罐，毕恭毕敬地立定在他面前，打报告："那傻瓜太蠢了，一道数列填空题卡了半天,我都想替他做了。他怎么考上一中的?还当学生干部?"

蒋尧冷嗤:"谁知道,你们继续监督着,这张卷子不做到130分别让他走。我没空耗着了,我妹要喝奶茶,说是什么网红店,排队要一小时,再不去就关门了。"

"好好好,您慢走。"那人恭敬相送。

夜深人静,僻远的小巷子深处时不时爆发出凄惨的号叫,把流浪猫吓得都不敢靠近:

"你们到底什么人!我招你们惹你们了?还非让我做卷子!有毛病吗!

"我不做了!谁爱做谁做吧!真当我怕你们啊!

"这是高考卷!我说怎么这么难!我才高二啊!!!"

一大早,乔婉云接替佣工,亲自把早餐端了上来,看着自己儿子吃,似乎是怕他不好好吃饭。

尹澈知道说些让她别担心之类的话也没用,只能乖乖地把早餐吃了,顺便说了今天要出去和同学玩的事。

乔婉云听了很高兴:"你这个年纪就应该多出去玩玩,别总是闷在家里。我去跟你爸说,把冯医生那儿的检查推到明天。"

"嗯。"

"都有哪些同学?"乔婉云还挺八卦,"是不是有你那个同桌?"

尹澈怕她下一句又要问东问西,赶忙转移话题:"不只他,还有其他同学。今天是杨亦乐生日,杨亦乐你见过的,上次会议室里的那个。"

乔婉云回忆了会儿:"哦,那位同学啊。"

尹澈又扯了点有的没的,总算把乔婉云的注意力吸引到了别地去。

密室逃脱的地址在市中心的某商场里,下了地铁还得走一段路才

第三章 秘密

能到,蒋尧说让他在地铁站等他。为了防止被吐槽是"大少爷",尹澈让司机送到了前一站,然后坐了一站地铁,稍微折腾了会儿,到了约定的地点。

"我在1号口,今天有点小帅气,你可能认不出来,仔细看两眼,别找错人。"

尹澈听着电话那头自信满满的话,乘着电梯缓缓上升,一抬眼,就看见他同桌在1号口徘徊踱步。还是那非主流的刘海和土气的眼镜,帅气个鬼,一眼就认出来了。不过穿搭比校服好看了点。

蒋尧个子高,肩宽腿长,其实穿什么都不会难看。他今天上身穿了件白色打底,外搭藏蓝色针织衫,下面一条米黄色休闲裤,白色板鞋。

给人一种很清爽有活力,又有点暖男的感觉。

尹澈看见好几个路人都被蒋尧的背影吸引住,但走到前面回头看清他的脸之后,又失去了兴趣。

尹澈走过去先给了他一脚:"喂。"

蒋尧膝盖一弯,立马稳住:"敢偷袭我……哎哟,兔子今天很好看嘛。"

尹澈没搭理他:"一会儿你带路,这里我没来过。"

"好嘞,你先帮我看看,我这身可以吗?不行我再去买两件。"

尹澈勉强看了眼:"还行吧。"

"真的?我昨晚搜了好久的穿搭方案,想穿得有亲和一点,不能太高冷,唉,我只好舍弃原来的风格了。"

"你原来什么风格?"

蒋尧嘿嘿一笑:"保密。"

穿个衣服还保密。

尹澈看了圈周围:"白语薇什么时候来?"

"她说她认识路,我就让她直接去商场找杨亦乐他们了。"

"那你干吗跟我约在这儿?"

"我怕你找不到路,带你去。"

尹澈怔了怔:"你不带她,带我干什么?"

蒋尧莫名其妙:"不是说了吗,她认识路啊。"

原来蒋尧最大的缺陷不是颜值,而是情商。

"蒋尧。"尹澈忍不住说,"是你约的她,你这也太不周到了。而且你不用管我。"

"那怎么行?我是那种人吗?"蒋尧狞笑着,再贴个白胡子就可以本色模仿某知名电影反派了。

尹澈发现这个"大傻瓜"是真的不知道怎么照顾女同学,令人无语。

在第五次赶走跑过来找他搭话的蒋尧之后,尹澈干脆冷下脸不说话了。

章可一回头瞧见张凶神恶煞的脸,吓了一跳,立即拉过陈莹莹:"尹澈是不是生气啦?是我话太多了?"

陈莹莹也反思:"是我今天穿得太丑'辣'他眼睛了?"

韩梦:"别是因为我刚刚跟他开了一个玩笑吧?妈呀,我好怕,班长你得保护我。"

连郭志雄都开始反思是不是因为自己腿毛没刮。

然而某个"大傻瓜"还在问他:"怎么了?难得跟大家一块儿出来玩,别凶巴巴的啊。"

尹澈直视前方,嘴里蹦出那个万年不变的字:"滚。"

想想还是得给"大傻瓜"一点提示:"你是不是应该照看一下白语薇?"

"她跟杨亦乐聊得挺开心的,我去插什么话?"蒋尧看向前面那个窈窕的身影,"我觉得她这个人简直完美。"

白语薇今天来还带了礼物给杨亦乐,谈吐落落大方,毫不忸怩,没一会儿就和高二(1)班的同学混熟了。漂亮又有情商,据说成绩也不错,大家都很喜欢她。

第三章　秘密

"你能和她当朋友真是走大运了！"尹澈对他既没颜值又没情商的同桌说，"她愿意跟你出来玩你就该烧高香了，还不去跟她多说说话。"

蒋尧不服了："我是凭借个人魅力好不好？人家才不在乎我外表呢，哪像你，成天嫌弃我，我们长得普通的男生就不配认识长得漂亮的女生了？"

尹澈不知道该说什么，他发现自己的情商其实也很低。

密室逃脱下午才开门，一行人打算先在商场里找个地方吃饭，考虑到大家口味不一样，胃口也不一样，最后选了家自助餐厅。

都是学生，没那么多零花钱，自然不会是很高档的自助餐厅。这家主打烧烤和小火锅，经济实惠，种类丰富，看网上评价人气挺高。

杨亦乐和林远留在位子上看包，让他们几个先去夹菜。

尹澈不是很饿，早上乔婉云给他塞了一堆早茶点心，生怕他吃不饱似的，现在胃里还没消化完，于是就随便夹了点蔬菜。

夹着夹着，身边又多了个人。

"你还真是兔子啊，只吃草？"

蒋尧手里的盘子里装的全是生肉和鱼虾，看来是想吃烧烤，他见尹澈夹这么点东西，惊呆了："平时在食堂看你吃得也挺多啊，今天怎么了？不舒服？"

尹澈很烦，蒋尧靠得太近了，他只能往旁边走了一步："早上吃多了，吃不下，你跟着我干吗？"

"谁跟着你了？我也想夹点蔬菜不行吗？"蒋尧夹起几片生菜，"烤肉必备，你要吗？"

"不要。"

蒋尧语重心长："你多吃点肉，上次背你感觉轻得要命，像片羽毛似的，我怀疑你容易受惊吓就是因为不够敦实，身体素质差，导致心理素质也差。"

尹澈暗道：这两者有什么关系？

理我一下

"下午可别在密室里被吓哭了。"蒋尧笑了笑,"这么多同学看着呢,你的威名要不保咯。"

"密室不就是解谜吗?有什么可被吓哭的?"他害怕的东西本来就不多,只是恰好被蒋尧撞见了几回而已。

"群里不是说了吗,是悬疑主题的,可能有点恐怖。"蒋尧说完,突然反应过来,尹澈不在高二(1)班的群里。

"……"

完蛋了,这该怎么瞒过去?

"我不在群里,没看见。"尹澈意外地镇定,又往盘子里夹了几片笋。

"……你早就知道?"

"嗯。"

"怎么知道的?"

"他们看到好玩的东西,经常说发群里了,但是老师在的那个班级群没有,我猜应该是有个小群吧。"尹澈最后夹了些蘑菇,"一开始以为只是他们几个人的小群,后来发现,好像只有我一个人不在群里。既然他们不想拉我进去,那我也没必要问了。"

蒋尧怔住,看着他夹完蔬菜转身离去。

敢情兔子心里跟明镜似的啊……明知自己被排挤了,还愿意跟这伙儿先前排挤他的同学出来玩。

其实他内心特别想交朋友吧。

他们九个人拼了三张小桌子才坐下,每张桌子分别有一个小火锅和一个烤盘,很方便,每个人都能够到。

杨亦乐、林远和章可坐在中间一桌,林远负责烤肉,烤完全夹到了杨亦乐盘子里,杨亦乐看着面前堆成山的烤肉,不知怎么下嘴:"那个,我吃不了这么多……还有,我可以自己烤……"

林远:"没事,吃不下我吃,今天你生日,怎么能让你动手呢?"

旁边的陈莹莹打趣:"哎哟,小学弟真体贴啊。"

林远:"应该的,杨学长很照顾我,社团课上也总是很耐心地教我画画……这点小事没什么大不了的。"

陈莹莹推了旁边人一胳膊肘:"听听!学学人家,我平时对你也不错吧?男人这种时候要主动烤肉。"

韩梦翻了个白眼,夹起一片刚烤熟的五花肉,放在嘴边小口吹气:"呼……我们这桌已经有三个男人了,不需要我烤。"

郭志雄:"哪儿来的三个?不就我和你……哦,我懂了。"

陈莹莹:"你懂什么懂,韩梦你又欠打了是吧?"

相比另两桌的热热闹闹,第三桌相当安静。

尹澈坐在蒋尧旁边,浑身不自在。他想提醒某个自顾自吃着烤肉的"大傻瓜"也给对面的人夹块肉,但不知道该怎么提醒。

戳腿好像有点怪,踩鞋又怕蒋尧以为他要打架。

他觉得自己操碎了心。

"咯咯。"尹澈最后选择了咳嗽,虽然演技非常拙劣,但好歹把蒋尧的注意力吸引了过来。

"怎么了?呛着了?"

"你……"

然而对面白语薇的视线也转移了过来,很贴心地给他倒了杯水:"吃慢点哦,不着急,时间还早呢。"

"……嗯。"

咳嗽吸引法失败。

他旁边的"大傻瓜"还夹了块肉到他盘子里。

"对啊,吃慢点,没人跟你抢。"

无语至极。

蒋尧这人有时候粗心有时候细心,状态像是随机切换的,今天显然是没切换到细心模式,压根没读懂他的眼色,不停地往他盘子里夹菜。

"别光吃你的火锅,来,吃片哥烤的土豆,你不是爱吃蔬菜吗?"

"这牛排也不错,我给你烤一块,必须吃,听到没?"

"烤肉还是配生菜好吃,你尝尝?"

蒋尧用生菜给他包了片刚烤好的牛排,蘸了烤肉酱,递到他盘子里。

尹澈看着自己盘里的生菜烤肉,愣了半天。

蒋尧其实没多想别的,就觉得刚刚说"好像只有我一个人不在群里"的兔子,有点可怜。

他心里莫名地涌上一股情绪,说不清是同情还是什么。

烤盘上的鱼滋滋地冒出白烟,该翻面了,蒋尧拿着夹子去夹,突然感觉大腿被什么东西戳了下,力气不大,有点痒,他下意识地伸手去抓。

蒋尧怔了怔,立刻反应过来:"对不起对不起,我不是故意的。"

"怎么啦?"对面的白语薇望过来。

"不小心碰到他了。"

这下真的完蛋。

蒋尧的脑子里飞速思考着:给抄作业行吗?不,尹澈不稀罕。那承包手工社所有材料费?不,尹澈哪儿缺这个钱。

尹澈压根没搭理他,把盘子里的生菜烤肉夹起吃了:"少说废话,专心吃饭。"

就这么逃过一劫了?

"我刚刚真是不小心的,对不起。"保险起见,蒋尧再次道歉。

"知道了,这次饶过你。"尹澈没看他,盯着自己的火锅,筷子在里面漫不经心地搅着,"但要是再有下次……"

隔壁桌的陈莹莹、杨亦乐等人听了,倒吸一口凉气。

"蒋尧真不容易,我突然有点敬佩他……"

几个人小声议论着,却听章可长舒了口气:"太好了。"

陈莹莹:"好什么好?你有没有点儿同情心?"

"不不不,我只是庆幸,我的世界观没有被颠覆。"

这段小插曲很快就被新一轮的话题踢到了一边去。

章可吃饭的时候也不忘关注学校里的最新八卦,刷着贴吧,争做第一线"吃瓜群众"。

结果还真让他刷到了一个今天刚出炉的劲爆帖子:"你们快看!这不是荣炜吗?"

一提这名字,高二(1)班同学的注意力都被吸引了过来。

"他怎么了?"陈莹莹问。

"你们看了就知道!"章可把手机传过去。

陈莹莹看完拍桌狂笑:"他也有今天!"

韩梦看完传给旁边的尹澈:"恭喜恭喜,大仇得报。"

尹澈不明所以地接过手机,看见那个帖子里有一段视频,点开播放,荣炜的哀号立刻传了出来:

"我真的做不到130分,能不能放我走啊……忏悔?可我没做过什么坏事啊……

"好好好,我忏悔……上学期期末考我不该打小抄……没了,真没其他的了!

"好吧,我承认还有一件,评优秀班级的时候故意把我朋友他们班的评分提高了……

"也不是这件?那你们到底要听哪件啊!"

发帖的是个没见过的小号,视频里荣炜只露出了张脸。拍视频的人竟然还做了字幕,搞得像纪录片。

蒋尧凑过来一起看完了。

尹澈没多想,荣炜这么嚣张跋扈的性子,肯定惹过不少人,被人找麻烦很正常。

韩梦把章可的手机传回去,说:"他爆料了这么多,我看这下

'四大护法'要大换血了。"

陈莹莹:"早该换了,没一个好人。"

韩梦:"哎哎,我现在也是其中之一,别把我给骂进去。"

"哦,抱歉,你不是人。"

"……"

两位冤家又绊起了嘴,白语薇听得很开心,笑起来像朵无瑕的百合花:"你们班同学都好有意思。"

蒋尧这回总算情商在线了:"那以后经常出来玩啊。"

"嗯,记得喊我。"

尹澈叉起盘子里最后一块蒋尧给他烤的肉,送入口中,细细咀嚼了很久才咽下去。

密室逃脱午后开门,他们是第一批进去玩的客人。店员先介绍了下大概的故事背景,让他们更有代入感。

韩梦还没进去就已经一惊一乍了:"我的妈呀,听着好恐怖,班长罩我……"

陈莹莹豪迈道:"行,跟在姐后头,神挡杀神,佛挡杀佛。"

蒋尧也问白语薇:"你怕吗?怕的话跟在我后面。"

白语薇摇了摇头:"不怕,都是假的。"

"哇,这么勇敢啊。"

尹澈心里刚想着这傻瓜答得不错,下一秒就听蒋尧说:"那你跟他们一块儿去解谜吧,我带我同桌走后面,他心理素质比较差,容易受惊吓。"

尹澈:"……"

白语薇的表情很费解:"你是在说……尹澈?"

全校学生都知道尹澈是个狠角色,虽然一般不主动挑事,但威名依旧远播。蒋尧口中形容的这个尹澈,根本不是白语薇所听到的传闻中的尹澈。

"对啊,我还有哪个同桌?"

尹澈听不下去了,没等店员说完话,自己先进了密室等候区。

韩梦:"……牛,不愧是他。"

密室正式开启后,随身携带的背包都要放在外面的存储柜里,手机也不得带入,一进密室,灯光迅速暗了,辨别身边的人都有点困难。

好在广播里会给提示词,说下一步该干什么。第一步是通过解谜找到电源开关。

杨亦乐原本是他们当中胆子最小的一个,但一碰到需要动脑筋的地方,立刻专心致志地思考了起来,浑然忘我,反倒比咋咋呼呼的韩梦和章可还冷静。白语薇也确实如她自己所说的,一点儿也不害怕,帮着杨亦乐一起解谜。

陈莹莹:"我们几个女生都不怕,你们这些男生丢不丢人?"

章可和韩梦抱在一起瑟瑟发抖:"我突然觉得我可能有密室恐惧症。"

"我也觉得,可能是今天刚患上的。"

郭志雄:"你们有没有感觉到阴风阵阵?我腿毛都竖起来了……"

蒋尧时不时地回头看两眼,见其他人好端端的,稍微放下了心。

"找到了!"杨亦乐喊了句,"根据墙上这个时钟的角度……西南方四十五度!尹澈,就在你身后!"

"嗯。"尹澈二话没说,转身就去摸墙,摸到一处,与其他地方材质不太一样,表面有点粗糙,凭着直觉按了一下,果然弹出一个机关。光线微弱,只能勉强辨认出是个很大的闸刀开关。

"有个开关,拉下去就行了吗?"

杨亦乐回:"应该是的!"

尹澈没多想,握住闸刀把手,一把拉了下去。突如其来的强烈电光把所有人都吓了一跳,接着,密室里的灯全亮了。

韩梦拍着胸脯,惊魂未定:"天哪,这音效和投影也太逼真了,我差点以为要被电死在这儿了。"

杨亦乐也被吓到了:"还好是假的……尹澈,谢谢啊。"

站在墙角的人却没回答,依旧背对着他们,身形僵硬。

"……尹澈?"杨亦乐觉得不太对劲,想走过去看看。

"他刚刚跟我说肚子不舒服,可能是午饭吃多了。"蒋尧拦在杨亦乐面前,对所有人说,"你们接着玩,我带他出去。"

"啊?哦……那我喊店员开门。"

店员接到求助很快出现,开了门带他们俩出去,接着关上门,密室又变成了密室。

章可碎碎念着:"就吃了点蔬菜,也叫吃多了?这胃口得多小啊……"

蒋尧推着他僵如石头的同桌走到外边的休息沙发处,把人强行按下坐好,又去饮水机那儿倒了杯热水。

"拿着,暖暖手。"

尹澈没接,蒋尧就把杯子贴上他的手背,缓和他的僵硬。

"怎么会这么怕电?以前触过电?"

怕电的人不是没有,但看到个虚拟投影的电光就怕到无法动弹的人,应该没几个。

尹澈的行为过于反常了。

过了近三分钟,杯子里的水都快凉了,蒋尧才听见他同桌开口:"……差不多。"

这回答模棱两可,对方显然是不想说。

"不想说我也不逼你,但是吧,我觉得害怕的东西就更应该去面对,去战胜它!"蒋尧在脑海里搜寻着名言警句,搜了半天没搜到,自己现场编了句,"就像某位著名哲学家说的,恐惧是人类进步的阶梯!"

尹澈终于笑了声:"你懂个鬼。"

蒋尧也跟着笑:"你不说我怎么会懂?说说呗,为什么这么怕电?"

尹澈往后倒,陷入柔软的沙发里,仰头望着天花板,突然问:"你有过害怕的时候吗?"

"有啊,比如觉得自己保护不了身边人的时候。"

"这就是你能想到的害怕?那你真幸运。"

蒋尧注视他片刻,慢慢敛起笑,正色问:"你是不是经历过什么可怕的事?"

尹澈心不在焉的:"我爸以前是大律师,我见识过的可怕的事多了。"

见识过和经历过可不一样,看来还是不想说。

蒋尧没拆穿他的偷换概念,左右没事,便想随便聊聊平复他的情绪,于是接着问:"比如呢?"

"比如……各种你想象不到的可怕的案子。"

"有你记忆比较深的吗?给我讲讲呗。"

"有一个,罪犯姓程。"

"他做了什么?"

"他……"尹澈不自觉地捏紧塑料杯,水溢出来流到手背上,猛然惊醒,"没什么好讲的,你进去跟他们玩吧,我没事了,在这儿等你们。"

蒋尧:"那怎么行?你一个人在这儿多孤单。"

尹澈无语:"你不管白语薇了?感觉里面的人,每个都比你有魅力。"

"那可不一定,我觉得我比他们都强。"

"你哪儿来的自信?"

"天生的。"蒋尧笑了笑,试探着问,"如果你哪天发现了哥的厉害,会不会后悔现在没抱紧大腿?"

"你做梦呢?"尹澈低哼,像是嘲笑,"不管你变成什么样,我对你的态度都不会变。"

"这可是你说的,到时候别反悔。"

"不可能。"

怎么可能会轻易反悔呢?

蒋尧最后也没进密室继续玩,对自己的魅力相当自信。

密室后边确实有点恐怖元素,出来的时候杨亦乐和林远紧紧挨着,另外两个人全躲在了陈莹莹背后,瑟瑟发抖。只有白语薇是一个人出来的,笑着说:"挺好玩的。"

短暂的悠闲周末很快过去,残酷的考试周迅速来临。

期中考前一天,吴国钟把座位表贴在了班级的公告栏里,提醒他们看清自己的考场和座位号。

高二(1)班的学生立即蜂拥过去,除了看考场,还急着看自己前后都是谁,是不是教室第一排。虽然没有作弊的心思,但坐在考场第一排被老师盯着的滋味,谁都不想尝。

"完了!靠门口第一个!"章可就是那个坐第一排的倒霉蛋。

考场座位安排是依据上学期的期末成绩来的,蒋尧这学期刚转过来,没有成绩,被安排到了最后一个考场的最后一个座位。这没什么奇怪的,但他没想到,坐在他前面的年级倒数第一居然是他同桌。

"你上学期期末怎么考那么差?"蒋尧问。

尹澈平时作业写得认认真真,课堂小测验的分数也不错,成绩在班级里算是中上游水平,而且蒋尧觉得他故意隐藏了部分实力,因为尹澈寝室里的那些练习题他前不久没事翻开看了看,难度都比学校的卷子大,也几乎全对,按理说学校试卷的分数应该能考更高。

蒋尧原本想问来着,不过尹澈身上反常的点太多了,每次问都没结果,这事问了估计也不会说,干脆不问,省得又惹人嫌。

"要你管。"尹澈没解释。

章可主动替他解释:"澈哥不是考得差,是没考,那几天生病回家了。"

第三章 秘密

校运会和生日聚会之后,高二(1)班的同学对这位传闻中不好惹的同学彻底改观了,虽然外表看着不近人情,但从本质上来看,其实也就是个和他们年纪一样大的少年,没什么可避讳的。敬畏之心依然有,害怕之心是荡然无存了。

那天从密室逃脱回来,陈莹莹就把尹澈拉进了班级群,尹澈只说了句"大家好",立刻受到了众人的热情问候——

"澈哥好!"

"澈哥请多关照!"

"以后罩着我们!"

某人还跟着起哄:"我跟你们说,我同桌他学习特别认真,这次考试肯定能有好成绩。"

于是接下来群里的画风就变成了——

"澈哥这么厉害的吗?"

"拜一拜您!求您救我命!"

"保佑我下周考试座位在您旁边!"

尹澈暗道:现在退群还来得及吗?

"生病了?什么病?"蒋尧问。

章可:"好像是中暑吧?据说昏倒在寝室门口……"

尹澈轻咳了声。

章可立即住嘴:"对不起对不起,我瞎说的,我也不知道。"

"你是不是体质不好,容易受气温影响?"蒋尧随口提醒,"今早看天气预报,明天气温降十度,注意穿暖点别感冒。"

尹澈没搭理他,蒋尧以为他没当回事。然而第二天到了考场,看见坐在前面的人在校服里加了一件高领毛衣。白色的,毛茸茸的,很温暖的样子。

第一门考语文,一般学生都会先做默写题,以免做完阅读题后头晕脑涨,背的课文全忘了。

理我一下

蒋尧花了两三分钟把默写题填完，正要翻卷子，忽然余光瞥见右边座位的人微微侧过头，贼头贼脑的，显然在偷瞄他的试卷。

再好的学校也难免有几个不好好学习的，这间排名最后的考场，集结了全校成绩最差的学生，怎么可能都守规矩？

蒋尧很烦这种人，以前在八中的时候，他的朋友要是敢在考试中作弊，立马被他踢出组织。

按他的话来说就是："不守规矩的人怎么能当兄弟？今天敢作弊，明天就敢出卖朋友。"

他看着挺像是那种让老师头疼的问题学生。但实际上，为了给汪小柔树立良好的学习榜样，他从来没在学习上让老师操过心，成绩一直是年级第一。

赵诚曾说过他这点非常不酷："你见过哪个学校的风云人物学习成绩这么好的？这很不电影。"

"你懂什么？你说的那种'人设'已经过时了，要当就当品学兼优的新时代高素质男主，用知识武装自己，用成绩提高威名。来，这次考试给兄弟们定个小目标，争取考进年级前两百五十名，考不到的人加做十张卷子。"

"……"

可惜到了一中，为了不引起注意，蒋尧什么都不能太突出，自然也包括成绩，否则忍辱负重自降颜值还有什么意义。

旁边那人仍在伸长脖子偷瞄他的默写部分，蒋尧把试卷翻过去，给了对方一个警告的眼神，对方终于收回了视线。

原以为这样就解决了，没想到考第二门数学的时候，那人又开始偷瞄他的试卷。

蒋尧很想问他：我坐考场上的最后一个座位，按常识来说我比您成绩还差啊，您还看我的？

蒋尧无语了，寻思着还是把答题纸挡住吧，这时，听见那人小声嘀咕了句："写的什么啊？看都看不懂。"

第三章　秘密

蒋尧无语至极。

那人偷瞄了半天脖子都酸了，只瞄到一团鬼画符一样的字，终于意识到旁边这人大概比自己还差，不抱希望了，转而向自己的同学求助。

于是过了一会儿，蒋尧看见一个小纸团从眼前"咻"的一下飞了过去。

应该是想丢到再前面一个位子，可惜力度不够，纸团在半空中画出一条狭窄的抛物线，落在了尹澈的桌上。

鉴于这个纸团飞过来的方向，尹澈想都没想，直接主观断定了是后面的某人扔来的。他看都没看，拿起纸团往后一抛，半侧过头，瞪他后桌，无声做口型："滚。"

蒋尧："啊？"

千古奇冤。

旁边那人一击未中，紧接着又揉了第二个小纸团，瞄准方向，精准对焦，奋力投出——

然后砸在了尹澈的脖子上。

这人估计就是那种三步上篮都永远投不进球的人吧。蒋尧心里怜悯地想。

纸团虽小，但冷不防地砸到皮肤上也会让人一个激灵，尹澈很明显地颤了下，脚踢到了桌子腿，动静挺大，陈淑梅立马看了过来，周围正在答题的学生也被响声吸引了注意力，纷纷回头。

于是他们所有人就看见，尹澈身上掉下来一个小纸团，落到地上，滚了两圈。

空气静滞。

陈淑梅抄着卷成筒的试卷冲过来，往尹澈头上狠敲一记："跟我出来！"

试卷打人没有多疼，但尹澈好像被打蒙了，没站起来。

"让你出去听到没？"

理我一下

  蒋尧忍不住说:"老师,那个纸团不是他的,是……"
  他的手还没指出去,陈淑梅已经看见了他桌上的另一个小纸团,瞬间气疯了:"又是你,蒋尧!这次还想替你同桌担下来?没门!你们两个都给我出去!"

第四章
偏见

高二办公室的会议室里。

蒋尧看着他同桌阴沉不爽的脸色，小心翼翼地解释："真不是我扔的，是我旁边那人。你觉得我是这种考试作弊的人吗？"

"不是。"尹澈还算给他面子，接着说，"我知道你不会问我题目，所以我以为你是写完了卷子想跟我聊天。"

……这还真像他会干出来的事。

会议室里就他们两个，门关着，老师们都在外面讨论他俩有没有作弊的问题。刚开始听不见，但随着讨论越来越激烈，隔音效果不佳的会议室的门形同虚设，什么话都传到了他们耳朵里。

最愤慨的要数陈淑梅，继上次"课堂草稿本"事件之后，她就对蒋尧印象不太好。这次"人赃俱获"让她更加确信蒋尧是个麻烦的学生。

"我就知道他中途转学过来是有原因的。"

吴国钟委婉地劝解："陈老师，也不能这么说，我们还没有确切的证据证明他们俩作弊……"

陈淑梅问："两张字条上都写了'1-10'，摆明了是在问1到10填空题的答案，这还不叫作弊，那什么叫作弊？"

"可他们俩也说了，纸团是另外一个学生扔的，而且他们俩平时的表现我都看在眼里。尹澈一向学习认真，蒋尧的作业也从来没缺交过，虽然字不太好看，但仔细辨认也能看清，这数字我觉得不像他的笔迹，我们还是需要多了解一下事情的经过……"

第四章　偏见

门内的蒋尧："我的字真那么难看？"

尹澈："你心里没点数吗？"

蒋尧："其实我也知道，我的手是有些小缺点……"

尹澈："小缺点？你的手像被诅咒过。"

蒋尧："……"

门外的陈淑梅仍在争论："老吴，我都亲眼看见了。"

吴国钟："要是判定他们俩作弊了，肯定得上报德育处挨处分，这可是要进档案的，万一搞错了，不是冤枉两个孩子吗？"

"那就这么放过他们？这样对其他学生也不公平啊。"

"这……"吴国钟也想不出什么好的法子。这次期中考试不是统考，学校管得比较松，教室里没开监控，没有证据可查，而且纸团上就写了两个数字，字迹也不好分辨。

"你说我去把那人抓来，他会不会投案自首？"蒋尧脑子里已经开始规划了。

"你省省吧。"尹澈冷哼，"要抓也是我来动手，砸我两次，害我一门没考完，气死我了。"

蒋尧竖起大拇指："不愧是我的同桌。"

会议室的门开了，陈淑梅推门进来，严肃道："你们两个，去德育处一趟。"

看来是没商量出一个结果，打算交给"张教主"处理了。

他们俩只好跟着两位老师朝德育处的办公楼走。下午考完数学的学生刚收拾好书包，陆陆续续地从教室里出来，有核对答案的，有讨论下一门科目的，吵吵嚷嚷。

就他俩逆着人流方向，被老师带着，手里还拿着自己没写完的试卷，一看就是犯了事。

"是高二（1）班那个家里很有钱的尹澈……听说他脾气很差……"

"这不是运动会上那个吗？"

"看长相就知道他不聪明,只怕是出了点风头内心就膨胀了吧……"

闲言碎语时不时地传入蒋尧的耳朵里,他听力敏锐,该听的不该听的全听清了。侧头看了眼他的同桌,表情好像没什么变化,也不知道听见那些话了没。

"哟,这谁啊?"

旁边传来道凉飕飕的声音,蒋尧转头一看,熟人。

鉴于身边有老师在,荣炜的声音压低了,但不失嘲讽:"这么简单的卷子都做不出,还要作弊,笑死人了。"

蒋尧笑了笑,脚步一缓,稍微落后了几步,靠近他:"对,比不上你,高考卷最高能考96分,牛啊。"

荣炜表情瞬间僵住,不可思议地缓缓睁大眼。

"……是你?!"

蒋尧拍了拍他的肩膀,按下自己的眼镜,一双眼睛像锋利的刀刃,淡淡的灰,夺目的亮。

"是我。"

到了德育处,门开着,吴国钟走在前面,迎面差点撞上要走出来的"张教主"。

"哎哟!吓我一跳,什么事啊,老吴?"

吴国钟有点难开口,陈淑梅先替他说了:"老陈,我抓了两个疑似作弊的学生。"

"张教主"刚处理完学生干部的事,头都大了:"作弊?"

待看清了吴国钟身后的两人,他惊了:"怎么是你俩?"

上次蒋尧和尹澈帮他解决了外校流氓的事,他对这两个学生的印象有所改观,以为是挺正直的俩学生,怎么一转眼就成"作弊分子"。

"我也不知道为什么是我俩在这儿。"蒋尧说,"凭什么我指证的那个人不用来?"

陈淑梅:"刚刚我已经让同学去找他了,一会儿就过来。你俩先

第四章　偏见

好好想清楚。"

蒋尧考场旁边座位的那人很快被找来了，杨亦乐带他过来的，名叫郑凡，高二（6）班的。

高二（6）班是陈淑梅教的另一个班。

"老师好，什么事？"

郑凡的长相看着挺老实，实际上他就是那种整天浑水摸鱼、脸皮还特厚的学生，让他主动承认自己作弊几乎不可能。

果不其然，陈淑梅问完他有没有作弊后，郑凡立即否认："当然没有！陈老师您不是也看见了吗，纸团是在他们那儿的。"

陈淑梅点头："知道了。"

蒋尧："不是，陈老师，为什么他说的您就信，我俩说的您就不信啊？"

"你无非就是说自己没作弊，还有什么？"

"可我确实没作弊啊。"

杨亦乐还没走，抿了抿唇，鼓起勇气说："老师，我也觉得蒋尧和尹澈不会作弊的……"

"不关你的事。"

杨亦乐平时胆子很小，跟老师说话都细声细语，结结巴巴的，今天不知怎么了，突然挺起胸膛，坚定大声地说："老师，您得调查清楚。"

吴国钟和"张教主"都惊了，陈淑梅也没想到他的态度会这么坚定。

之前那件事发生后，她本来想换掉这个课代表，让他好好休息一段时间，结果杨亦乐成绩又回升了，最近学习的状态也很不错，她便没再考虑这件事。如今看到器重的课代表为这两个学生讲话，她难免有些尴尬。

杨亦乐想了想，继续说："您不能因为蒋尧他们在您的课上被罚过，就认定他们有问题。郑凡平时什么样子，您难道不知道吗……"

郑凡立马反驳："我什么样子？我虽然成绩差了点，但你也不能污蔑我吧？你这不是戴着有色眼镜看人吗？"

"我……我……"杨亦乐不知道该怎么反驳。

他没有证据。

双方各执一词，"张教主"只好站出来说："你们俩有什么方法能证明自己没作弊吗？"

蒋尧："没有就是没有，我不可能问尹澈要答案，尹澈也不可能问我要答案，我们又不是不会做。"

尹澈又悄悄拽了拽他的衣摆，示意他住嘴，接着说："张老师，我们可以重新做一遍卷子，你们监督着。"

郑凡："就算能做出来又怎么样？谁知道你们是不是考试的时候想对答案？"

吴国钟也头疼："照你这么说，他俩就没有方法可以证明自己无辜了啊。"

他只好问面前的两人："你俩到底作没作弊？这可是要记入档案影响以后考大学的，很难撤销的。"

蒋尧低低地骂了句，倒不是怕被记过，就觉得憋屈。自己被冤枉也就算了，还搭上了一个。他替尹澈那些工工整整的笔记和寝室里成排的数学练习册感到不值。

尹澈是那么努力，那么认真的人。

"老师，我承认，纸团是我扔的。"

蒋尧愣住，缓缓转头，看见他身旁的人一脸冷静地叙述着："我不确定自己的答案对不对，想找蒋尧核对，但他没理我，把纸团扔了回来，如您所见，纸上是空白的，他什么答案都没写，不算作弊。"尹澈的语气波澜不惊，"要记过就记我吧，没他的事。"

蒋尧难以置信："有病吧你？没做过的事承认什么？"

这人脑子里究竟在想些什么？

陈淑梅没想到，尹澈居然站出来担下所有过错。

第四章 偏见

"尹澈,我知道你跟你同桌关系好,但兄弟义气也不是在这种时候用的,蒋尧他……"

"我说了,是我一个人。"尹澈打断陈淑梅的话,"能快点处理完吗?我想回寝室睡觉了。"

本来是个死结,突然有人干脆利落地一刀子把绳割断了,问题瞬间迎刃而解。"张教主"看了看他,又看了看蒋尧,不知道该不该接这把疑点重重的"刀"。

"张老师。"尹澈把"刀"放在了他手里,"随您怎么处置。"

吴国钟叹气,陈淑梅疑惑皱眉,杨亦乐快哭了。

张老师:"……好吧。"

傍晚四五点,学生们该吃饭的去食堂吃饭,该复习的在寝室复习,过道里静悄悄的。

尹澈摸了摸口袋,掏出寝室钥匙,开了门,正要进去,背后突然被人重重推了一把,往前跟跄几步,差点摔倒,又被人攥着后领扯了回来,按在门上。

砰!

蒋尧一拳砸在他耳边,耳膜一震。

"你逞什么英雄?"

尹澈被拳风刮得睫毛颤了颤,目光平静:"这是最好的解决方法,不然你有其他办法吗?"

"我当然有!"蒋尧眼下相当冲动,想把一切都坦白了——我比你想的厉害得多。

但他刚刚在德育处,什么都做不了,怎么劝尹澈都不听,最后只能服从"张教主"安排:"等考完试,给你开处分单。"

"你到底为什么要承认?不用你牺牲自己保全我。"

"就算你能撤销。"尹澈看着他,"大家对你的印象也不会撤销了。"

蒋尧一愣:"什么意思?"

"字面意思。大家会以为你真的作了弊,哪怕我们班的人相信你,别班的人也不会信你。你难道想以后被人背地里指指点点?"

"那你替我担下来,不也一样会被人指指点点?"

"我早就是了。"尹澈垂着眼,"在大家眼里,我本来就像是那种人,这件事对我没什么影响。"

"有你这么悲观的吗?"蒋尧根本无法理解,"我们班同学刚开始对你改观,今天老吴和杨亦乐也一直在为你说话,大家都很关心你,你就这么自暴自弃?"

"不是自暴自弃,我真的不在乎。"尹澈淡淡道,"你们也不用太在乎我,反正毕业大家就散了,应该也不会再见了。"

蒋尧原本冷着脸颦着眉,听完他这番漠然的话,突然笑了声:"你装什么酷?"

尹澈:"我没装。"

"接着装,你以为我会信?"蒋尧两只手撑着门,低头看着尹澈,"一边为我担下所有责罚,一边又说得好像完全不在乎我。你的逻辑明显自相矛盾,故意说这些话,只是为了让我别担心你,是不是?"

尹澈:"我没有担……"

"闭嘴,听我说。"

尹澈微怔。

眼前人影一晃,视线忽然敞亮。他望向前方,目光穿过宿舍的窗户,捕捉到了天边最后一抹残霞。

耳畔下一秒响起的低沉话语却夺走了尹澈的所有疑惑:"少给我逞强,有我在,谁也别想冤枉你。"

三天的期中考试仿佛只是一眨眼的工夫,最后一门考完,各班学生回教室集合,无情的老师们还要布置周末作业。

"刚考完试能不能让我们喘口气啊!"章可趁老吴没来,在教室里哀号,"这周末谁有心思做作业?到最后不还是敷衍了事?有什么意思?"

陈莹莹:"你以为人人都跟你一样啊?请你反思一下为什么自己的成绩一直上不去。"

"你这语气怎么这么像我妈……"

"欸,乖儿子。"

教室里除了闲聊的,其他学生基本都在讨论刚考完的最后一门物理的答案。

周浩亮转过头,问他后桌:"蒋尧,你最后一道填空题的答案是多少?"

"2.5。"

"啊?不会吧,我和郭志雄做出来都是7.5,但韩梦也是2.5……"二比二,周浩亮不知道该信谁了。

尹澈:"2.5,这题我做过类似的,应该没错。"

周浩亮一愣,脸色变得有点奇怪,"哦哦哦"了几声,立刻转了回去,连声谢谢都没说。

尹澈低头继续整理桌上的书。

算了,不过是回归原样而已。

下周一,学校的处分应该就会出来。

一中作为全市数一数二的重点高中,在德行方面一向抓得严,考试作弊的学生会被全校广播通报,处分单会在公告栏上张贴一整个学期。

这一招唬住了很多学生,大家宁可考试成绩稀烂回家挨打,也不想在全校同学面前丢这个脸,出这个名,每年被通报的也就那么一两个。

一旦被通报,就相当于被钉上了耻辱柱,高中三年都别想摆脱了,甚至毕业多年后,聚会上提起某个同学,给人留下的唯一印象可能也只是"他作弊被通报过"。

不过尹澈不怎么在乎。

毕业……这个词太遥远了，遥远到不知能否到达。

"周末回家吗？"

唯一一个还愿意跟他说话的人问他。

"上星期回过家了，这星期住寝室。"

"要不要我留下来陪你？"

"别毁了我的美好周末。"尹澈收拾好周末要写的作业，放进背包。

吃完晚饭回到宿舍，太阳刚落下去一半，橙红的霞光照得面积不大的宿舍空间暖洋洋的，几乎让人忘了现在已是深秋。

今天考试，下午放得早，没有社团课，寝室里没有乱七八糟的材料，也没有那个清理得乱七八糟的人。

心情也跟着乱七八糟的。

尹澈放下笔，折了颗星星，扔进罐子里。发了会儿呆，把乱糟糟的情绪压下去。接着，拉开书桌的抽屉，从角落里翻出一个铁盒子。盒子上了锁，钥匙就和寝室钥匙串在一起，被尹澈随身带着。

咔嗒一声，小锁被拧开。

盒子里面塞满了小字条，纸上的字迹难辨，铁盒的正中央，静静地躺着一朵花。

深红如熟透的樱桃，颜色很漂亮，折得却很烂，花瓣扭曲，看不出多少花朵的影子，而且已经皱得不成样子，说是手工品，更像是一团废纸。

蒋尧清理垃圾很勤快，社团课结束后就顺手把废纸篓里的垃圾拿出去倒了。尹澈等到寝室楼里的学生走得差不多了，去大垃圾箱里翻了半天才找回它。

还好是纸做的。

不会枯萎，不会凋谢，不像人一样。

周日晚上，住宿生陆陆续续回到学校。

第四章 偏见

其实也就过了一天而已,但学生们的心情已经从周五刚考完时的兴奋变成了对成绩的担忧焦虑。

"我刚刚去办公室,听许老师说,英语已经差不多批出来了,呜呜呜……"晚自习的课间休息时间,章可依然奔走在一线,"你说咱们老师这么拼干吗啊?批得快会发奖金吗?就不能互相放过吗?"

陈莹莹:"反正你住宿,这条命起码能保到周五,知足吧。"

"可是我妈每天晚上都给我打电话,肯定会问我成绩,说不定会冲到学校来揍我,怎么办啊……"

郭志雄:"考差就考差了,有什么了不起,章可你胆儿也太小了……"

章可:"大熊,我看到你英语成绩了,89,没及格。"

郭志雄以手捂脸:"啊啊啊!"

后排的韩梦掏了掏耳朵:"谁嗓子这么尖……啊,大熊?"

郭志雄恍恍惚惚地飘回位子,像一只体毛过密的幽灵:"……我恨你章可……"

蒋尧朝前排喊:"章可,看见我几分了吗?"

章可:"你还别说,正好看见了,你 115 分!"

"哦,谢了!"

蒋尧侧头,问:"要不要问问你的?"

尹澈:"我知道自己考了多少。"

"啊?你也去看成绩了?多少?"

"110 到 115 之间。"

"怎么还带范围的?"

因为是我自己估的。尹澈心道。

以这次英语试卷的难度,平均分应该就在 110 到 115 之间,具体数字得看主观题批得严不严。他把分数控制在平均分左右,最不容易被老师注意到。

门口忽然有人喊了声:"蒋尧!有人找你!"

白语薇站在教室门口,朝蒋尧挥了挥手:"我来啦。"

听起来像是约好的。

尹澈看着他同桌春风满面地朝白语薇走去。

短短半个学期就能和所有同班同学混熟,这人要是外形条件再好一点,不知道会被多少人追捧。

蒋尧和白语薇一走,教室里的同学就忍不住开始讨论,以章可为首:"哎哟,他真行啊,能和白语薇做朋友。"

陈莹莹:"这有什么奇怪的?又不是所有女生都是'外貌协会成员',我们也很愿意去结交一些'有趣的灵魂'好不好?"

章可:"班长,你真好意思说,你敢说你追捧'校草'不是看中了他的外表?"

"我最近对他已经失去兴趣了,其实想想吧,他也没什么了不起,不就是一个……"

"天哪!尹泽在咱们班门口!"章可突然大叫。

"呵呵,故技重施是吧?你以为我还会信?"陈莹莹不屑,"别说他在门口,就算他站在我面前,我也不会多瞧他一眼。"

"是吗?"

"那当然……啊!"陈莹莹尖叫一声,立刻捂住嘴,声音从指缝里漏出来,"尹……尹……尹泽!我……我……我刚刚乱说的!"

尹泽插着兜,径直从她面前走过:"你这样的,我不会多看一眼。"

走到一半,被人拦住。

"这话有点过分了吧?"韩梦站在课桌间的过道里,挡住他,"跟她道歉。"

"凭什么?她不也说我了吗?"

"可她没有说你坏话吧?"

"我说的就是坏话了?难道不是事实吗?"

两个高大的男生在教室里站着对峙,气氛剑拔弩张,高二(1)班的同学全都望了过来,窗边还趴着几个外班路过看热闹的。

第四章 偏见

陈莹莹见他俩之间火药味有点浓，过来劝和："没事没事，韩梦，人家开个玩笑而已，我都不介意，你介意什么……"

韩梦似乎还有话要说，尹泽却突然被人拉走了。

"我替我弟道歉，我去跟他谈谈。"

尹澈拽着他弟的衣服往教室外走。没了热闹可看，窗边趴着的八卦群众只好就地散了。

尹澈把人拉到了僻静的楼梯口，没来得及说话，先被甩开了手。

"你就这么喜欢替人背锅？"尹泽冷哼，"替我背也就算了，还替你同桌背，他值得吗？"

尹澈低着头，像一个挨训的学生。

"值。"

尹泽笑了，完全是嘲笑："值个鬼，你以为你这样做他会感激你？我刚在办公室听说了，明天学校就会全校通报你的事，给你开处分单。而现在你的同桌在干吗？他有考虑过你的感受吗？"

"我没什么感受，他不需要考虑。"尹澈轻轻地吸气，深秋的空气清冷，但他还是觉得胸闷，"他对我很好，没有你想的那么坏。"

蒋尧说的那句"有我在，谁也别想冤枉你"，应该是指以后遇到类似的情况，会帮他解决的意思。

这样还不够好吗？他觉得很好了。蒋尧是真心把他当好朋友好兄弟的。

"行，你要护着他就继续护吧，牺牲自己保护别人，真伟大，以前怎么没发现你有这么伟大的一面呢？"尹泽冷笑，"是我这个弟弟不配被你保护吗？我还不如一个认识几个月的同学是吗？"

"不是的，那时候我……"尹澈停顿住，最终还是那句，"对不起。"

"对不起对不起，你永远只会对我说对不起，我听都听厌了，闭嘴吧。"

理我一下

尹澈听话地闭了嘴,仿佛他才是年龄小的那个。

第二节晚自习的铃声响了,去操场和小树林闲逛的男生女生陆续上楼回教室,楼梯口的人逐渐多了起来。

"明天离我远点,别跟我说话。"尹泽撂下最后一句,"我丢不起这个人。"

蒋尧和白语薇在楼梯口道完别,一转身,看见他同桌站在敞开的窗户前,安静地吹着晚风。

"铃都打了,怎么不进去?"蒋尧顺手关上了窗,"这么冷吹什么风,不怕感冒?"

尹澈回头,头发被吹得乱糟糟的,鼻子微红,眼睛好像也有点红。

"要你管?"

兔子还是那么凶。

蒋尧试探性地伸出手,捏住他的袖子,见他没什么反应,便拽着他往教室里走:"快进去做作业,今晚早点睡,明天有个好消息告诉你。"

"不能现在说吗?"

"不能,现在还没成,要明天才出结果。"

和什么事有关呢?尹澈想问。

但既然蒋尧想留作惊喜,还是先别追问了。

尹澈思考了一节晚自习,回寝室后,看着那朵纸花发呆了一晚上,直到睡着,也没能想出来。

周一第一节课照例是语文课。

吴国钟只夹着本课本进来的时候,全班都想放鞭炮,庆祝语文试卷还没批出来,可以再"苟活"几天。

"别高兴得太早,虽然只批了一半,但我已经看出来了啊,全年级这个默写部分写得相当糟糕。怎么回事?平时认真背了课文没?"

第四章 偏见

吴国钟声音一扬,音量也跟着提高,教室里余音绕梁,"等分数出来了,默写题没拿满分的,把这学期到目前为止的背诵篇目,统统抄三遍交给我。"

教室里瞬间一片哀号。

蒋尧郁闷:"唉,早知道默写题认真写了。"

尹澈瞥他:"默写跟认真写有什么关系?背不出就是背不出。"

蒋尧比了个赞:"没错,你所言极是。像我这种水平,默写怎么可能全对。"

"死记硬背总能背出来的。"尹澈给了他一点希望,打开课本,翻到老吴说的页数,"你要是想提高,平时就多背。"

"嗯,一起加油,我们下次争取都全对。"

"我默写题本来就一直全对,谁要跟你共沉沦?"

蒋尧:"……"

第二节是数学课。

数学卷子批起来快,往往是第一门出成绩的科目,也是分数起伏最惊心动魄的一门,尤其在一中这种学霸遍地竞争激烈的学校,一道选择题做错,年级排名可能就掉了十几位。

结果没想到来了个新的女老师。

"同学们好,这节课由我代上。"代课老师姓马,是高二(5)班的数学老师,也没说陈淑梅去哪儿了,就开始发卷子。

答题纸是网上阅卷的,尹澈拿到手,看不出自己的卷子批没批,也看不出自己得了多少分。他当时最后一道大题还没做完就被喊了出去,不过本来也没打算做,前面的分数加起来已经达到平均分了。

马老师发完试卷,清了清嗓子,说:"这次咱们班平均分是106分,最高分是145分,杨亦乐同学,很厉害哦,这张卷子难度不低的,能拿到这个分数不容易。但同时吧,这张卷子里也有很多基础题,没考到80分的同学需要反思一下了,最低分是65分,我就不报名字了,给你点面子……"

最低分不应该是他这个零分吗？还是说他的成绩作废，不计入全班成绩？

尹澈想问蒋尧，一转头，看见蒋尧正认真看着卷子，虽然答题纸上也没批改的痕迹，但应该是有分的。

算了，都尘埃落定了，没必要再提。

一节课过去，卷子只讲了一半。马老师夹起自己的试卷，对全班说："明天接着讲剩下的，作业是订正错题，其他的一会儿再布置，课代表来一下。"

杨亦乐跟着出去，马老师挺惊喜："哎哟，原来你就是课代表啊，难怪考那么好，加油，继续保持。"

杨亦乐脸红了："谢谢老师……"

蒋尧敲了敲他同桌的桌子："欸，这个新老师还不错吧？"

"还行吧。"

马老师看上去三四十岁，人挺亲切，讲题也耐心，和严厉的陈淑梅完全是两种不同的风格。

"喜欢又怎么样，只是代几节课而已。"

蒋尧晃着自己的椅子，低低地嘀咕了句："那可不一定。"

学校的通报一般选在午休的时候，上完上午的课，就要接受审判了。

尹澈拒绝了蒋尧的午饭邀请，在学校里漫无目的地闲逛，总觉得每个路过的学生看他的眼神都有点微妙。

说不在意，其实还是有点在意的，毕竟还活在这世上，总要和人打交道。

走到学校边上的围墙的时候，他犹豫着要不要翻墙出去吃，顺便避开全校无处不在的大喇叭，耳不听为清。但想了想，又觉得这样像个胆小的逃兵。最后他去小卖部买了点面包和饼干，坐在了小树林里的草坪上。

天气转凉，草坪的草都枯得差不多了，地面土黄土黄的，不像刚

第四章 偏见

开学的时候那样满目绿意。小树林周围种植的水杉树也都随着季节的更替进入凋零期,满地落叶,融入土壤里。

尹澈想起开学第一天,他从郁郁葱葱的水杉树后走出来,看见他新同桌时的心情。

就单纯看这人不顺眼,也不知道从什么时候起,看他没那么不顺眼了。

"叮咚——"学校的广播前奏响起,接着传来"张教主"的声音:"各位同学们,中午好,现有一则通报……"

尹澈把最后一口面包吃了,站起身,拍拍裤子,走出小树林,走向教学楼。

他又没做错,就算被人指指点点,也不能让人小看了。

"……高二(6)班的郑凡同学,因期中考试企图作弊,现取消成绩,记过一次,并予以全校通报批评……"

尹澈刹住脚步。

什么?

"……望郑凡同学进行深刻反思。另,高二(1)班的尹澈同学,请来德育处一趟。"

什么跟什么?

尹澈一路迷茫地到了德育处,只听"张教主"语重心长地对他说:"以后不是自己做的事,就别瞎承认,你当记过闹着玩儿呢?这次成绩给你统计上去了,但最后一道没做完的题不可能让你做了,委屈你一次。"

尹澈蒙得很:"张老师,怎么回事?"

"问你同学就知道了,这个臭小子,真是不让我省心……"

尹澈走出德育处,心里隐隐生出一丝猜想。

不可能……不会吧?

回到教室,还没进门,就听章可一声大喊:"恭喜澈哥大仇得报！"

某人笑着走过来，得意扬扬地对他说："怎么样？哥就说了，没人能冤枉你——哎哟！"

蒋尧被人一屁股顶到了旁边去，韩梦"哼"了一声："要不是本部长跟张老师求情，你能拖这么多天？"

"就是，说得好像都是你一个人的功劳一样，耍什么帅？"陈莹莹难得和韩梦同仇敌忾，"再说了，要不是人家白语薇拿到了证据，老师能相信你？"

蒋尧扶着课桌站直了："说好的团结一心共抗外敌呢？"

陈莹莹："外敌已经没了，现在要消除内患。"

蒋尧："这能怪我吗？澈澈，你评评理！"

砰！尹澈一拳头砸在教室的木门上。

人群瞬间鸦雀无声。

尹澈冷冷地扫视一圈："一分钟之内，我要知道发生了什么。"

众人你看我我看你，谁都不敢开口，怕一分钟说不完这么复杂的故事。

"还剩50秒。"

陈莹莹一脚把章可踹了出去。

章可："啊？！"

尹澈："章可，你说。"

章可欲哭无泪，只能担负起这个重任，迅速拣要点说了。

"就是那天你们从德育处回来，杨亦乐和蒋尧跟我们说了你要被处分的事，我们都特别气愤，到处搜集证据想帮你们伸冤，结果你猜怎么着？真被我们找到了。你们考试的那间教室虽然没有监控，但走廊有啊，我们跟保卫处调了当天的监控，万幸视角刚好拍到教室窗户，看到了是郑凡扔的纸条。"

蒋尧接话："那监控的位置太隐秘了，还是白语薇找到的，然后我就把监控录像交给张老师了。"

第四章 偏见

章可:"对对对,我们跟着一起去的,'张教主'听了就找陈老师和郑凡谈话了,貌似还报给了校长。"

这个年纪的男生女生,最不缺的就是热血,听说自己班的同学被欺负了,再被蒋尧一鼓动情绪,各个都群情激昂,坚决要找出真相,求个公平。

不过,也有真心在。

尹澈帮过杨亦乐,帮过班级取得荣誉,大家都看在眼里。少年人心思纯粹,谁够义气谁就是兄弟姐妹,真诚换真心。

晚上放学,一伙人非要出去吃一顿,庆祝尹澈重获清白。

校外的小饭店一下子涌入了半个班的学生,把备用桌椅都拿出来了,后厨忙得不可开交。

尹澈吃到一半,借口去便利店买饮料,走了出去。在店外站了没一会儿,察觉身后又出来个人。

"怎么这么喜欢吹冷风呢?"蒋尧问,"不是要去买饮料吗?走着。"

便利店就在几十米外,两个人沿街并排走着。尹澈看着天边的残霞,想起蒋尧那天的话。

蒋尧真的没让人冤枉他。

"你真行。"他望着天空说。

还好郑凡心理素质差,一听说有监控就承认了。

他们真是一群"傻瓜",为首的那个最傻。

"大傻瓜"却一点也不在意:"大不了失败了就换其他方法,总能让他们承认的。"

"你还有什么方法?"

"方法多着呢,你总是小瞧哥的能耐。"蒋尧推开便利店的门,"哥说了要帮你,就一定能帮你。"

他撑了半天门,也没人进来,回头一看,尹澈站在便利店外,纹丝不动。

"进来啊，站外面干吗？"

"蒋尧。"尹澈看着他，"你到底什么来头？"

夕阳下，两个人一个站在门内，一个站在门外，相对无言，静静相望。

蒋尧叹了声气，招认了："我就是我，是颜色不一样的烟火。"

尹澈反思完自己为什么会脱口问出这么低级的问题之后，一脚踹过去："滚，一边儿炸去。"

高二（1）班的尹澈不仅没有作弊，还把真正作弊的人找到了，这事第二天就传遍了整个年级。大家听说这件事能有现在的结果全因一群朋友仗义相助，都觉得特别酷，特别牛。

"我第一次觉得身为高二（1）班的人这么光荣。"章可道，"走在路上腰杆儿都挺直了。"

"我现在走到哪儿都感觉大家在看我。"韩梦一撩头发，"不过跟这事应该没什么关系，我本来就天生丽质。"

陈莹莹："呕，我要吐了。提醒一下您二位，今天周五，老吴说了，今天会出期中考的年级排名，发给家长，保证你们一回家就能收到家长的殷切问候。"

章可和韩梦瞬间愣住。

新来的马老师教了一个星期，学校见她能力上没什么问题，能带两个班，而陈老师目前带班太多，工作繁重，索性就让马老师正式兼任高二（1）班的数学老师了。

下午最后一节班会课，吴国钟笑呵呵地说："排名已经发给你们家长了，记得提醒他们看哦。"

台下学生们一片痛苦哀号。

其实平日里再怎么闹腾，也不过是一群会为了成绩而发愁、想要考上一所好大学的少年少女，没有多么离经叛道，也没有多么愤世

第四章 偏见

嫉俗。

顶多有那么一点点,执着与敏感,像刚长出嫩枝的小树苗,纤细,但坚韧,渴望成长,也渴望被鼓励,被呵护。

倘若肆意踩踏,这些树苗拧成股,未必不能反弹回去。

少年可期而不可欺,有朝一日,终成参天大树。

窗外最后一片梧桐叶晃晃悠悠落下来的时候,气温彻底降到了十摄氏度以下。

不管是住宿生还是走读生,早上仿佛都被床粘住了,怎么起也起不来。"张教主"依旧每天敬业地站在校门口抓迟到的学生,这几天能抓上一长串,比以前多多了。带着这群不省心的学生回德育处写检讨的时候,居然又在校内抓到一个迟到的。

"蒋尧!你怎么回事?住宿也能迟到!"

蒋尧脚步刹住,没能逃过去,讪讪地笑了笑:"老师,我昨晚做作业到半夜一点,太刻苦了,今早没听见闹铃。"

其实是昨晚给汪小柔讲题讲到九点多,哄他妹睡了,赵诚又来了个电话,说:"你当心点,上次那个谁,不是把事情发到贴吧去了吗,咱们学校有人看见了,现在他们在猜你是不是转去一中了。"

一中和八中的学生经常"监视"彼此的贴吧。蒋尧能在八中隐藏这么久得归功于八中的贴吧管理员是赵诚。赵诚怕泄漏蒋尧的消息,所以贴吧里一直禁止讨论关于蒋尧的任何内容。所以即便一中的学生常逛八中的贴吧,也只是隐约知道八中有这么个厉害的人物,具体的不清楚。

原本他隐藏得完美无缺,结果有八中的学生恰好看见了那天一中贴吧里荣炜的视频。

这惩罚人的手段,怎么看怎么像出自某位"泯灭人性"的人之手。

蒋尧转去一中的事只有最亲近的几个朋友知道,其他学生都以为他出国了,或者转去了外市,否则他这样的人,转去哪所学校不是焦点人物?怎么可能一点消息都没有。

没人想到他大隐隐于市,就转去了八中的兄弟学校,天天在学校里大摇大摆地晃悠,至今除了高二(1)班的同学,没几个外班的同学认得他。就连之前运动会出了把风头,也很快被其他新闻压下去了。

赵诚这么一提醒,蒋尧立刻警觉,连夜召集兄弟们把那条荣炜的帖子给举报删除了,顺便把其他帖子顶了上去,弄到了挺晚的,今早就没听见闹铃。

"张教主"到底是过来人,压根没听他乱编的借口,直接抓到德育处写检讨,早读结束了才放他走。

蒋尧早饭都没吃,饿得要死,但第一节课快开始了,来不及去小卖部买吃的,只好朝教学楼赶。

走到一半,前方迎面过来个熟悉的人。

"欸,澈澈!"蒋尧喊了声。

尹澈走近,一脸古怪地看着他:"我还以为你死在寝室了。"

"没有,被'张教主'抓去写了个检讨。你怎么出来了?来找我啊?"

"别废话,赶紧回去,要上课了。"尹澈转身回教学楼。

蒋尧愣了愣,追上去:"你真是来找我的啊?"

尹澈没搭理他,从厚厚的冬装校服里掏了掏,掏出个用保鲜袋装着的东西,扔进他怀里。

蒋尧低头一看,是食堂早上卖的肉包子,两个,还是热乎的,捧在手心里像个小火炉,有点烫手。

"……给我买的?"蒋尧震惊了,"怎么突然对我这么好?"

尹澈转过头,小脸捂在校服领子里,白净得就像他手里白乎乎软绵绵的包子。

"给你的谢礼,谢谢你之前帮我。"尹澈飞速说完,扭头奔上楼梯，动若脱兔，尾巴都抓不着。

蒋尧哭笑不得，捧着包子走到教室，英语老师还没来，章可看见了他，问："你手里拿的什么？"

"包子。"蒋尧见他同桌望着窗外，一副事不关己的样子，故意说，"尹澈给我买的！"

尹澈立马转头瞪过来。

章可本来早饭没吃饱，看见他手里有两个包子，还打算要一个，一听是尹澈买的，瞬间打消了这个念头。

蒋尧坐到自己位子上，冲他贴心的同桌笑笑："刚刚怎么跑那么快？我还没来得及表达我的感激之情呢。"

"表达个鬼，再不吃就凉了。"

"吃吃吃，你吃早饭了没？"

尹澈迟疑了一瞬："……吃了。"

一听就是没吃。

蒋尧把递到嘴边的肉包子放下："分你一个。"

"不用，我——"

蒋尧直接把包子塞到他手上："吃吧。"

尹澈怔了怔，犹豫了会儿，慢慢张开嘴，纤长的睫毛扑扇了下，咬了一小口包子。

章可回头问后桌借作业抄，转身的力度太大，本子都甩飞了："我的天啊！"

本子以一个漂亮的抛物线，啪的一下砸到刚进门的许贝妮脸上。

"许老师我……"

"好你个章可！"许贝妮把本子甩回去，"今天中午来我这儿背课文！"

"饶命啊许老师！"

尹澈嚼着包子皮，含糊地说："味道还行，我不饿，你吃吧。"说着又把包子还了回去。

蒋尧把两个包子都塞进他的桌肚："我还有零食，包子你趁热吃吧。"

晚自习课间。

坐在门边的同学又喊："蒋尧！有人找！"

高二（1）班的同学都快习惯白语薇来找蒋尧这件事了，起哄的人也少了，继续聊自己的天。

蒋尧回来的时候，笑得挺开心，周浩亮转过来："春风得意啊，什么事这么高兴？"

"保密。"

尹澈把课间刚折好的星星扔进了笔袋里，说："有什么可保密的，看你那一脸得意的样子。"

蒋尧："嘿嘿，我们可投缘了，刚刚还一起吐槽了某位男同学。"

"……你俩出去就聊这个？"

"不行吗？那位男同学确实槽点很多啊，也不知道为啥白语薇能和他做朋友。"

"和白语薇关系比较好的男同学，那不就是……"周浩亮说到一半，突然顿住，"哎呀我作业还没写完，写作业去了。"

相当不自然的转场。

尹澈本来没兴趣听这些八卦，见他这样奇怪，随口问："是谁？"

蒋尧笑笑："是你的臭弟弟。"

"……"

哐啷！后排传来一声巨响，前排的人都吓了一跳。

陈莹莹："谁敢在老娘的地盘撒野——"

某位不好惹的"大佬"正在追踹他的同桌。

陈莹莹："您……您二位继续。"

回到宿舍，蒋尧还在心疼自己的裤子，跑到隔壁宿舍去敲门："开门哪，兔子！别躲在里面不出声，我知道你在家！开门哪，开门

哪，开门开门开门哪！"

"烦不烦？"尹澈开了门，"我要睡觉了。"

兔子穿着白色的毛绒睡衣，看起来很暖和。

蒋尧提着自己的校裤强行挤入："你看看，这是我第几条被你踩脏的裤子了？是不是该赔我点清洗费？"

"多少？"尹澈拿起自己床头的手机，"一百块够不够？拿着钱离开我的寝室。"

蒋尧哪儿能真让他赔，把裤子随手往地上一扔，说："你带手机了啊？那看看班级群，大家都在聊天呢，你偶尔也说几句话呗。"

"有什么可聊的，他们的话题我插不进去。"

高二（1）班的班群里没多少正事，不是斗图就是闲聊，一晚上能刷好几百条，把白天不能玩手机的苦闷都发泄了出来。

蒋尧："不跟他们聊就算了，怎么也不跟我聊？我们从开学到现在，发过的信息十根手指都数得过来。"

"你平时聊得还不够多吗？"尹澈把手机扔回床上，"再说你跟我有什么可聊的？跟白语薇聊去。"

"就是跟她聊了之后，觉得还是跟你聊开心啊。"蒋尧拉了个椅子坐，"女生的那些话题我都不懂，挺没劲的，聊着聊着就不想聊了。"

"你今晚不是跟她聊得挺开心吗？"

"啊，今晚是因为聊到了你弟……"

蒋尧跟白语薇吐槽完尹泽之后，白语薇说了句："尹澈其实对他弟弟蛮好的，可惜他弟弟不领情。"

蒋尧突然就有了强烈的倾诉欲望："是啊，我同桌他就是太单纯，对一个'白眼狼'那么好，有什么用？他要是能把对他弟弟的好分给别人，不知道会比他的臭弟弟受欢迎多少倍。"

白语薇笑笑："这倒是真的，尹澈长得也很好看，肯定会受欢迎……可惜就是平时太凶了。"

"我同桌要颜值有颜值，要实力有实力，平时凶都是假象，其实就是个兔子。"

"别在背后说我弟坏话，再被我发现，你多少条裤子都不够我踹的。"尹澈走到他面前，沉着脸。

蒋尧抚胸："好凶哦，人家好怕怕哦。"

"给你一个忠告而已。"

尹澈踹他凳子一脚："滚回你的宿舍去，我要睡了。"

"这才几点，睡什么睡，起来聊天。"蒋尧扫视了一圈书桌和书架，依然是老样子，全是练习册和手工制品，星星罐子已经快装满一半了，除此之外，没看到几样新鲜的东西。

他随手拿过桌上一个没见过的铁盒子："又做了什么玩意儿？你的娱乐活动也太朴实无华了……"

啪！尹澈按住那个铁盒子，夺回来："别乱动我东西，赶紧回去。"

蒋尧连人带校裤被赶出了306，面对紧闭的宿舍门，蒋尧悲哀地叹了口气。

兔子哪里都好，就是有点以貌取人，总是瞧不上他。

也不知道长得多帅才能被兔子崇拜。

他这样的行吗？

入冬之后，时间的齿轮仿佛被冻住，流逝的速度渐渐放缓，他们感觉已经过去了很久，实际上才两个星期而已。

在连续两个星期抓到迟到学生之后，"张教主"终于忍无可忍，更改惩罚措施，把八百字检讨变成了八百米长跑。

今年初冬的气温比往年都低，走在外边呼出的气体瞬间化作白雾。这种温度下去操场上跑两圈，可比写检讨难受多了。举措一出，迟到现象立刻好转。

"张教主"对此相当满意，甚至仍觉不够，在广播里大肆宣扬了

第四章 偏见

一番"冬跑能够增强抵抗力"云云之后,一声令下,把每天的课间操改成了八百米慢跑。

教室里听完广播的学生们心如死灰,痛不欲生。

"杀了我吧!八百米!跑完我肯定喘不过气了,还有精力上课吗?"章可哀号,"咱一中人还需要锻炼身体?头脑发达就可以了啊!"

陈莹莹:"可你头脑好像也不是很发达啊?"

章可无语。

体育委员郭志雄倒是很兴奋:"终于又有展示我们能力的机会了。"

韩梦:"同意。"

陈莹莹:"你同意个鬼,上次跑一千米你吐成什么样忘了?"

韩梦一甩头发,俊美潇洒:"你韩哥已经今非昔比了,这次绝对能一雪前耻,让所有人为我飒爽的英姿折服!"

课间操时,全校所有班级一起绕着操场跑,跑了一圈就有不少人坚持不住了。

"衣服好重……"韩梦喘得像头驴,"我不行了……居然还有一圈……"

蒋尧拍了拍他的肩:"兄弟,不行就别硬撑了吧,去主席台下边休息?"

韩梦喘着气朝主席台望了一眼,只有几个女生站着,他要是站过去,立马就会被全校围观,指不定晚上就被发到贴吧去了。

"不行……我一个大老爷们……丢不起这个人……呜呜……"韩梦说完,昂首挺胸,憋着一口老血继续往前冲。

跑步队形是按身高排的,两两一列,蒋尧跑在最后,看见他同桌跟他隔了一列,在他斜前方,校服拉链都没拉上,被风吹得飘扬起来,和他的发丝一样飘逸。

"尹澈!"蒋尧不假思索地喊,"拉链拉上!不冷吗你!"

他喊得响亮，高二（1）班的学生都听见了，连隔壁并列跑的高二（5）班同学也望了过来。

尹澈无语，转过头想让他安静点，忽然看见高二（5）班队伍里的白语薇也在望着他，视线一接触，立刻转移了。

跑完步回到教室，除了个别体力好的，其余各个都喘得不行。

蒋尧走进来，完全没喘，就是有点着急："让你拉拉链怎么不听呢？感冒发烧了怎么办？还不是要哥帮你记笔记？我那字你又不乐意看……"

"知道了，我今天穿多了而已。"尹澈拉上校服拉链，"满意了吗？"

"这还差不多。"

下一节课还有五分钟才上课，蒋尧拿起自己的水杯，问："要帮你接热水吗？"

尹澈也拿起自己的杯子："我跟你一起去。"

两个人一起去饮水机那儿接完水，蒋尧正要往回走，衣服忽然被拽了一下。

尹澈："过来，有话问你。"

蒋尧屁颠儿屁颠儿地跟着去了。他每次拽他衣服，都让他想起汪小柔小时候拽他衣服喊"哥哥"的样子，很可爱。但尹澈又有点不一样。

尹澈带着他到了一个僻静的楼梯口，这时候学生差不多都回教室了，偶尔有路过的，说话小声点也听不见。

"你和白语薇好像比之前关系更好了？"尹澈开门见山地问。

蒋尧："反正我觉得我们已经是朋友了。"

"蒋尧，你是觉得跟一个漂亮的女同学交朋友很有面子吗？"

"……你觉得我是这种人？"蒋尧脸色沉了，笑意全无，"你管我怎么交朋友？你看除了我，有人愿意和你做朋友吗？"

尹澈刹那间没了声，怔怔地看着他。那眼神，刺得蒋尧心脏

第四章 偏见

一疼。

蒋尧惊醒，想道歉，但又不想做先低头的那个。他以为他们俩关系够亲近了，没想到尹澈会这么想他。

他有点失望。

"你们两个！还杵在那儿干什么呢？回教室上课了！"

吴国钟这一嗓子，气吞山河，从走廊那头贯彻到楼梯口。

尹澈没再说什么，拿起水杯直接走了。

这一冷战，就是一整天。蒋尧以为到晚自习怎么都该结束了，结果直到回寝室，也没等来一句道歉。

倔强的兔子。

蒋尧无奈，洗了把脸，躺在床上，和汪小柔通着视频，给她抽背了几首古诗。

"哥哥，这首刚刚你抽查过啦。"

"啊？哦，那换一首……"

汪小柔眨了眨眼："哥哥你是不是困啦？要不你睡吧，反正我也背得差不多了。"

"真的？那你背完也早点睡。"

"嗯嗯，哥哥放心。"

关了视频，蒋尧望着顶上的床板发呆，想来想去，还是打开了信息。没办法，总得有个人先低头。

正好班群里弹出条消息：

章可："听说下个礼拜有元旦游园会！"

韩梦："你这消息也太快了，我这个部长才刚收到消息。"

章可："这不是咱们学校每年的传统嘛，部长大人您说说，咱们班搞什么活动？"

陈莹莹："别问他，等会儿又搞什么幺蛾子出来。"

韩梦："我这回想的活动很正常好不好！就搞个变装咖啡店。"

171

陈莹莹："谁变装？"

韩梦："当然是咱们班的男生啊！最好穿可爱的衣服，洛丽塔风格之类，人数不够的话女生也可以凑合。"

郭志雄："我拒绝！为什么要让男生穿！能不能整点正常的东西！"

韩梦："有反差才有亮点，才能吸引客人，反差越大越好，一定要那种看起来特别强悍特别不好惹的人穿才有趣。"

陈莹莹："特别不好惹是吧？我帮你叫，澈哥，韩梦让你变装。"

韩梦："……"

尹澈："嗯？"

韩梦："我随便说说而已！你们怎么就当真了呢！澈哥您别往心里去，别往心里去……"

蒋尧看见那一条回复，立刻戳进私聊，发了条信息过去："在？聊聊呗。"

等了十分钟，也没有任何动静。

"你不打算理我了？

"至于吗，兄弟之间为这么点事吵架？

"我道歉行了吧？早上说错话了，对不起。"

又等了一会儿，上方终于出现了"对方正在输入……"的字样，尹澈回复他："你没说错，是我说错了，对不起。"

蒋尧从床上坐起来，绷了一天的神经终于松懈了："早这样不就完了，下次有什么事直接说清楚，吵架也好道歉也好，都比冷战强。"

"嗯。"

尹澈的语气乖得不可思议，难得一见。

蒋尧心里那点气彻底消了，按住说话键，回了一条语音过去，声音不自觉地放轻："我再次道歉，你很好，特别好，肯定会有很多人想要和您做朋友的。"

隔壁寝室。

尹澈把这条语音放在耳边听了一遍。蒋尧的声音低沉柔和，带着

第四章 偏见

点不符合这个年纪的成熟。他又回了个"嗯",随后把那条语音转存到截取软件里。

蒋尧没再发消息过来,估计是睡了,尹澈把手机扔到枕头边,侧过身,睁着眼睛盯着墙壁,在黑暗中发呆。

他只是希望蒋尧可以认认真真地交朋友,好好对待身边的人。

不辜负别人,也不辜负自己。

毕竟蒋尧那么好。

但蒋尧说得对,他没资格管。

没有被谁喜欢过,也没有和谁真正成为朋友,可能真正该提高一下情商的人是他。

枕边的手机振了振,屏幕突然亮起。

尹澈被光线刺了下眼睛,缓缓睁开,拿过手机点开,有一条新的好友申请:

> 我是白语薇,能和你聊聊吗?

一大早,寒风萧瑟。

走在路上的学生都裹紧了校服和围巾,以免风钻进脖子里。来食堂吃早饭的学生明显多了,粥、面之类的暖胃食物成了热销款。

蒋尧今天特意起了个早,等在隔壁306门前,一听见门开的声音,立即潇洒地一百八十度转身鞠躬:"尹少爷,能否有幸邀请您共进早餐?"

"……滚。"

最终两人还是一起去了食堂。

为了展示道歉的诚意,蒋尧斥资二十六块五,给他同桌买了一碗香菇青菜粥、两个肉包、一个茶叶蛋和一笼蒸饺。

尹澈看着满满一桌的早饭:"你当我是猪吗?"

"你这么瘦,多吃点。"

"我不瘦。"

"真的？那让我捏捏你胳膊上的肉。"蒋尧作势伸手。

尹澈立刻缩回手："别碰我。"

还是老样子，一碰就凶巴巴的。

"开个玩笑。"蒋尧喝了几口粥，胃里暖洋洋的，舒坦了，"对了，昨天白语薇突然给我发了一条信息。"

尹澈握紧筷子："说了什么？"

"她说谢谢我，还有对不起。"蒋尧道，"你说她到底是什么意思？"

尹澈用筷子搅着碗里的粥。

蒋尧不知道，但是他知道是什么意思，昨天，白语薇全跟他坦白了。

"其实我刚开始只是赌气。"白语薇昨晚加上他好友之后，开门见山道，"蒋尧人挺好，我会答应跟他一起出去，让大家觉得我们俩关系特好，是想气气我之前的一个很要好的朋友。"

"也就是你弟，尹泽。"

尹澈看愣了，半天才回："为什么？"

白语薇："我说句不好听的你别生气哦，尹泽他臭毛病一堆，根本就不是大家看到的优异的样子，之前我们因为一件无关紧要的事情大吵了一架，他特别自大地说我不可能再认识像他这么优秀的朋友了，把我气得不行。

"后来蒋尧不是在运动会上破了校纪录嘛，超了尹泽以前的记录，他又正好主动来找我说话，我就顺水推舟了，想证明给尹泽看，这天底下，不是只有他尹泽优秀。"

竟然是这样，尹澈不知道该说什么好。

"尹澈，你挺关心蒋尧的，是不是？"不等他回答，白语薇接着说，"我承认我利用了蒋尧，现在气头过了冷静下来一想，也觉得这么做很不好。我会跟他解释清楚，道个歉。"

第四章 偏见

尹澈看着这段话沉默了许久。

后来白语薇再说了什么他记不清了，也不记得自己回了什么，很多往事纷至沓来，占据了脑海。

脖子上的疤疼得厉害，他蜷缩成一团蒙在被子里，浑浑噩噩地睡了过去。

这一顿过于丰盛的早饭最后有一半进了蒋尧的胃里。

"你今天怎么吃这么少？胃口不好？"蒋尧顺道去小卖部又买了个面包，塞给他，"给，一会儿课间饿了就吃。"

尹澈拿着那面包："……谢谢。"

起码白语薇有一点说得很对。

蒋尧是优秀的、贴心的，是大家都愿意去结交的朋友。

十二月月末，新年将至。

一中学子都没什么心思上课了，掰着指头等元旦小长假，以及每年最盛大的校园活动——元旦游园会。

由于元旦调休，周六要上课，学校就把周五晚上抽出来用来搞活动。

每个班都要想一个主题，随便怎么折腾都行，尽可能地吸引学生来玩，结束后会评出一个最受欢迎的班级，在学校贴吧置顶一个月，所以胜出是让学生倍有面子的事。

"就搞这个，保证火。"韩梦这几天特积极，到处游说，连服装图纸都画出来了。

陈莹莹捏起纸，看着上头画的人物。

"我感觉你在暗示大熊。"

郭志雄："除非你们踩着我的尸体过去！否则不可能！绝对不可能！"

韩梦凑过去："没有啊，我画的是你啊，班长。"

高二（1）班日常"战斗的号角"再度吹响，水笔本子乱飞，伴随着陈莹莹的怒吼:"老娘送你归西!"

蒋尧跟他同桌聊:"周末来东城玩吗?反正你也不回去,哥带你认识认识我的那帮兄弟,他们对你都挺好奇的。"

其实不是好奇,赵诚听说他在一中的同桌晋升成了他"最要好的"兄弟后,鬼哭狼嚎了半天:"你怎么能这样!才去了多久啊就有人插足我俩的拜把子交情了!你忘了是谁一直在做你'背后的男人'吗!呜呜呜……"

赵诚好歹也是个一米八几的大高个,那天却哭得特委屈,蒋尧还得哄他:"你是我最好的兄弟,他是我最好的同桌,行了吧?"

赵诚:"呜呜呜……"

"我周末约了医生。"尹澈回。

蒋尧一愣:"你生病了?我就说吧,不注意保暖,这个季节多容易生病啊。寝室有药吗?没有的话我一会儿去医务室给你拿点,先对付着……"

"没生病,例行体检而已。"尹澈微微皱眉,"你怎么这么唠叨?"

他一说,蒋尧也发觉了,自己最近好像话越来越多,尤其在这只兔子面前,简直像一位絮絮叨叨的老父亲。

他以前明明是"人狠话不多"的酷哥啊……

章可辨认了半天狂放不羁的字迹,终于放弃了:"算了,作业还你,我还是借别人的解题思路参考吧。"

章可扫视了一圈,目光落到后排成绩还算比较好的一人身上,小心翼翼地开口:"那个……澈哥?"

尹澈面无表情,挑了下眉。

章可:"好咧!我这就滚!"

尹澈莫名:"他刚想问什么?"

蒋尧:"你看你,又吓跑了一个想跟你搭话的善良同学,别老是封闭在自己的小圈子里,哥带你出去交际交际,多学点社交技巧,多交些朋友。"

蒋尧虽然废话多，但还挺有说服力，尹澈迟疑了会儿，最终答应了。

人活在这世上，总要跟人打交道，认识些新朋友，也挺好……

……好个鬼。

"一！二！三！澈哥好！"

大街上，还是商业街，人来人往，五个人高马大的男生站成笔直的一排，嗓门震天动地，冲面前人尊敬地鞠躬，上半身与下半身呈九十度直角。

路人的目光怪异："这些年轻人干什么呀？"

"别看，快走，感觉他们不好惹。"

尹澈转身："走了，再见。"

蒋尧拦住他："别啊，给个面子，他们都可想认识你了，是不是？"

"是的！"五个人声音中气十足，整齐划一，像是长年累月训练出来的。

尹澈退后了步，轻声说："我以为就一两个人。"

哪能想到是这么一群人。

他不知道蒋尧其实已经缩减人数了，否则能拉来四五十个人。

蒋尧也轻声回他："那我让他们都回去？就我们俩？"

尹澈眨了眨眼："不是说要见你兄弟吗？"

他的潜台词是：都回去了还见什么见，就我俩的话不就跟在学校里一样吗，我跑这么远来东城有什么意义？

蒋尧脑子里想的却是：兔子今天怎么会这么听话？为了见我兄弟居然要委屈自己，看来他是真心把我当兄弟，感动。

于是自认体贴大方的蒋尧回复："没事，见一面就够了，只要你把我当兄弟，他们就全是你兄弟。"

……谁要这么一大堆兄弟，你一个就够我烦的了。

"我可真是谢谢你了。"

"没事，这是当哥的应该做的。"

蒋尧豪迈地一挥手，把一群兄弟都遣散了，从哪儿来回哪儿去。只有赵诚抱紧他的胳膊不松手："别赶我走！我请你俩吃饭行吗！呜呜呜……"

蒋尧无奈："怎么办，留不留他？"

尹澈："有人请客，干吗不留？"

于是赵诚就成了那个留下来付钱的。

男生们的日常娱乐很简单，无非就是打打球，玩玩游戏。

但有尹澈在，蒋尧就不方便打球了，否则自己帅气的身姿不就暴露无遗了？

打游戏吧，尹澈又不感兴趣，他连手机都很少玩，日常娱乐活动就是做手工，相当朴实无华，仿佛不是一位活在 21 世纪的青春期男孩。

还好蒋尧早有准备，预订了一家 DIY 工坊，可以自己做手工饰品。

然而和尹澈待久了，他忘了件事，喜欢做手工的，通常都是女孩子。

"我可以出去等着吗？"赵诚这辈子都没被这么多女孩子包围过，以前蒋尧在八中的时候，基本上不太会有女孩子注意到他，现在蒋尧自降颜值，他的颜值就突出了，再加上一旁的尹澈，工坊内的女孩子们各个都在不停地打量他们，赵诚如坐针毡。

相较于尹澈那"生人勿近"的高冷气质，赵诚的气质就显得格外友好。

有胆子大的女生过来搭话："这是你朋友吗？"

目光看向正在做手工编绳的尹澈。

"算，算是吧……"

"你就在那边待着吧。"蒋尧无情"卖队友"，让赵诚一个人坐在旁边，自己和尹澈挑了张双人桌，一起看着教程做编绳。

"这真的很不男人……"蒋尧漫不经心地编着，错了好几个步骤也

第四章 偏见

不改正,就想和他同桌聊天,"哥为你牺牲这么大,你怎么谢谢哥?"

尹澈头也不抬:"滚,没人逼着你。"

赵诚眼睛瞪得像铜铃,一脸震惊。

以他对蒋尧的了解,眼前这个人下一秒就要完蛋了。

怎么办……一会儿该怎么劝架?他能把他尧哥拉开吗?万一砸了桌子椅子怎么办?他那点儿零花钱不够赔的啊……

赵诚脑子里已经想到自己等会儿要在店里打工赔钱了,忽然听见他尧哥笑了声:"行,是我自愿的。今天这家店喜欢吗?我搜索的时候看见还有好几家其他主题的,下次你来再陪你去。"

赵诚的三观仿佛遭受了一场翻天覆地的巨大海啸。

这是谁?这是他那位号称"东城魔王"、稍有不敬就把人按在地上摩擦、冷笑着说"知道自己在跟谁说话吗"的尧哥吗?

"随便。"尹澈回得冷淡,专注地编着手绳。

他挑了一条灰褐色的长绳,按店员的指导剪成三段,分为三股,编出来的样式很朴素,不过也很大气,适合男孩子戴。

"嗯,这位小弟弟编得很好啊。"店员赞许道,转头看向对面,"这位弟弟,我看看你编的……呃……"

蒋尧手里的红绳前半段编得乱七八糟,几股绳子扭来扭去,像打结了一样,后面他干脆自暴自弃,编起了麻花。

"前半段是粗犷了些,不过后半段还行吧?"蒋尧挺自信,"我以前经常给我妹编辫子,别的不说,编麻花辫的手艺肯定熟练。"

赵诚捂住脸。

你也不想想为啥你妹十岁以后就不让你编辫子了……

店员尴尬地笑了笑:"嗯……还行……"

编完手绳,说要请客的赵诚去付了三个人的材料费,回来抱怨:"这也太贵了,几条绳子收我一百多,下次你们要编绳子来我家,我拿我奶奶的针线盒给你们,随便编。"

"就是享受个过程。"蒋尧把自己没编完的红绳扔在了桌上,搭上赵诚的肩,"走吧,算你请过客了,哥也请你吃饭。"

赵诚立马乐了:"谢谢!"

蒋尧回头:"澈澈,想吃什么?"

尹澈手里拿着那条刚编好的手绳,说:"我不戴首饰,你要吗?"

蒋尧:"我也不戴啊。"

"哦,那我扔了。"

"那什么……"赵诚摸了摸鼻子,有点不好意思,"给我行吗?我觉得编得还挺好看的……"

蒋尧看了眼尹澈。

尹澈微微皱眉,没有回答。

气氛略尴尬。

蒋尧猜尹澈和赵诚不熟不太想给他,怕气氛尴尬,于是把手伸了出去:"给我吧。"

"你不是说不戴吗?"

蒋尧捋起左手的袖子,露出手腕,朝他笑了笑:"帮我戴上?"

尹澈把手绳往他手里一扔:"自己戴去。"

出了DIY工坊的门,走了没几步,尹澈说有东西忘拿了,又折回去了一趟,蒋尧趁机把赵诚拽到没人的角落。

"赵诚,你什么时候开始戴首饰了?"

"我就是看这条手链编得挺好看的,扔了怪可惜的……"

"……"

两天的周末一眨眼过去。

周日晚自习,也是住宿生疯狂补作业的最后时机,学生一般都会比较早到教室。

尹澈从寝室拿了本练习册,打算晚自习的时候做,一到教室,发现蒋尧已经在了。

破天荒。

第四章　偏见

不过也不是什么稀奇到值得惊叹的事。他拉开自己的椅子，坐下，打开书，安安静静地开始做题。

"吃晚饭了吗？"

离晚自习还有半小时，教室里没几个学生，起码他们俩的前后左右都没有，尹澈由此确定这句话是对他说的。

"吃了。"他没抬头。

"吃撑了吗？"

"撑，从昨天撑到现在。"

昨天在东城吃的那顿饭，差点没把他撑死，蒋尧也不知道脑子出了什么毛病，全程没吃一口，不停地给他夹菜。赵诚也是，根本没动筷子，一副病恹恹的样子。

不愧是好兄弟，发起神经来都差不多。

"我要做题，别烦我。"

下一秒，在他视线的余光里出现了一个小方盒。

"再塞个小蛋糕行吗？"蒋尧问，"给我妹买了两盒，她吃不下了，我又不爱吃甜食，送你了。"

尹澈移开目光，重新低头看书："我也不爱吃，你送给白语薇吧。"

蒋尧一时没说话，脚踩在课桌的杠子上，椅子腿翘起来，轻轻地前后摇晃，望着天花板。

"给她啊……不太好吧，我最近和她不怎么说话了。"

尹澈手里的笔顿住："为什么？"

蒋尧抬手推了下眼镜，浅浅地笑了笑，嘴角勾起的弧度，有一点随性不羁。

尹澈忽然发现，他的刘海似乎稍微剪短了些，镜片后的眼睛更加清晰了。在暖光下，看起来完全是深褐色，温柔又深邃。而在此刻教室的白炽灯光下，隐藏的一抹极淡的灰从眼底透出来，极具侵略性，像狼一样。

"因为……"蒋尧放下脚，椅子腿哐当落地，"……我还有其他想深交的人。"

尹澈听了这句话,反应相当冷淡,冷淡中还有一丝鄙夷。

"呵呵。"

"……"

"无耻。"

"什么?"

"轻浮。"

蒋尧:"你这骂人水平怎么退化了……"

"滚。"

蒋尧鼓掌:"很好,还是有进步的。"

尹澈懒得跟他多废话,转回头:"你爱认识谁认识谁,但是要有分寸,不能耍人玩,不然的话我肯定要跟你打一架,做好心理准备。"

"这么狠?"

蒋尧趴到课桌上,垫着手臂,侧头看他同桌,伸出手指把小蛋糕往他那儿推了推:"其实我们认识,但是吧,那个人,不怎么待见我。"

尹澈本来不想搭理他,但无意间,瞥到了蒋尧的左手手腕,手腕上系着一条灰褐色的手绳。

"不待见你不是很正常吗?"尹澈把小蛋糕拿过来,放到自己的桌角,算是收下贿赂了,"少说话,多用心,人家就待见你了。"

蒋尧摇头:"他是'外貌协会'的,所以不待见我。"

尹澈把蛋糕推了回去:"那你没戏,换一个朋友吧。"

蒋尧:"……"

教室里来上晚自习的学生逐渐增多了,前桌的周浩亮也来了,书包一放,眼尖地瞟到了蒋尧桌上的小蛋糕:"哎哟!这家蛋糕店最近在网上很火啊,据说排队特别夸张,要一个多小时,你耐心可真好。"

"还好还好。"蒋尧咳了一声,提醒某位"外貌协会"的同桌,"你看,人家周浩亮就能看到我的优点,我还是有希望的吧?"

第四章　偏见

尹澈冷笑："假如别人要的是鲜花，你给别人展示一把草？虽然草也有草的优点，但那是别人想要的吗？"

尹澈认为以蒋尧的交友原则，这回想要认识的估计又是个漂亮女孩子。

之前蒋尧能结交到白语薇，是因为白语薇不在乎鲜花或野草，蒋尧非但不珍惜和她的友谊，还想要结交一个以貌取人的女生，怎么可能那么容易？

尹澈脑子里只有一个词形容他——自作自受。

蒋尧的目光有点复杂："行吧……我明白了。但就算你这么说，我也想尽力试试。"

尹澈正在做一道大题，思路被他打断了好几次，快半小时了还没做出来，心烦意乱："随便你。"

爱认识谁认识谁吧。

十二月的最后一周，学生压根就没心情上课，每天课间都在为元旦游园会做准备。

韩梦眼见自己的方案在班里一呼无人应，脑筋一动，另辟蹊径，相当狡猾地去找了老吴。在看完了韩梦长达三页A4纸的策划案之后，吴国钟深受感动，欣然应允："好，就按你说的来吧。"

于是，周一的早读上，吴国钟宣布了高二（1）班的游园会活动——猛汉咖啡店。

郭志雄"嗷"的一声悲号，两眼一翻，昏厥过去。

"同学们，我觉得韩梦的这篇策划案写得非常好，主旨明确，论点新颖，论据充足，最后结尾升华主题：'希望通过这次活动，能让更多人摘下有色眼镜，消除对性别和穿搭的刻板印象'……看得出来韩梦是经过深思熟虑的。况且，结合咱们班最近发生的一些事，我觉得这个活动也很有教育意义。还有五天，咱们尽快准备起来吧。"

大家都听明白了，当时那种义愤填膺的心情涌上来，忽然觉得老吴说得挺有道理。

章可:"这个中年男子竟如此地有魅力,我被说服了!"

陈莹莹还不打算放过某位罪魁祸首,下了早读就追着韩梦打,中途清醒后的郭志雄也加入,后排一片鸡飞狗跳。

尹澈正趴着补觉,皱眉"啧"了一声,捂住脖子。

蒋尧注意到他的动作:"怎么了?落枕?"

"没有,脖子疼。"

"你周末不是去体检了吗?有脖子方面的毛病吗?"

"查的不是外科。"尹澈不想说话,把头埋到手臂间,"我睡一会儿,老师来了叫我。"

"好。"

蒋尧看了一小会儿他的后颈。尹澈今天穿了件高领毛衣,脖子捂得很严实。

陈莹莹用力拧着韩梦的胳膊,拧一下骂一句:"你征得大家同意没啊!"

韩梦:"等你们同意黄花菜都凉了!"

陈莹莹:"你还敢嚣张!"

蒋尧拿出自己的降噪耳机,推给他的同桌。

尹澈戴上了,没说话。

蒋尧开了降噪模式,虽然耳机的另一头没有手机可连,空空荡荡,只能传出白噪音,但效果应该还不错。

游园会迫在眉睫,高二(1)班同学最后被迫接受了韩梦的方案。

衣服道具网上都有的卖,咖啡超市里就有,碟子、茶杯可以问食堂阿姨借。只需要再准备些装饰教室的东西就可以了,从某种意义上来说还挺省力。

女生们没什么心理负担,准备得很开心,每天都叽叽喳喳地讨论着其他班有什么活动,约着到时候一起去玩。相比之下,男生们几乎

第四章 偏见

都愁眉苦脸。

这几天高二（1）班"猛汉咖啡店"的主题传了出去，高二（1）班男生收到的最多的一句问候就是："期待哦。"

生无可恋。

但再不情愿，活动也得办。到周四，其他材料都准备得差不多了，还差咖啡豆和牛奶没买。趁着放学的间隙，几个住宿生一块儿走去校外的超市采购。

尹澈脖子还有点疼，本来想回寝室睡觉，蒋尧非说要顺道去给手工社买点材料，自己不会挑，求他帮忙。尹澈想了想，没提身体不舒服的事，跟着去了。

超市不大，咖啡的品种很少，零食倒是很多，估计是因为开在学校附近的缘故。

蒋尧看到什么都往购物车里扔，眼睛也不眨一下，美其名曰"社团活动储备粮"。

尹澈闲散地靠着推车，看着蒋尧一次次地把手伸向货架，腕上的手绳随着动作起起落落。

难为他还戴着。其实编得很一般，只能说是普通水准，但比起蒋尧编的那条又乱又毛糙的绳子，还算能看，戴出去也不会奇怪。

蒋尧从冷柜里拿了几大桶牛奶，放进手推车里，接着拿了一小盒牛奶，问："喝奶吗？"

"太冰了，不喝。"

"回去热一热。"蒋尧自顾自地把小盒牛奶放进了手推车。

尹澈发现他最近有点霸道，倒也不会强迫自己干什么，但就是偶尔，会替自己做一些决定。

比如前两天，韩梦在班上收集男生的衣服尺码，挨个问过来，到他们这一组的时候，说："蒋尧，为班级作贡献的时候到了！"

蒋尧摇头："我妹周五晚上要来，我得带着她玩，参加不了咱们班的活动了。"

"啊……那行吧。"韩梦一脸失望,但很快就把目光转向了旁边的另一位,"那个……澈哥……"

"别打他主意。"尹澈还没说话,就听蒋尧说,"老韩,劝你不要尝试说服他,'试试就逝世'听过没?"

韩梦最终选择了保命要紧。

"你怎么热?"尹澈问,"寝室不能用外接电器,会跳闸。"

蒋尧又拿了瓶鲜果汁:"哥自有办法。"

说得多有能耐似的,结果办法就是用热水泡。

采购回来的东西大多被堆在住宿生寝室,蒋尧的寝室本来就乱,再摆上大袋小袋的物品,像垃圾回收站一样。

尹澈帮他搬完东西就回自己寝室去了,忘了牛奶还在他那儿泡着。洗完澡,擦着头发,刚想做会儿题目,蒋尧替他把热好的牛奶端来了。

"你最近是不是没睡好?"

尹澈的手顿了顿:"还行吧。"

"我看你这几天课间总是补觉。牛奶助眠,我妹每天晚上一杯热牛奶,一沾枕头秒睡,你也试试。"

尹澈垂着眼,嘴唇抵着杯沿,抿了一小口牛奶。

温热,细腻,淡淡的甜味。想一口气喝完,但又舍不得。

"做噩梦了而已。"

每次去体检完,听到冯医生说"还是没有变化"之后,他总会做几天噩梦,这次尤其频繁。不过按以往的经验,过阵子应该就消停了。

"什么噩梦?"蒋尧开玩笑,"梦见自己经营猛汉咖啡店吗?"

尹澈踹他椅子一脚。

"欸,你脚上系了什么?"

尹澈踹他的时候露出了一小截白皙的脚踝,一晃而过,似乎系了什么东西。蒋尧还没看清,尹澈就收回了脚,睡裤的裤脚管垂下来,重新挡住了脚踝。

"大冬天的脚上系什么东西?又露不出来。哦……我知道了,是不是那种保平安的？从小就系着？"

尹澈咕咚咕咚几口把快要冷掉的牛奶喝完了，放下杯子："回你宿舍去。"

蒋尧笑笑，指了指自己的左边嘴角："这里，沾到了。"

尹澈下意识地伸舌舔："还有吗？"

蒋尧又指右边："这里也有。"

尹澈接着舔右边。

"还是有。"蒋尧抽了张桌上的抽纸，递过去，"就这里。"

"兔子。"蒋尧轻声问他，"有没有对我改观一点？"

尹澈抬眸："你指哪方面？"

蒋尧拨弄着自己的刘海："就……你有没有觉得，虽然我各方面都挺一般，但也有让人觉得，优秀的地方？"

"你问我不如问别人。"

蒋尧放下手，叹了声气："行吧，我就知道你会这么说。"

尹澈莫名其妙地看着蒋尧垂头丧气地回寝室去了。

周五，游园会当晚。

下午最后一节课一放，学生们饭也顾不上吃，赶紧开始布置教室。

吴国钟一节课写满黑板的密密麻麻的知识点连五分钟都没存活，就被值日生擦了个一干二净，他痛心道："擦这么快干吗？可能还有同学没记完呢！"

章可："没事的老师，尹澈他肯定记完了，到时候我们问他借就行了！"

前两天英语课，许贝妮讲得太快，有个语法点很多人没记全，章可问了一圈无果，试探性地鼓起勇气问了尹澈。没想到尹澈给得很大方，根本没出现想象中的暴力画面。

章可翻开一看，瞬间被那工整的字迹和详细的笔记震撼到了。他不吹嘘不贬低，保证尹澈的笔记是全年级记得最好的。

——尤其是和尹澈旁边那位同学相比。

章可嘴巴大，回头就把这事发到了班级群里，这几天往尹澈那儿跑动的同学明显增加。

"是吗？"吴国钟颇感欣慰，好歹还有一个认认真真听课的，刚想去夸一夸尹澈，回头一看，最后一排的桌子、椅子都已经被搬空了，哪儿还有什么人影。

"唉！你们这些小孩哦……"

吴国钟无奈地摇头，哭笑不得。算了，这个年纪的小孩，不爱玩才奇怪呢。

傍晚五点半，各个班的准备工作基本就绪。游园会六点开始，九点结束。

与此同时，男厕所里传出一声撕心裂肺的咆哮："我不想穿啊！"

声音震天动地，把厕所里其他人都吓得憋了回去。

韩梦苦口婆心："大熊，我们都换好了，就差你了。你'偶像包袱'别那么重嘛，你看我穿的，不是很正常吗？"

郭志雄继续鬼哭狼嚎："我要是穿了我的照片今晚就上贴吧了！我不想这样扬名全校啊！你们不能害我！"

厕所隔间门被打开，尹澈面无表情地走出来，到水池边洗了个手。

郭志雄立刻住嘴，虽然他也不知道自己为什么要住嘴，就是觉得不能惊扰到这位"大佬"。

尹澈甩了甩水，正要出去，韩梦叫住他："澈哥，你也帮我劝劝他呗。"

韩梦心道：你要是能威胁一下他就更好了。

结果尹澈还真劝了："郭志雄。"

郭志雄一抖："到！"

"你要是穿的话，一定万众瞩目。"尹澈淡定地看着他，"你会成为全校追捧的对象。"

第四章 偏见

这话别人说或许没感觉,但从尹澈嘴里说出来,莫名地有说服力。

"真……真的?"郭志雄心动了。

"嗯。"

韩梦添油加醋:"那当然!女生们一定会觉得你不拘小节,勇敢威猛,纷纷为你鼓掌!"

郭志雄:"我不信你,我信他。好!澈哥都这么说了,穿就穿!"

韩梦鼓掌:"这才是真爷们!"

尹澈象征性地拍了两下手:"加油。"

等尹澈出了厕所,郭志雄渐渐回味过来:"不对啊……为什么尹澈他不穿?"

韩梦给他整理裙摆:"人家不需要。"

似乎有点道理,但郭志雄还是觉得哪里怪怪的,总感觉自己被坑了。

高二(1)班教室里,桌椅被摆放得整整齐齐,四张课桌拼成一张大桌,两张课桌拼成双人位,除此之外,还特别设置了专属席位——讲台旁边的单人座。

"妈呀,这是谁想出来的?丧心病狂。"章可试坐了一下单人位,"想出这主意的人一定也心理变态。"

杨亦乐抿唇笑了笑:"是蒋尧想的。"

章可:"那我就不意外了,尧哥绝对'腹黑',我早就看出来了。话说尧哥去哪儿了?"

"去接他妹了。"

章可一转头,看见门口进来的人,立刻站直:"澈哥晚上好!来,您坐,来杯咖啡吗?免费,报答您的笔记之恩。"

尹澈想走,但奈何盛情难却,只好坐下。随手翻了翻手工自制的菜单,问:"有什么?"

章可热情介绍:"给您推荐本店人气饮品——猛汉必喝阳刚咖啡,由本店头牌猛汉陈哥亲手炮制。"

"想死是吧章可？"陈莹莹走过来，"当心一会儿往你杯子里下毒。"

"咦——班长你怎么能这么歹毒？"

"最毒妇人心听说过没？"

这时，韩梦拽着换好衣服的郭志雄回来了："来来来，大家走过路过别错过啊，我们的体育委员，镇店人物……"

郭志雄捂着脸低吼："别喊了别喊了！"

突然，走在前面刚进教室的韩梦不动了。

郭志雄放下手："你堵门口干吗？快让我进去躲一躲……天哪，班长？"

陈莹莹一甩擦桌子的抹布："干吗？不准说丑，要怪就怪你旁边那个出馊主意的。"

郭志雄："不是……我是想说，您穿这裙子居然还挺合适的……"

陈莹莹身材娇小，咖啡店营业员的制服穿上刚好，她把平时的马尾辫解开了，披散着一头乌黑的长发，还化了点淡妆。

郭志雄啧啧道："班长，你说你要是早这么拾掇拾掇自己，本届校花的头衔不就有可能是你的了？老韩你说是不是？"

"啊？啊……嗯……"

"嗯啥呀？你听我说话了没？欸，你脸怎么这么红？"

韩梦扯了扯蕾丝领子："这衣服不透气，太热了。"

陈莹莹："恭喜你啊，韩同学，如愿以偿，你现在是不是觉得自己特帅呢？"

"还好吧。"韩梦看她一眼，迅速移开，目光微妙地闪躲着，"没你好看。"

陈莹莹一愣。

尹澈坐在单人位上，听了个全程，看着脸红的韩梦和耳朵逐渐红起来的陈莹莹，嘴角也扬了起来。

"猛汉"咖啡店六点准时开始营业，一开张就吸引了不少学生来围观,大多是女生。刚刚还寻死觅活的郭志雄这会儿突然变得特别卖力,泡泡袖捋得老高,连衣裙快成无袖裙了,边干活边秀肌肉。

威猛且娇俏。

教室里的人逐渐变多了,免不了嘈杂,尹澈喝完陈莹莹泡的咖啡,从单人位上站起,自己去把杯子洗了,默不作声地从教室后门离开。

一出门,就撞上一个人。

"你怎么没穿统一服装?"尹泽眼神古怪,"你们班男生不是都要穿吗?"

尹澈摇头:"我不用。"

尹泽哼了声:"他们又排挤你是吧?你有时候也想想自己的原因。"

尹澈头有点疼,不想跟他多辩解:"嗯,阿泽,你们班什么活动?能带我去看看吗?"

"谁要带你?想去自己去。"尹泽扭头,过了会儿又说,"没什么好玩的,都是些低级游戏,明年再说吧。"

"明年不一定能参加了。"

"干吗?是因为高三你要好好学习,还是你答应和谁明年一起出去玩?你那个同桌吗?"

"不是……"

正说着,楼梯口传来蒋尧的声音:"带你去哥哥班级参观,包你大开眼界……嗯?你俩站门口干什么?"

尹泽嗤笑:"说曹操曹操到。"

蒋尧牵着汪小柔走过来:"小柔,介绍一下,这是哥哥的同桌,叫尹哥哥。"

汪小柔一双明亮纯澈的大眼睛眨巴了一下:"哥哥,尹哥哥好帅呀。"

蒋尧笑着摸了摸她的头顶:"那是,来,再叫旁边这个,跟我喊,臭弟弟。"

尹泽:"……"

汪小柔困惑道："为什么呀？这个哥哥也很帅呀。"

尹泽得意道："听见没？"

蒋尧委屈脸："小柔，他骂过哥哥。"

汪小柔立刻皱起眉头，奶凶奶凶地喊："臭弟弟！不准骂我哥哥！"

尹泽："……"

尹澈瞪了偷笑的蒋尧一眼，他才收敛："好了，你们慢聊，我带我妹去逛逛。对了，我刚出去给你带了东西，一会儿游园会结束了去寝室找我。"

尹澈："又是你妹吃不完的小蛋糕？"

汪小柔："咦？我哪有吃不完过……"

"总之你记得回寝室找我。"蒋尧盖过了他妹的碎碎念，拉起汪小柔走了。

"跑得倒是挺快。"尹泽不屑道，"妹妹长得这么漂亮，他怎么长这么土？技能全'点'在跑步上了吗？"

尹澈想反驳两句，但想想，尹泽说得也没错，蒋尧的妹妹确实漂亮，蒋尧在别人眼里，也确实长得一般。

但他不是别人。蒋尧的优点，他很清楚。

第五章
特权

夜色渐深，月上梢头。

游园会热热闹闹地举办着，整栋教学楼里都充满了学生的嬉笑打闹声，教室的灯光给寒冷的冬夜增添了温暖，空气里洋溢着青春活力的气息。

哪怕再过几个星期就要期末考，但对这些少年人来说，考虑不了那么久以后的事。明天要放假，明晚要跨年，今晚先嗨上一整夜，管他以后如何。

人不放纵枉少年。

尹澈出了教学楼，原本打算去小树林里坐会儿，再去校外买点东西当作给蒋尧的回礼，结果一进树林，看到好多人在那里坐着聊天。

一个人进去杵在那儿着实有点违和，尹澈退了出来，慢悠悠地走到学校的围墙边上，一个助跑，再两手一撑，翻墙出去了。

落地的时候，恰好看到外边也有个学生正打算翻进来，穿着其他学校的校服，很陌生，不是附近的学校。

一中的游园会不对外开放，但家属如果要来参观可以在门卫那儿登记，蒋尧的妹妹应该就是这么进来的。其他学校的学生如果要来只能翻墙，每年都有十几来个人这样做，不足为奇。

尹澈和那人对视了一眼，看见对方额头上有道疤，没等收回目光，那人来了句："看什么看？再看揍你。"

凶神恶煞的。

尹澈没说什么，等那人翻墙进去了，走到门卫处敲了敲窗，描述了一番对方的特征和言辞，末了道："我怕他进学校做坏事。"

门卫大叔们最烦这些翻墙的学生，一年到头都在抓，恨不得学校再把围墙提高个十米，最好鸟都飞不出去。

"这些小崽子，没完没了了。"一位门卫大叔拿起巡逻棒，骂骂咧咧地抓学生去了。

尹澈道完谢，穿过学校门口的街，身影渐渐走远。

买完东西回到学校，刚过九点。

喧嚣热闹的游园会结束了，学生们把教室打扫干净，桌椅放回原位，乍一看仿佛什么也没发生过，像灰姑娘的限时魔法。

但这一场学生时代珍稀的狂欢留在了每个人的心里，哪怕是元旦跨年的烟火，也不会比这更绚烂。

走读生们各自回家，住宿生们陆陆续续地回了宿舍，路上还在兴奋地讨论着哪个班级的活动最有意思。

尹澈趁着校门打开，溜进了学校，直接回宿舍，拿着从三条街外花店里买来的一枝新鲜玫瑰，走到隔壁307，敲了敲门。

"谁啊……哟，进来吧，我刚送走我妹。"蒋尧校服还没换，身上贴了不少和汪小柔做游戏赢得的贴纸，看着有点滑稽，"她非要住我这儿，男生宿舍哪儿能让她住？好说歹说才哄她回去。"

尹澈："珍惜现在吧，等她长大了就不会缠着你了。"

蒋尧笑了："像你的臭弟弟那样吗？"

尹澈挑眉："够了没？"

"好好好，不说了，你总是偏袒他。"蒋尧这时注意到他手里的东西，"你买了花？给谁的？"

尹澈把花塞给他："送给你要认识的那个人去，快点，再晚就来不及了。"

蒋尧愣愣地拿着花，看了半响："……你在帮我？"

尹澈："不然呢？"

195

蒋尧把玩着那枝用包装纸和丝带精心装饰的花,脸上没什么表情,良久,勾起嘴角:"不用你操心,我自己会送的,而且一枝太少了。"

"嗯,是太少了。"他抿唇,"抱歉,考虑不周。"

"没事,不说这些了。"蒋尧走到书桌边,放下花,朝他招招手,"来,看看我给你带的东西。"

乱糟糟的书桌中央放了个小首饰盒,普普通通,没什么特别的地方。

蒋尧打开盒子,把里面的东西递给他:"喏,送你的。"

一条手绳,纯白色的。

"礼尚往来,我也送你一条,上次那条编得太丑了,拿不出手。"

手绳的编法和他那条灰褐色的一模一样,连结子都打在同一个地方。

"你自己编的?"

"是啊,稍微学了一下,也没多难。"

"为什么挑白色?"

"觉得白色比较适合你,你不喜欢这颜色?那我改天再编一条。"

"没有不喜欢。"

"但我不能要。"尹澈没接过来。

"为什么?"蒋尧脸色有点难看,"不想跟我做兄弟?觉得丢脸?"

尹澈一愣:"我不是那个意思。"

蒋尧收回手,把手绳紧紧攥在手里:"是不是在你心里,我真的就那么一无是处?"

尹澈脑子里有很多话想说,张了张嘴,却不知道先说哪一句。

好在这时,蒋尧的手机响了,拯救了这一隅的尴尬沉默。

尹澈松了口气,但下一秒,看见接起电话的蒋尧脸色变得更难看。

"你是谁?怎么用她手机?"

那头不知道说了什么，蒋尧明显恼火了，厉声道："你等着！"

蒋尧挂了电话立刻往外冲，尹澈追上去问："怎么了？谁的电话？"

"你别跟过来。"蒋尧来不及解释太多，简明扼要地说，"以前东城的一个人，跟我有点矛盾，找到我们学校来了，白语薇现在和他在一起。"

尹澈不听劝，跟着他一起跑下楼，宿管大爷正要关门，蒋尧大喊："老师我忘拿东西了，回教室一趟，您等我！"

他边喊边像风一样跑出了大门，宿管大爷好半天才反应过来："给我快点！超过十点你俩就睡外边吧！"

游园会结束后的学校静悄悄的，一个人影也没有，学生全都回去了，只有晚风吹拂树叶的沙沙声，偶尔传来几声流浪猫的低叫。

蒋尧跑得太快，尹澈拼尽全力才追上，问："他们在哪儿？"

"小池塘！"

一中的小池塘在小树林对面，说是小池塘，其实也就一个教室那么大，养了些锦鲤，周围摆了几张休息的长凳，午休的时候经常有学生去那儿聊天看书，晚上一般没什么人去。

他们俩跑到小池塘的时候，长凳上坐了两个人，借着亮起的自动感应路灯，尹澈看清了一个是白语薇，另一个不认识，但有点眼熟。跑近了才发现，是他晚上翻墙出去时遇到的那个外校学生。

"你是谁啊？"那人也看见了他，"这块地被我征用了！"

尹澈："你没被门卫抓到吗？"

"抓到又怎样？我再翻墙进来就行了，你们这破学校围墙这么矮……"那人说着说着，突然意识到不对劲，"你怎么知道我被门卫抓了？啊！我想起来了！是不是你去通风报信了？"

"是啊。"尹澈淡定地回。

那人噌地起身，像是要冲过来揍他，但半路又作罢了："算你运气好，我在等人，没工夫跟你计较，有多远滚多远。"

尹澈指了指旁边杵了半天被无视的蒋尧："等他吗？"

那人狐疑地看了蒋尧一眼："他是谁？"

蒋尧轻咳了一声，声音不知为何掐细了："同学，我好像见过你，你见过我吗？"

"见你个头啊，我就没见过这么'非主流'的人。"

蒋尧低下头，刘海挡住了眼，朝他走过去："你仔细看看？"

那人还真往前了一步，正要靠近看看，突然感觉到一股无形的压力迎面而来。很熟悉，很恐怖的一股压力。

"啊！你是——"

他没来得及说完，蒋尧迅速擒住他的手臂，弯腰使劲，一个漂亮的过肩摔，砰的一声巨响，把人往地上重重一砸，干净利落。

"是我啊，潘辉，不认得老朋友了？"蒋尧拧着他胳膊，"有什么事冲我来。"

潘辉疼得嗷嗷乱叫："我……我听你同学说，她和你关系挺好，我就……就……"

"就想用她来威胁我？以为我会听你的？潘辉，我什么脾气，你不知道吗？"蒋尧忽然抬头，看了尹澈一眼，"而且我今晚，心情特别差。"

白语薇本来被潘辉抓着胳膊，这会儿蒋尧把潘辉制住了，她摇摇晃晃地站起来："蒋尧，你当心……他很……"

但她很快意识到，她的担心有些多余了。

蒋尧："你们先回去。"

潘辉一听这话，吓得吱哇乱叫："我错了！我就想确认你是不是转到一中来了，没想干坏事！真的！"

"哦，那你现在确定了，可以回去通风报信了。"蒋尧声音冷淡。

"蒋尧。"尹澈出声提醒他，"别打架。"

蒋尧手一顿，问他："我打架很厉害，这算一个优点吗？"

第五章 特权

"不算。"

"那我真的是一无是处了。"蒋尧自嘲。

潘辉眼看逃不过这一遭,嚎得跟杀猪似的:"救命啊!门卫大叔救命!我刚刚不该骂你的!对不起!我再也不来了!救救我!"

"现在喊救命?晚了。"

"啊!"白语薇立刻捂住眼睛转过身,可这里太暗她又有点头晕,一时没站稳,脚下一滑——

扑通一声摔进了小池塘里。

池塘水不深,不到人高,正常情况下不会有危险,但现在是冬天,池水冰冷,湿透的厚重校服外套仿佛有千斤重,划都划不动。白语薇本来就晕晕乎乎的,这么一摔更是头晕目眩,扑腾了半天也没上岸来,反而渐渐耗尽了力气,眼看就要沉下去了。

尹澈不会游泳,想把外套脱了扔过去让白语薇拽住,把她拉上岸。

"我去,你别着凉。"蒋尧迅速脱下外套,摘了眼镜,一头扎进池子里。

尹澈还没来得及开始担心,蒋尧已经捞起了虚弱的白语薇,游回了岸边。还好白语薇只是呛了几口水,除了冻得发抖,没什么大碍。

蒋尧浑身湿透,头发滴滴答答地滴着水。他随手把湿发往后一捋,拽起还在一旁发抖的潘辉,说:"你送她回寝室,我把这人交到门卫那儿去,他应该不敢再来了。"

尹澈怔怔地看着他,没有说话。

"怎么了?"

说完,他就意识到怎么了。

他的脸没有被刘海挡住了⋯⋯

偏偏在这个节骨眼,他还没想以"真面目"示人的时刻。

晚风严凉,小池塘边的两人沉默对视。

尹澈目不转睛地盯了他半天,然后抬起手,揉了揉眼,凑近一步,继续盯他。像一个好奇宝宝,眼睛瞪得很大,明亮澄澈。

蒋尧也盯着他看。

但眼下时间耽误不起,于是他深呼吸,找回镇定:"有什么事一会儿再说行吗?我先去把这人处理了。"

"好……"尹澈回神,移开目光,然而很快又望向他,"你注意安全。"

语气友好,和以往截然不同。

蒋尧顿时心凉了半截。

这暴露得真的太不是时候了。

处理完潘辉,回到宿舍楼时刚好卡点。宿管大叔本想批评两句,但见他浑身湿淋淋的,怕他着凉,便直接放他通行了。蒋尧回寝室先冲了个热水澡,冲掉一身寒气,心里还是冷。

洗完擦着头发出来时,看到扔在桌上的那条,他花了两个小时编出来却没被接受的手绳,不知道该说什么。

隔壁宿舍安安静静的,不知道人回来了没。蒋尧发了条信息给白语薇,得到的回复是,尹澈半小时前就回宿舍了。

他想了想,还是发信息问了句:"要过来吗?"

刚刚尹澈应该看到他真实的样子了,会意外吗?还是会觉得他……依然一无是处?

不过,如果因为颜值就对他改变态度的话,好像也没什么值得高兴的。

信息发出去半天没人回复,蒋尧的头发都快被暖气烘干了,他躺在床上,闭着眼睛,没等到回复,困意先逐渐涌了上来。半梦半醒间,听见宿舍门被敲了两下。蒋尧一时间没反应过来,仍眯着眼。忽然,似乎听见拧门把手的声音,紧接着,门被悄悄打开了。

他彻底醒了。

来人脚步很轻,但也不是完全听不见,能感觉到正在慢慢靠近他

第五章　特权

的床边。蒋尧闭着眼假装睡觉,一动不动。

来人停在了他的床边。

熟悉的,淡淡的沐浴乳清香。

每回去隔壁寝室,要是碰上尹澈刚洗完澡,空气里总有这股清香,像是雨后的青草,又像是融化的冰泉。如果用一种气味来形容尹澈,那尹澈给人的感觉就是这样。

偷偷进门是来做什么呢?蒋尧猜测着,来确定他究竟长什么样吗?

尹澈一声不吭地在床边站了半天。

寝室里顶灯开着,灯光明亮,如果要看他的模样,应该早就看得一清二楚了。

时间变得特别难熬,每一秒过去,蒋尧心里的火就往上蹿一截。他忍不住了,打算睁眼直接问清楚。

"你在干什么?"

冷不防地响起一道声音,尹澈被吓得抖了下肩膀。

他反应很快,立刻面无表情地说:"来看看你冻死没,没有我就回去了。"

蒋尧站起身来,比他高不少,垂着眼看他。蒋尧眼镜没戴,刘海也被拨在后面,问尹澈:"现在是不是觉得我人还行了?来确认刚刚看到的是不是真实的我?"

尹澈低声道:"嗯……还行吧。"

"长相就真的这么重要?"

"什么?"

蒋尧没有回答,他说不清此刻对谁更失望。

是因为外表而态度一百八十度转变的尹澈,还是一无是处到头来依然只能靠外表获得关注的自己。

尹澈依旧神色冷淡:"我没有想确认什么。"

"那你干什么来了?你不是看不上我吗?不是不想跟我扯上关系

当朋友吗？"

"我没有看不上你，我把你当朋友。"尹澈很镇定地反驳，"倒是你，为什么要瞒着我、瞒着大家？故意耍人吗？"

得，他死不承认。

"我有自己的理由，暂时不想说，麻烦你替我瞒着。"蒋尧此刻只想一个人静静，他平复一下情绪，"你回去吧，明天还要上课。"

尹澈张了张嘴，似乎仍有话要说，但终究没说出口："那我走了。"

"嗯。"

尹澈走的时候，视线迅速掠过了某样东西，似乎有点在意。

蒋尧敏锐地捕捉到了，顺着他的视线望过去，发现是桌上那个小盒子。

"现在想要了？"蒋尧拿起那条手绳，扬眉看他，"可我不是很想给了。"

尹澈："我没说要。"

"哦，那就扔了吧。"蒋尧毫不犹豫地连绳带盒丢进了废纸篓。

一切结束。

他怎么会想和这么个没良心的人做兄弟？

周六，今年的最后一天。

上周五的课，然后放假三天。虽说只是调休，实际上并没有多放假，但三天假期连着跨年，加上昨晚的游园会余温，学生们各个都兴奋到无心听课。

最后一节语文课，吴国钟一再被下面窸窸窣窣的小声音打断思路，忘了讲到哪儿，终于忍不住捏起一个粉笔头丢出去："章可！闭嘴！你讲还是老师讲！"

章可捂着脑门："知错了知错了。"

大家嘻嘻哈哈地笑，知道老吴没真生气，但也怕沾一头粉笔灰，都老实了，笑完安静地听讲。

下了课，蒋尧整理完书包，背起就走，冷不防地被扯住了书包带子。

"一会儿社团课，你还来吗？"尹澈问他。

这是今天尹澈第一次主动跟他搭话。

"来，我先回宿舍收拾行李。"

"嗯。"尹澈松开了手。

社团课。

那天去外边采购咖啡，蒋尧买了一大包五颜六色的折纸，说是要让他教，到现在还没拆开过。

尹澈抽了张纸，问："你想折什么？"

蒋尧坐在对面书桌前，一抬头就看见了书架上的那罐星星，已经满三分之二了。

"折星星吧，折几个，拿回去给我妹玩。"

"好。"尹澈换了折星星专用的长条纸，坐到他旁边，开了台灯，很耐心地教他。

蒋尧一开始还能认真听，听着听着，注意力就转移了。

尹澈今天看起来和以前没什么不一样，高高的毛衣领子裹住了脖子，小脸酷酷冷冷的，一副生人勿近的模样。

对他的态度似乎没有改变。

若不是昨晚亲眼看见尹澈盯着他的脸发呆，蒋尧几乎要以为，尹澈其实视外表如粪土，一点儿也没对他有所改观。

"会了没？"尹澈折好一颗星星，放到他面前，"你照着折一颗试试。"

蒋尧压根没听进去，自由发挥，折出来一坨不知道有多少个角的"多角星"。

尹澈："……你还是退社吧。"

起码还会损他，挺好。蒋尧心道，兄弟应该能继续当下去。

教了一节课，蒋尧依然没能折出颗像样的星星。尹澈放弃了，等材料收拾完，背起书包拖着行李箱，像是要离家出走："我弟在等我，先走了。"

蒋尧冲他扯了扯嘴角："好，拜拜。"

尹澈在门口踌躇了会儿，手握紧了行李箱的拉杆，低喊："喂。"

"嗯？"

"……明年见。"尹澈说完，拉起行李箱头也不回地走了，跑得飞快。

徒留蒋尧一个人在寝室里发呆。

回到尹家时，乔婉云已经让人备好了满满一桌的元旦晚宴，尹权泰也难得提早从公司回来，他们家一向注重这些仪式感。

乔婉云亲手包了些饺子，她不常做家务，包得卖相一般，味道还可以，尹权泰吃了一碗："下次这种事交给家政阿姨做，别累着自己。"

乔婉云笑笑："就包几个饺子，有什么累的？"

那么多菜四个人不可能吃得完，每样吃几口就饱了。尹泽第一个离席，留下句"我上楼了"，又回自己房间闷着去了。

今天他们兄弟俩难得没有吵起来，乔婉云很欣慰："你弟正处于叛逆期而已，再过两三年就懂事了，小澈你别跟他计较。"

她其实也知道大儿子从来不计较，但还是怕孩子有什么事憋在心里。

"如果他特别过分的话，你跟妈妈说，妈妈帮你教训他。"

"没事，我没往心里去。"

尹澈吃完饭，陪着她看了会儿电视，聊了聊天，都是些无关紧要的琐碎话题，比如哪个亲戚家的孩子结婚了，比如最近哪部电视剧里的男明星特别帅，又比如学校里老师上的课听得懂吗，之类的。

第五章　特权

一中很多学生都以为他们尹家的生活肯定是纸醉金迷、夜夜歌舞升平。不过是看多了漫画、电影的"中二"少年们的臆想而已，现实哪儿有那么夸张。

晚上十点多，熬不住夜的父母先去睡了，不凑年轻人的热闹。尹澈回到自己卧室，洗了个澡，躺在床上听歌。透过通透的落地窗，可以看见点缀在深邃夜空中的几颗小星星。大城市的夜晚，这种景色难得一见。

他坐起来，翻出书包里的纸和笔，又折了一颗星星，扔进笔袋里，等回学校了再放到罐子里去。

重新躺回床上，一首歌刚放完。尹澈翻了个身，趴着看手机，跷起脚，脚踝上的红绳跟着一晃一晃的。

班级群里很热闹，有人晒晚饭，有人打游戏，有人发段子，多数是些没营养的闲聊。

章可话最多，开启了"刷屏式"聊天："你们看我妈炖的这酱猪蹄，人间美味。

"亦乐，你晚饭就吃五个饺子？饿不饿啊你？你看大熊，吃了一缸。"

"这晚会太无聊了，不能刷弹幕，还是打游戏吧，哪位老哥带带我？"

陈莹莹在群聊里总是充当主持大局外加挖苦人的角色："章可你刷屏了啊，别人刚发的信息就被你刷过去了，给我收敛点儿。"

韩梦在群聊里总是充当调侃陈莹莹的角色："班长好大的官威啊，怕怕。"

杨亦乐说话声音小但又很坚定："那个……其实我吃了六个饺子，章可你数错了。"

郭志雄总是发语音，声如其人，豪迈得很："这只是第一缸啊，不要造谣，我能吃三缸。"

其他同学或多或少都会插几句话，少年们仿佛有聊不完的天，说不完的事。

尹澈看了一会儿叽叽喳喳的班级群，发现蒋尧没出声。

手机振了振，是应用内的信息提示。

尹澈切出班级群，看见某位他正念叨的同桌发来了信息。

"在干吗？"

尹澈盯着这条信息看了好一会儿，接着把头埋进枕头里。

"在听歌。"

"什么歌？"

"不知道，随机的。"

"哦……今晚等跨年吗？"

"看情况，睡着了就不等了。"

蒋尧没再发信息过来，他又一次成功地把天聊"死"了。

手机屏幕渐渐暗下去，即将黑屏的时候，突然又亮了，蒋尧发来个视频通话。

尹澈愣了愣，接了："你干吗？"

蒋尧也在自己卧室，也躺在床上。屏幕拉近，那张脸俊得张扬不羁，介于少年与青年之间。青涩的少年感尚未褪去，略带侵略感的青年气质已渐渐浮现。

平时笑得阳光，一副暖男的样子，现在的样子却很痞坏。校园里最受欢迎的两种男生类型，蒋尧一个人全占了。真够得天独厚的。

"想听歌。"蒋尧笑了笑，"顺便等跨年。"

"想听不会自己放吗？"尹澈这么说着，还是把耳机拔了，公放音乐。

"这首不好听，换一首。"

"给你听就不错了，没得挑。"

蒋尧挑眉："跟谁说话呢？信不信我冲到你家来揍你？"

"谁揍谁还不一定。"

"这么嚣张？那……"蒋尧顿了顿，"那就让你先揍我一顿吧。昨天忘了说，对不起，瞒了你这么久。"

"道什么歉？"尹澈坐起来，"你不是说了你有你的理由吗？我又没怪你。"

蒋尧松了口气："那就好，那以后……还是兄弟？"

"嗯。"

手机里的歌随机切换到了一首英文老歌，悠扬的女声缓缓地哼唱着。

临近零点，班级群里刷屏的速度越来越快，尹澈和蒋尧通着视频。

"还有五分钟，你要许个新年愿望吗？"蒋尧问。

"不是生日，许什么愿？"

"许愿什么时候都可以许，多许几次更容易被老天听见。"蒋尧闭上眼，很快许完了，"该你了，快点，一会儿零点许愿的人肯定很多，老天听不到的。"

还有这种逻辑？尹澈无语，看了眼窗外，随口说："希望我明年还能等到零点跨年。"

"这算什么愿望？太简单了，明年我再给你发视频，保证你不睡着。不算，重新许。"

"我的愿望要你管？再啰唆挂了。"

"别别别。"蒋尧消停了会儿，又说，"欸，群里在聊天呢，说一件过去一年里最伤心的事，把不好的回忆留在今年。你有吗？"

尹澈想了想："上学期期末考试没考好。"

"就这？这么好学的吗？"

"不可以吗？"

"可以是可以，不过……"蒋尧低笑了声，"群里根本没聊这个。"

尹澈愣了愣。

"……滚。"

就算变帅了，人还是那个人，欠撑。

蒋尧哈哈笑了笑:"再说说你今年最开心的事呗,让我们带着这份喜悦迈入新的一年。"

"你是晚会主持人吗?词一套一套的。"

"别计较细节,我先说啊,我今年最开心的事就是跟你做了同桌,希望下学期、下下学期、下下下学期,下……哦不对没有了,总之希望到毕业都跟你是同桌。"

尹澈笑了声:"神经病,你问过我意见吗?"

"不用问也知道你一定愿意。"

"你哪儿来的自信?那你问我一次。"

"你这么说我就不问了,你肯定跟我唱反调。"蒋尧叨叨着,"你说你能不能顺着我的意思来一次?给我点面子?"

"你脸皮这么厚还需要别人给你面子?"

"啧,又开始了是吧?我道过歉了啊,现在咱们两不相欠了,再损我我连夜赶来西城揍你。"

"你好意思吗?都不问我意见,谁的错?"

蒋尧服了:"行行行,我的错,问就问。尹澈同学,你愿意跟我一直做同桌吗?OK,你不用说了我知道答案——"

"我愿意。"

"啊?"蒋尧呆住。

手机上的时间跳转到了"00:00",窗外传来远处烟花升空炸开的响声。尹澈抬眼望去,夜空中一朵朵绚烂的花火,令星星黯然失色。

"我说我愿意。"他又重复了一遍,"我今年最开心的事,也是跟你做了同桌。谢了,蒋尧。"

蒋尧那边的屏幕突然暗了。

蒋尧从卧室走到房间的阳台上,开了窗,头发被风吹得乱飘,脸在夜色中看不太清,他看着窗外的烟花,深深地呼出一口气。

"喂?"尹澈喊了声。

视频被挂断了。

过了约半分钟,屏幕又亮了,这次不是视频,只是一条信息:"忘了跟你说,新年快乐。"

尹澈把手机扔到一边,背过身。挣扎了一会儿,重新转回去,摸到手机:"新年快乐。"

刚发过去,就显示"对方正在输入……"。

"明年的这个时候,我们肯定会成为最要好的朋友。"

"还没睡就开始做梦,挺厉害。"

今年过年早,一月月末就是除夕,这也就意味着,离期末考试没几天了。

晚自习的时候,尹澈一进教室就听见章可在叫唤:"我感觉期中考试都还没过去多久,怎么就要期末考了?"

陈莹莹:"你整天就知道玩,时间当然过得快。别废话了,来帮我挑照片。"

"什么呀什么呀,游园会的照片打印出来了?让我先找找我的……"

"你的在后面,前面都是韩梦的,他一个人就拍了几十张……"陈莹莹抬头,看见了刚进门的尹澈,随口招呼,"来看看吗?也有拍到你。"

尹澈拐过去看了眼,每张都很刺激,主要是刺激眼睛。

韩梦算是一群人里最"养眼"的,毕竟他长得俊。郭志雄本来也有点小帅,但身材和衣服真的不适配。

"有我的照片吗?"

一道声音插进来,尹澈猛然回神。

蒋尧挤到了他旁边:"我记得我跟你们合了一张影……啊,就这张,有我妹,我能拿走吗?"

陈莹莹看了眼:"你的你就拿走吧,反正不缺,老吴让我留两张集体照布置教室。"

"谢了。"蒋尧把照片收起来，接着说，"我再帮我同桌找找。"

陈莹莹困惑："他不就在这儿吗？"

蒋尧："反正顺手的事。"

"不用。"尹澈去拦他，并在一堆照片中迅速找到自己的照片，离开这危险之地。

晚自习下课，二人一同回到宿舍，本应该在隔壁宿舍的蒋尧大刺刺地跟着尹澈走到306宿舍门口。尹澈挡住门不让他进去。

"你想干吗？快回去睡觉。"说着就要关门。

蒋尧单手撑着306的门，尹澈使尽了力气也关不上，终于意识到他们之间力量悬殊，放弃了挣扎。

蒋尧推开门进来，晃了晃手里的方盒："不干吗，给你热杯牛奶就回去。"

尹澈不信，结果蒋尧真的看着他喝完热牛奶后就回去了，什么话都没说，什么小动作都没做。

"这两天脖子还疼吗？"

吃人嘴软，尹澈这次不得不回复："不疼了。"

"嗯，早点睡。"

周一一早，教室里一如既往地兵荒马乱。

各科课代表催着收作业，有的人急着抄作业，还有人匆匆忙忙地把包子、馒头往嘴里塞。

早读课上，吴国钟精气十足地通知了期末考的时间："还有两周啊，收收心，不要想着游园会和元旦假期了，都是过去式了。这次期末考是区统考，会有全区排名，展现咱们一中学生实力的时候到了，别给我丢脸……"

一中在整个西城是领头羊，参加这种区统考成绩向来是遥遥领先，学生也在乎自己的排名，听完老吴的话确实紧张了。

只不过学生们大概也就紧张了五分钟，一下课，该吃早饭的接着吃,该吹牛的接着吹。

然而老师们费尽心思营造期末考前的紧张感。英语课,许贝妮一进教室就发了套试卷,当堂测验。

"别过了一个小长假就什么都忘了,期末考近在眼前了,同学们,这张试卷考不到 80 分的同学,有的是练习等着你。"

周浩亮嘀咕:"太狠了,一题 5 分,错五题就完了呀。"

他把答题卡往后传,转身的时候不小心撞到了他同桌,一张答题卡的角被折了。

"啊!不好意思,澈哥,这……"

"没事,能用。"尹澈没在意,接过答题卡。

周浩亮终于相信章可说的了,尹澈其实真的挺好说话。

最后两张答题卡,一张折角一张平整,两个人分,尹澈留下那张折角的,默不作声地把另一张答题卡扔到蒋尧桌上。

蒋尧越过他的手,拿走了他桌上那张:"我要这张。"

"……有病?"尹澈伸手去夺。

蒋尧:"还想跟我去办公室?"

上次他俩数学课上抢草稿本,被陈淑梅喊出去罚站、最后被迫拉扯着去办公室的事还历历在目。

大局为重。

尹澈立刻撤退:"下次不准跟我抢。"

蒋尧笑笑:"我就抢,你能拿我怎么办?"

前排的周浩亮满脑子问号。什么玩意儿?一张破答题卡有什么好抢的?

一个上午过去。

经历了各科老师的轮番洗脑轰炸,学生们头昏脑涨,感受到了被期末考支配的恐惧。下午的体育课,学生们个个都像被放飞出笼的小鸟,直奔操场。

一中这点深得民心,除了考试前一周之外,学校明确规定不准占用体育、美术这些副课，免得学生压力太大无处释放。郭志雄课前就借好了篮球，兴致勃勃地约了隔壁班的体育委员一决高下。

"下周我们测八百米和一千米啊。"

体育老师的一句话把所有人都打蔫儿了。

即便是平时跑得比较快的几个学生也不乐意测长跑，就像喜欢看书，但不喜欢做阅读理解题一样，兴趣和考试是两个概念。

章可："我怕是要和上学期一样得补考了……你教教我，怎么样才能跑得快啊？"

他一提，其他人也想起来，几个月前的运动会上，蒋尧曾经一鸣惊人。到现在，别的班的学生偶尔也会说起"你们班那个跑步特别快的同学"。

"蒋尧，我看你平时从来不运动，怎么做到的？是不是私底下偷偷练了？"韩梦问。

蒋尧笑笑："这个嘛……我同桌知道，问他。"

众人转移视线："澈哥？"

尹澈："天生的，你们没戏，放弃吧。"

人狠话不多，劝退水平一流。

等同学们都各自分散活动去了，蒋尧跟尹澈坐到一个长凳上："我确实天生运动细胞发达，可能是遗传了我爸。不过我也有每天锻炼，今晚要不要来我寝室？我教你怎么练肌肉。"

"没兴趣。"尹澈往旁边挪了挪。

蒋尧跟着挪："不看也好，怕你看了哥的身材忌妒得睡不着。"

"只怕是难看得睡不着。"

"你觉得可能吗？"蒋尧拉开校服外套的拉链，掀起毛衣，露出最里面的贴身的衣服，指着自己的腹部。

尹澈往他小腹砸了一拳。砸上去的触感很坚实，会回弹，是有肌肉的。

蒋尧捂着肚子弓起背："疼！"

第五章 特权

"我没用力,装什么?"

"真的疼……我午饭吃多了,还没完全消化呢。"

尹澈又给了他一拳。

体育课也没能缓解考试前的压力,反而增加了一项负担,学生们终于在这股来自四面八方的强压之下,被迫进入了考前紧张状态。

每天不是做试卷就是讲试卷,回家作业还是试卷,像杨亦乐那种细心点的学生,每门科目都准备了一个文件夹,分门别类,老师要讲哪张卷子一下就能找到。而像一些比较五大三粗的学生,就总是处于找不到试卷的状态。

"接着来看第五题……章可!我都讲到第五题了,你试卷还没找出来啊!"许贝妮气道。

章可也急:"老师我找不到了,昨天明明放在课桌里的……"

"找不到先跟同学合看,下课到我那儿拿套新的重做。"

"好吧……"章可哭丧着脸,挪动椅子,挨着他同桌一起看。

许贝妮接着往前走,讲了一题,抬头一看,又看到一个桌上没试卷的:"蒋尧,你怎么回事?试卷呢?"

蒋尧特别淡定:"老师,找不到。"

"找不到你就这么干坐着发呆?人家章可好歹还找了半天,你是直接放弃抢救了?"

其他同学憋着笑,肩膀抖动。

蒋尧无奈:"老师,我想跟我同桌合看,他不肯给我看。"

尹澈呆住。

许贝妮也知道尹澈的脾气,不想强迫他:"你自己找不到,人家又没义务给你看,你不会再找其他同学吗?比如问问你前桌啊。"

周浩亮点头,出于同学之间的团结友爱,打算向他被抛弃的可怜后桌伸出援助之手——

蒋尧:"周浩亮他的字太丑了,我还是想看我同桌的。"

周浩亮满脸疑问,暗道:瞧不起人?呵呵。

许贝妮也气笑了:"你好意思说别人?看看你自己的字,每次批到你的作业我都想跳过。"

其他同学憋不住了,笑作一团。

许贝妮:"Quiet(安静)!蒋尧,赶紧的,找一个同学合看,别嫌东嫌西的了。"

"好的,老师。"蒋尧稍稍站起,打算把椅子挪出去。

啪!尹澈把卷子拍到了他俩课桌中间。

蒋尧立马坐下,靠过去,手肘抵着桌面,趁许贝妮走到另一排,小声说:"好人。"

前面已经腾出地方等蒋尧坐过来的周浩亮瞬间"石化"。

"我的字有那么丑吗……"

终究是"错付"了……

"欸。"蒋尧用笔戳了戳尹澈的手背,"下周五,我生日,晚上有活动,来吗?"

"不来。"

"来吧……谁都可以不来,你必须来。"

"不来。"

"为什么?"

"因为我不喜欢。"

蒋尧安静了会儿:"行吧,那就算了。"

尹澈以为他生气了,可没过几秒,又听他语气轻松地说:"不搞活动了,下周我也不回去,待在学校,请你吃蛋糕,上次那家怎么样?"

计划变得也太快了吧?尹澈想问。

一周的复习课过得煎熬,连体育课都被长跑测试的阴云笼罩,少了轻松欢乐的氛围。好不容易熬到周五，想到下个星期是考前最后一周，所有副课暂停，只有一节长跑测试，学生们又开始想念体育课了。

午休的时候，郭志雄抱着篮球过来："蒋尧，打球去吗？"

蒋尧焐着刚倒的热水："怕冷，不想出去。"

演得很到位。要不是见过他那晚从冰冷的小池塘游上来，浑身湿透也没抖一下，尹澈差点就信了。

郭志雄本来也没抱多大希望，转身找别人："韩……算了。"

韩梦："怎么就算了？你好歹问一声啊，万一我去呢？"

"好吧，你去打篮球吗？"

"不去。"

郭志雄怒了："再问你我就是傻瓜！"

韩梦看着他怒气冲冲离开的背影，莫名其妙："这不是显而易见的答案吗？他第一天认识我吗？"

蒋尧隔了条过道朝他喊："老韩，你一直不运动怎么也不胖啊？"

"我练瑜伽……"韩梦转过头，突然惊叫，"啊！下雪了？！"

他叫得响，教室里其他人闻言也望向窗外，空中真的落下了零星的白点，很少，不仔细看看不出来。其他班大概也有人发现了，教室外的走廊一阵哄闹，都是冲出来看雪的学生。

南方下雪少，不像北方人对此习以为常，在南方每年能看见一两次就不错了。几片小雪花就把整个学校的气氛点燃了，刚刚还嫌冷不愿出去的几个学生这会儿都兴奋地跑下楼，双手合拢接住落下的雪花，看着雪花在温热的手心融化，笑得像这辈子没见过雪的傻瓜。

高二（1）班教室里的学生几乎都跑了出去，剩下几个靠窗的没走，坐在自己的位子上望窗外，也很兴奋。

"今天天气预报没说下雪啊！"

"下得有点小，晚上不知道能不能下大，我要堆个雪人发朋友圈！"

"哎呀，早知道偷偷把手机带过来了，一会儿放学停了怎么办？"

尹澈这周也坐在窗边，看着从空中飘落的小雪，想起乔婉云昨晚在电话里说，家里花园的红梅开了。如果能积上雪，应该会很美，有点想回去看，明年不一定能看到了。

但上周才回过家，不知道尹泽会不会不高兴……

"要不要下楼看？"蒋尧问。

尹澈摇头，收回目光："在这儿看就行了。"

一阵微风吹过，窗外早已光秃的树干没有晃动，却改变了雪花的轨迹，飞进了教室的窗户。有几片雪花晃晃悠悠地落到了尹澈的发梢上，太轻了，本人并没有察觉。

蒋尧犹豫了下，还是伸出了手："你头发上沾到雪了。"

他动作很快，开口的时候已经把雪拂走了，尹澈来不及躲。

蒋尧的手没收回去，悬在后脑勺处，轻笑："头发可以碰？"

尹澈看着面前的脸，目光失了焦距，有些恍惚。

他七岁之后，除了父母，就没有人这样摸过他的头发了。

他爸妈跟所有亲戚朋友和老师都偷偷叮嘱过：我家孩子性格内向，碰不得，会反感。

反感确实是反感，但从一个谁见了都会摸摸脑袋夸一句"真可爱"的小孩，一夜间变成了一个人人都避之不及的小孩，也没有多快乐。

偏偏所有人都是为了他好，他能说什么？

"这样都不踹我？"

蒋尧笑了笑，眼里映着窗外的光，也映着面前人的倒影。尹澈僵在自己的座位上，像被人点了穴，一动不动。

"为什么还不踹我？"蒋尧低声问。

他似乎比那些看见雪的学生还兴奋。

尹澈不知道该做出什么反应，这种程度的接触自己好像也能接受。

"你脸色怎么这么白？不舒服吗？"蒋尧看他表情不太对劲，立刻收回手。

收到一半，猛地被人扣住手腕。

"你干什么？！"

要不是蒋尧反应快，迅速站起来转了个身，抽出了手，手臂这会儿估计已经被折断了。

"我跟你哥聊天，碍着你了？"

尹泽一愣，没看清他是怎么逃脱的，听了这话，回神质问："聊天需要动手吗？"

蒋尧："我知道他不喜欢被碰到，正要跟他道歉，但不关你的事吧？"

"怎么不关我事了？我是他——"尹泽忽然卡住，大概是想起自己平日里总嫌弃尹澈，不愿承认自己是他弟弟。

"别吵了。"尹澈皱眉，揉着太阳穴，脸色比刚刚缓和了些，"我没事。"

高二（1）班的学生本来大多趴在教室外面的围栏边上赏雪，尹泽从后门进来的时候吸引走了一部分人的视线，接着又在教室里大声吵嚷，不少外边的学生都听见了，好奇地进教室一探究竟。

"怎么又是你啊？"韩梦走过来，"上次欺负我们班长，这次欺负我们班宠？"

"……班宠？"尹泽嗤笑，"少假惺惺了，你们不是都离他远远的吗？"

韩梦："以前是，但你现在问问我们班同学，哪个不把他当宝？"

一直在前排默默复习的杨亦乐忽然转头，红着脸大声道："对！我们都很喜欢尹澈……"说到后面不好意思了，声音越来越轻。

尹澈有点意外，朝他点头："谢谢。"

"没事……"杨亦乐迅速扭回去。

章可跟着掺一脚:"对啊,澈哥就是我的宝,澈哥的笔记是我的宝中之宝!"

周浩亮:"澈哥确实是'宝藏男孩',昨天还给我讲题了呢,思路特别清晰!"

郭志雄:"澈哥是我们班的镇班之宝,我和其他班的打球,我说我跟澈哥是朋友,一起出去吃过饭玩过密室,他们都觉得我特牛,嘿嘿。"

连陈莹莹也插话:"讲真,论颜值,还是哥哥更好看一点。"

韩梦惊了:"班长?你居然不'犯花痴'了?"

陈莹莹:"别提了,我以前眼瞎。"

尹泽:"……"

他一个外班的,被团结一心、共抗外敌的高二(1)班同学撑得毫无还口之力。

尹澈笑了,很轻的一声,却让周围同学瞬间安静。

哇,尹澈的笑容,可比下雪好看多了。

"谢谢你们,不过我弟没有欺负我,放心。"

陈莹莹摆手:"没事,同学之间互帮互助,应该的。"

等周围人都散了,尹澈的目光重新投向尹泽:"找我有事?"

尹泽原本想趁高二(1)班教室里人少来找他说事情的,现在人多了,有些话就不方便说了:"算了,放学再说,妈让你这个星期回去一趟。"

"怎么了?上星期不是刚回过吗?"

乔婉云既然同意让他一个月回一次,按理不会食言。

"冯医生说……"尹泽看了看四周,压低声音,"他可能有办法了。"

尹澈怔住。

"什么办法?"蒋尧本来靠在后边的柜子上,给他们俩兄弟留出私人空间,闻言走过来,"你哥的隐疾能治好了?"

"你站这么远怎么还能听见……"尹泽话说到一半顿住,突然瞪大眼,错愕地看向尹澈,"你把这都告诉他了?"

尹澈还有点怔:"啊……是啊。"

尹泽刚熄下去的怒火又噌地一下燃起:"我服了!他是谁啊?配知道这么多吗?我都是去年才知道的,还是爸妈说的。他跟你才认识几个月啊?就把什么都告诉他了?"

蒋尧警告:"哎哎,又对你哥大吼大叫,懂不懂尊敬兄长?"

尹泽:"现在是我们的家务事,外人闭嘴!"

蒋尧笑了:"不行,我得谢谢你,弟弟,要不是你,我都不知道你哥跟我说了这么多。"

尹澈:"我那是没办法才告诉你的。"

"不听不听,反正我知道了。"

尹泽:"没见过脸皮这么厚的!"

"脸皮厚不仅不可耻而且有用,你哥就是更偏向我一点。"

尹澈:"我没……"

尹泽:"呵呵,好笑,他为什么要偏向你这么个一无是处的同桌?"

"因为我优秀啊。"蒋尧眯眼,"问问你哥,我是不是比你强?"

尹泽仿佛听见了一个天大的笑话:"啥?哥,你听他说什么了吗?他有妄想症吧?"

尹澈一时没说话。

"哥?"尹泽不可思议道,"你不会真同意他说的吧?"

"蒋尧他……是有厉害的地方,不过你也……"

尹泽听到前半句就听不下去了:"就他这样,比我强?哥,你是不是被他洗脑了?"

"我没……"

"他不就是上次破了我的纪录吗?就一次而已,谁知道是不是碰巧?"

蒋尧笑意不减:"那我们比比?下周长跑测试,看是不是巧合。"

"比就比!"

"要是你输了,就对你哥放尊重点,行吗?"

"呵,你不如先想想你输了怎么办。"

"随你处置。"

"好啊,你要是输了,你就离我哥远点!"

"可以。"蒋尧走到他跟前,拍了拍他的肩,压低声音,"但仅限于你哥同意的情况。"

尹泽怀疑这人天生就让他讨厌。

为了赢得这场男人之间的赌约,尹泽当晚回家吃完饭,破天荒地没有回房间闷着,换上一身运动服,大冬天夜跑去了。

乔婉云震惊了:"你们最近学习压力很大吗?小泽都需要解压了?"

尹澈不知道该怎么跟他妈解释,干脆没解释。

太幼稚了,这两个人。

他以为蒋尧应该也会稍微锻炼一下,结果到了测长跑那天,才发现这家伙压根没放在心上。

"什么?啊,你不说我都忘了。"蒋尧漫不经心地,"你弟的班测了吗?他多少?"

高二(1)班和高二(3)班在同一节上体育课,高二(3)班男生刚测完,操场另一边的终点那儿喊得震天响,高二(1)班的学生都过去围观了,尹澈对蒋尧时好时坏的听力感到无语。

"3分07秒。"

一千米的满分是3分27秒,尹泽平时能快个10秒,这次下功夫练了,在此基础之上又快了10秒,破了自己去年创下的校纪录,正在接受迷妹迷弟们的狂热呐喊。

但尹澈知道蒋尧一定能更快。

"你如果赢了,不要嘲笑他,他心高气傲,我怕他不开心。"

蒋尧笑笑："我只要赢了他，他肯定会不开心。"

尹澈张了张嘴，没说话，但意思已经很明显了。

"真偏心啊你……"蒋尧看着尹澈，"想让我故意输？你就没想过我会不开心吗？"

"你会吗？"

"为什么不会？你是不是把我想得太没心没肺了？"

尹澈沉默了会儿，回归到第一点要求："那你别嘲笑他就行了。"

蒋尧看了他良久："那你要记得，你欠我一个人情，我早晚会要回来的。"

高二（1）班的体育老师吹哨了："男生过来集合！"

刚测完八百米的女生们正坐在草地上休息，体力比较差的气都喘不匀，但听到男生要参加测试了，都抬起头望过去。

"蒋尧能赢吗？"

"我觉得悬……尹泽实在太快了。"

"上次运动会他不是破尹泽的纪录了吗？这次或许也能呢？"

…………

两个人的赌约在两个班之间早已传得尽人皆知，考前的生活本来就没什么乐子，凑热闹的学生格外多。

韩梦站在起跑线上，拍拍蒋尧的背："杀杀那位臭弟弟的威风，让他知道山外有山，人外有人。"

蒋尧笑笑，推了推眼镜，没说话。

哨声一响，起跑线上一群男生乌泱泱地冲出去，跑到半圈的时候明显拉开了差距。

蒋尧始终领先在第一个。

"3分19秒！"

成绩报出来的时候，陈莹莹一拍大腿："唉！差了一点！"

旁边的女生："果然还得是尹泽啊。"

"是啊，看来上次运动会只是碰巧而已……"

陈莹莹:"说什么呢? 3分19秒也很厉害了好不好!也是满分啊!"

虽然最终填到表格上的成绩都是满分,但大家都知道,蒋尧输了。

尹泽也过来听了个成绩,下巴快抬到天上去了:"不自量力。"

蒋尧把被风吹开的刘海拨回原位,转身走向他,满不在乎地耸肩:"愿赌服输。"

"看到没? 哥,他就是这么弱,哪里比我强了? 少跟这种人来往,你快被他洗脑了。"

等围着看热闹的两个班的学生都散了,尹澈目光复杂地看着蒋尧,最终选择给他一脚:"谁让你故意输了? 我说的是你别嘲笑他,听不懂吗?"

蒋尧没躲,结结实实地挨了这一脚:"我要是赢了,他肯定不高兴,他不高兴,把气撒你头上,你也不高兴。"

"那你呢?"尹澈看着他,"你会不高兴吗?"

"我啊,无所谓,何况还能让你欠我一个人情。"蒋尧狡黠地眨了眨眼,"这周五晚上,懂?"

原来都是算计好的。

尹澈咬咬牙:"知道了,我去。"

"好。"蒋尧心情舒畅了,"再问个小问题行吗?"

"说。"

"你那个臭弟弟是你最重要的人,那我是不是你最重要的朋友?"

尹澈想了一会,回答:"不是。"

"那我们的友情在你心里排到第几? 第三?"

"不是。"

"那是多少名?"

尹澈捂住额头,觉得头大:"我不清楚。"

"那就姑且当作是第一百名好了。"蒋尧忽然靠近,弯下腰,撑着膝盖,微微仰头看他,笑得爽朗,"你应该知道我跑得很快,哪怕现在是第一百名,我也能追到前面去。"

期末考试前一周,复习进入白热化阶段。

连章可都不敢随便糊弄了,每天抱着一堆错题的试卷勤勤恳恳地问杨亦乐问题。其他爱学习的不爱学习的,在这种紧张氛围下,多多少少都被感染,午休几乎没什么人出去打球了。

想去也去不了,各科老师抢着进教室,都想多讲点题,拉高自己这门课的平均分。

老吴作为班主任,这种时候反而最弱势,优先满足其他老师的需求,最后连一个午休时间都没占上,可怜巴巴地用半节班会课讲完了课上没讲完的卷子。

剩下的半节课,开了个考前教育大会。

"这次考试大家都知道,至关重要,所以这个周末,别想着出去玩。上次期中考,我看见有同学考前的周末还出去玩密室逃脱,还胆敢发朋友圈,生怕我不知道是吧?"

杨亦乐羞愧地低下了头,脸涨得通红。

章可小声:"谁发的?叛徒!"

郭志雄:"好像是我,忘记屏蔽老吴了……"

吴国钟话锋一转:"当然,也不要压力过大,适度放松还是需要的,我建议你们出去逛逛公园、晒晒太阳、下下围棋……别总玩那些刺激的项目,容易受惊、心脏衰弱、大脑萎缩、体质下降……"

说得心惊肉跳,极其危言耸听,堪称恐吓。

长达二十分钟的"洗脑大会"结束后,高二(1)班同学被唬得一愣一愣的。

章可:"老吴忽悠人的功力是越来越厉害了……不愧是语文老师。"

他一转头,看见蒋尧推着尹澈的书包往前走,前者看起来不情不愿。

"站住!"章可一个滑步滑过去,"你想把尹澈拐去哪儿?"

韩梦转头:"是啊,你不是不回家嘛,跟他走干什么?"

蒋尧:"这是我们之间的小秘密,不告诉你们。"说完拽着尹澈的书包带子,强行把人拉出了教室。

出了校门,往西走七百米有个地铁站。

尹澈和蒋尧并排走着,夕阳把他们的影子拉得很长。

"为什么不喊班上同学?"

"不想打扰他们复习。"

"那你就打扰我复习?"

"你需要复习吗?"蒋尧侧头,"今天那张数学模考卷,你寝室里有,我看你做过,明明是满分,怎么这回只考了一百一十多?"

尹澈稀松平常道:"做是做过,忘了而已。"

蒋尧一个转身,走到他前面,倒退着走:"兔子,我觉得你身上有很多未解之谜啊……"

尹澈绕开他:"你想多了。"

蒋尧又堵到他面前:"那你回答我,为什么这么讨厌别人碰你?为什么天不怕地不怕就怕电?为什么明明很聪明却故意考得一般?为什么……"

"你为什么这么多为什么?"尹澈反问,"我为什么要告诉你为什么?"

蒋尧被绕晕了。

走到地铁站,正值下班和放学的高峰,轨道两旁的等候区全是人,地铁门一开,一窝蜂地挤进去,站都没处站,座位更是想都别想。

他们俩等了几班地铁,上了一节人相对较少的车厢。

尹澈靠在角落里,背着个书包,一身校服,脸色冷冷淡淡。

第五章　特权

蒋尧注意到车厢里有几个女生拿起手机,假装照镜子,镜头对准了他们这边。他跨了一步,挡在他同桌身前。

"……有病?"

"啊,说起病。"蒋尧很自然地接下去,"你弟上次说的那什么医生,是不是能治好你的隐疾?"

尹澈微愣,缄口不语。

蒋尧眼里含着显而易见的期待:"治好以后,我们是不是就可以一起打球跑步了?"

"……嗯,大概吧。"尹澈忽然觉得心里很烦,某些已经接受的现实有了转机,他爸妈都很高兴,只有他高兴不起来,"但我不想治。"

"啊?为什么?"

"因为要治好,可能会遭罪,我宁可不治。"

"这样……"蒋尧想了想,"那如果不治,这个病会对你有什么不好的影响吗?除了身体素质差点。"

"会。"

"影响很大吗?"

"很大。"尹澈看着他,"我要放弃很多我本来可以拥有的东西。"

蒋尧若有所思了一会儿:"那就看你愿不愿意为了这些东西而遭罪了,反正不管你做什么决定,只要对你没有伤害,我都支持。"

地铁到了商圈的某一站,一下拥进来几十个人,顷刻间把车厢塞得满满当当。

蒋尧被后边人不停地往角落里挤,差点撞到尹澈身上。于是他双手撑着墙面,为他同桌撑出了一小块宽敞的空间。

尹澈没反应,看起来有点走神,不知道在想些什么。

蒋尧看着他头顶翘起的几根头发,随着地铁的晃动跟着晃动,透出一股可爱劲儿。

下了地铁,又打了辆出租,才到赵诚说的那家别墅轰趴馆。

有桌游,有唱歌房,有私人影院,也有房间,可以过夜。这其实是赵诚家里的产业,知道蒋尧过生日,他去磨了他爸好久,他爸才同意让他们在这里撒欢一晚上。

蒋尧在进门前摘了眼镜,刘海也捋了上去。

尹澈看着他那张陡然帅气的脸:"……你的眼镜和刘海是不是施了什么障眼法?为什么区别这么大?"

蒋尧笑笑:"我可是找了专门的造型师设计的,他说如果一个人身上某个地方特别突出,那只要挡住这个地方,就会立刻变得平庸。"

"所以你挡住了眼睛?"

"所以我穿上了衣服。"

尹澈反应了一会儿才明白他在说什么,一脚踹过去:"你可真自信。"

别墅里,赵诚他们早就到了,正在玩桌游,唱歌房隔着门传出鬼哭狼嚎的歌声。

"尧哥!"赵诚笑着从桌游那儿走过来,瞧见蒋尧身后的尹澈,顺带着也打了声招呼。

蒋尧搭上他的肩:"玩什么呢?"

尹澈看向沙发上坐着的那几个穿着嘻哈的少年,大冬天的袖子捋得老高,露出结实的肌肉,正争得不可开交,架势像是要打起来——

"二的四次方是十六,再除二乘三不就是二十四?怎么不行了?"

"只能加减乘除,怎么可以用四次方!"

"为什么不行?又不是小学生了,不整点高级的?"

"那你要这么说的话,刚刚那轮我开根号也能做出来,我们队应该加一分!"

尹澈没想到他们在一起玩的意思是玩"二十四点",表情有些惊讶。

"为什么玩这个?"蒋尧问,"你们这周不是刚考完吗?不放松会儿?"

第五章　特权

八中这次没参加区统考，期末考试是学校自己命题，比一中早一个星期考完，后面两个星期应该是想提前上下学期的课。

赵诚："别提了，这次考试巨难，我觉得我要跌出年级前五十了，兄弟们也觉得希望渺茫，达不到你提的'年级前二百五'的目标，本来今天想带卷子来做的，被我拦住了。"

尹澈想象了下一群少年奋笔疾书做试卷的样子。

有点怀疑这个世界的真实性。

"你朋友，都这么好学？"他问。

蒋尧笑笑："不是他们都好学，而是不好学当不了我朋友。"

赵诚解释："要成为他的朋友很难的，不学无术只知道打架惹事的人想都别想，考试退步太多也可能被踢出他的好友列表，所以大家拼了命地学习。"

尹澈看了身旁人一眼："没想到你是这样的尧哥。"

蒋尧得意转向："再喊一次。"

"什么？"

"喊尧哥。"

"尧哥！"赵诚立刻喊了声。

"谁让你喊了。"

赵诚委屈："谁喊有差别吗？"

蒋尧摆摆手："算了，走吧，我们也去玩。"

沙发上的几个男生终于争论出了一个结果，决定用高级算法，重新开始比赛。

玩得太投入，蒋尧走到他们跟前他们才看见，立刻放下牌喊："尧哥！"

尹澈发现蒋尧在这些兄弟里的人气和威信不是一般的高。他是蒋尧唯一带来的人，周围人立刻对他另眼相待，主动让出座位给他。

尹澈坐在了一个手腕上有一块疤的男生旁边。

"都是我以前的同学，你放心。"蒋尧特意说。

"你好，我叫黄骏。"男生友好地笑了笑，"我听赵诚说过，尧哥在一中有个特别要好的同桌，就是你吧？"

"同桌是同桌，特别要好算不上。"

"他就是刀子嘴豆腐心。"蒋尧在旁边插了句嘴。

"没跟你说话。"

"哦……"

黄骏真是没见过这么听话的尧哥。

游戏重新开始，尹澈加入了黄骏那一队，和蒋尧对着干。

"我让你三轮？"蒋尧很嚣张。

赵诚起哄："干吗呀，不带这样让的。"

"已经很公正了，要是我一个人跟他比，我直接认输。"

尹澈唇角微微上扬："你是怕认真比也会输吧？"

蒋尧眼睛一亮，也冲他笑，咧开一口白牙："你说什么？"

赵诚激动了："蒋尧动真格了，有好戏看了！"

尹澈率先甩出四张牌，背面朝上："谁先算出来谁赢，比二十轮。"

"好啊，输了有什么惩罚吗？"

"我没有，你随意。"

这是认为自己绝对能赢的意思了。

黄骏竖起大拇指："好有魄力！"

蒋尧跟着夸："特别酷对吧？"

赵诚："你到底哪队的啊！"

尹澈没理会，挑起眉尖："我翻了？"

蒋尧凝神："翻。"

四张牌，数字分别是三、八、四、八。

黄骏掰着指头："两个八……三八二十四……"

赵诚皱眉："这几个数字都可以被二十四除尽，但有点难算……"

其他人也围成一圈看热闹，同时心算着。

第五章 特权

过了五六秒，蒋尧张开嘴。

"八减八开三次根号再乘四。"尹澈比他快半秒。

蒋尧："嗯，也可以，我想说的是八加四的和再乘以八开三次根号。"

众人震惊。

黄骏目瞪口呆："天哪……神仙打架啊……"

赵诚："我从没想到玩这游戏也能这么激烈……"

由于双方选手表现太过精彩，二十轮过后，围观群众强烈要求加赛十轮，这一比就比了二十分钟。

除去某两轮数字实在无解之外，尹澈赢了十三次，蒋尧赢了十五次。

"服不服？"蒋尧把剩下的牌往桌上一扔，靠倒在沙发上，跷起腿，"过来领罚。"

其他人立刻兴奋了。

尹澈稍微往前倾："干什么？"

"再过来点。"

"你先说你要干什么。"

"你不是说随便我吗？"

话已经放出去了，尹澈不想言而无信，只能硬着头皮上。

他慢吞吞地挪过去，靠近蒋尧，手悄悄攥成拳，随时准备推开面前人。

近到只剩下半米时，蒋尧作势弹了一下尹澈的脑门，轻轻一下，然后冲他笑笑："好了，罚完了。"

"啊？"所有人都呆了。

这算什么惩罚？

"你们不知道，我同桌他脾气硬，能听我的话已经很不容易了。"蒋尧站起来，转了个话题，"你们饿了吗？我点外卖？"

他一提，众人才觉得确实有点饿了。

"要吃什么自己点，随便选，我买单。"蒋尧把手机传过去。

众人高呼，转眼就把刚才的事忘在了脑后，顺便去里边把其他人也叫了出来，整栋别墅里吵吵闹闹的，都是年轻人的声音。

蒋尧趁机把他同桌拽出来，带到距离人群稍远的吧台。

"赵诚本来只喊了几个人，没想到一传十，来了二十多个。你要是觉得吵，一会儿我们去楼上玩。"

尹澈看着他："没事，不吵。"

蒋尧倒了杯牛奶，放进微波炉里："那就好。他们一会儿肯定会闹得很凶，你别跟他们一起，离得远点，如果实在受不了……"

尹澈其实没怎么听，目光落到了客厅那儿。

来之前以为会很无聊，很不适应，以为是那种一群男男女女特别聒噪的聚会，结果他一来先和大家算了半天算术。

太傻了。

尹澈嘲笑自己。

就是群八中的乖乖学生而已，和一中的同学没多大区别。

蒋尧把热好的牛奶杯从微波炉里取出来，推到他面前，撑着吧台，腕上的手绳若隐若现。

"我订了上次那家的蛋糕，一会儿帮我切行吗？"

"为什么要我切？"

"还能为什么……唉……"蒋尧无语地望天叹气，低下头，看着他，眼睛在暖黄的吧台灯光下是纯褐色的，像一杯加了少许奶的咖啡，"因为你是我最好的同桌啊。"

听到这话，尹澈的手不知道该往哪儿放。

"过了今天我就成年了。"蒋尧笑着说。

"你今年十八岁？留过级吗？"按理说高二的学生应该是十七岁。

"怎么可能？我还差点跳级了呢。"蒋尧说，"小时候在国外长大的，政策规定回国内要读一年预备班，适应环境。"

"这样。"尹澈垂眸，笑了笑，"我还以为你比我小。"

蒋尧反应慢了半拍:"你也晚读一年?"

"嗯。"

"怎么会?"

"小学休学了一年。"

"为什么?"

尹澈停顿了会儿:"身上做了两处手术,休养了一年。"

"什么病?"

"记不清了。"

蒋尧见他不愿说,便不追问了:"看来休养得不错,现在生龙活虎。"

"还行吧。"尹澈转了个话题,"你妹呢?你怎么不带她来玩?"

蒋尧:"别提了……我妹初中放假早,我爸上周带着她去国外看望我爷爷奶奶了,开学前一周才回来,现在家里就剩我一个人。要不是他们临走前给我提前过了个生日,送了我礼物,我都怀疑我是不是亲生的,惨哪……"

"你起码还有生日礼物,惨个鬼。"

"那倒是,我爸这次难得上心了,送我一样特别酷的东西,改天带出来给你看。"

"嗯。"尹澈喝了口牛奶,温温热热的。

蒋尧低头,转着那条手绳:"我爹以前每年生日都会送我喜欢的东西,但这次送了我一件很特别的礼物。"

"什么?"

"一封信。"

尹澈微愣。

"我爹在信里说,虽然我成年了,但还是有很多不成熟的地方。他希望我对自己负责,对别人负责。对朋友要用真心去打动。"

"你爹……很温柔啊。"

蒋尧:"我爹一向这样。他还跟我说过这么段话,我以前不懂,现在好像懂了。

"上天给了我们各自特有的性格属性,只是给我们指了一条路,比如男生强大要保护弱者,女生要柔弱要善解人意。但要过怎样的人生,要有什么样的追求,掌控权都在我们自己手里。"

尹澈捧着牛奶杯,忘了喝。良久,才从这段话里回味过来:"你爹说得真好。"

"嗯,我也觉得。"蒋尧碰了碰他的杯子,"快喝,要凉了。"

手机传完一圈回来,二十多个人才点了几百块钱的东西,节约得不行。

"你们别给我省啊。"蒋尧又加了些饮料和点心,直接下单。

半小时后,外卖陆陆续续送到,把客厅、餐厅和吧台的桌子全都铺满,一群人边吃边聊,话题不过就是些学校里的八卦,偶尔也会穿插些外校的八卦。

外校主要指一中。

尹澈本来听他们聊一中尹泽听得挺骄傲的,蒋尧非要插嘴:"就那个臭弟弟……"

他在桌底下一脚踹过去,蒋尧立刻闭嘴了。

吃到一半,不知道是谁突然怪叫一声:"救命啊!"

众人以为发生了什么事,都紧张地问:"怎么了怎么了?"

刚尖叫的人抬起头,惊恐道:"出成绩了!我妈刚发给我!"

"什么!"

"天哪!"

"要死了!"

别墅里顿时惨叫一片,几乎每个人脸上的表情都像见鬼了一样。

赵诚:"我不看我不看,不看就不知道,不看就等于没发,你们也……嘿!你们怎么都开始看了!快放下手机!"

没办法,虽然都不想出成绩,但又忍不住好奇。

蒋尧优哉游哉地说:"哦?出成绩了?我看看你们考得怎么样,

第五章 特权

考差了知道后果吧?"

气氛登时更加恐怖了。

"佛祖保佑我阿门。"赵诚语无伦次地用手机在胸口画了个"十"字,虔诚地拜了拜不知道哪路的神仙,颤着手点开手机。

八中的成绩是单独发到每个学生手里的,各科成绩、班级排名、年级排名,一目了然,要"死"也"死"得非常痛快。

"七十二名……我完了……"赵诚看见了自己的年级排名,万念俱灰,"我这个寒假别想好过了……兄弟先走一步,清明节记得来给我上香……"

蒋尧笑眯眯:"让你光顾着玩,成绩下滑了吧?才考这点分数,让大家在外校的同学面前怎么抬得起头?"

赵诚羞愧难当:"是我对不起大家,我下次一定考进年级前五十,不辜负您对我的信任,不辜负您托付给我的组织。"

尹澈不知道自己是在看黑帮片还是在看喜剧片。

有人对着成绩两行清泪,也有人看到成绩手舞足蹈。

黄骏举着手机在别墅里狂喜乱舞,从这头奔到那头:"我终于考到二百五十名了!哈哈哈哈!我不用受罚了!我二百五!我二百五!"

确定了,应该是喜剧片。

尹澈怀疑蒋尧的惩罚特别变态,否则怎么会把孩子逼成这副样子。

外卖吃得七七八八的时候,众人才将这场突如其来的期末考成绩消化掉。气氛重新热闹起来,一群人又开始咋呼。

"关灯关灯!"赵诚嚷嚷着。

靠着开关的人把顶灯关了,客厅里瞬间陷入一片漆黑,只有蛋糕上蜡烛的火光摇曳着。

"祝你生日快乐……"所有人合唱,有的调都不知道跑到哪儿去了，还唱得特别激情。

蒋尧从几十道声音中辨认出了身旁那人清冷的声线，哼唱很轻，但很动听。他弯起嘴角，心满意足地吹灭了蜡烛。

灯光亮起。

"生日快乐！切蛋糕！"周围人起哄。

蒋尧冲他同桌挑眉。

尹澈没推托，拿起刀给他切了第一块："给。"

"谢谢。"蒋尧尝了一口，"同桌切的果然特别好吃。"

晚饭吃完，蛋糕吃完，又玩了一会儿，到晚上八点，一些家里管得严的学生陆续道别回家。

到九点，别墅里只剩下不到十个人。别墅楼上有房间，但只有五间，意味着肯定有人要跟别人合睡。

蒋尧对尹澈说："我跟赵诚睡，你一个人一间吧，我就住你隔壁，有事叫我。"

赵诚瞪大眼："这么义气？"

蒋尧踹他："我什么时候不义气了？"

尹澈拿起自己的书包："不了，我回学校。"

这回轮到蒋尧瞪眼："这么晚你还回去？十点宿舍楼就锁门了啊。"

"我打车回去，刚查了地图，走高速四十分钟，来得及。"

"你回去有事？"

"没事。"

"没事干吗不留下？今天不是玩得挺开心的吗？住下吧，明天一早再回学校。"

"我只答应了来参加你的生日会，没答应过夜。"尹澈背起书包，"走了，拜拜。"

赵诚和其他人傻愣愣地回了声"拜拜"。

见过冷淡的，没见过这么冷淡的，翻脸比翻书还快。

第五章　特权

蒋尧在门外拦住了他。

冬夜的晚风很冷，蒋尧刚在别墅里脱了外套，这会儿身上只穿了件不太厚实的毛衣，风往针线里钻进去，刺骨的冷。

尹澈没什么表情地看着他："你进去吧，我真的要回去了。"

蒋尧默不作声地盯着他，忽然笑了，笑意很淡："我刚刚许的生日愿望，和那天晚上一样。

"我想和你一直做同桌，直到毕业，也想我们两个成为彼此最好的朋友。

"但其实我心里一点底都没有，我不知道该怎么办，努力也不知道朝哪个方向努力。我总觉得你对我的态度是这个朋友可有可无。"

蒋尧缓缓地吸入冷空气。

"你能告诉我，我哪里做得不好吗？比如今晚，大家玩得这么开心，为什么一定要回去？我就想……我最好的朋友能陪我过完这个生日。"

尹澈透过夜色看他。

印象里，蒋尧总是很自信，好像从来没露出过这样的神色。

小心翼翼的。

尹澈也开始觉得冷，寒风往领子里灌进去，脖子上的那块疤又隐隐作痛。

"你做得都很好。"他强迫自己不要转移视线，"是我自己的问题，你有那么多的朋友，没必要把时间浪费在我这儿。"

蒋尧定定地看了他很久，想从他脸上找出一丝撒谎的痕迹。

却什么也没找到。

蒋尧仰起头，望着严冬的黑夜，长长地叹了口气，呼出的白雾被风吹散。

"知道了。"

接着错身而过，进了别墅。

尹澈在原地站了会儿，吸了吸鼻子，往打车的路口走。没走出多远，身后传来急促的脚步声，停在了他身旁。

蒋尧穿上了外套，背着书包，和来时一样。

"太晚了，路上不安全，我送你回去。"

尹澈微怔："不用……"

"就这一次。"蒋尧笑笑，"我刚刚把愿望改了，改成希望今晚能送你回学校，可以帮我实现吗？"

尹澈不知道还能说什么。

少年人笑得纯粹，不含一丝杂质。

不忍再拒绝了。

"……好吧。"

他们俩运气挺好，刚走到路口就遇到一辆空车，坐上去的时候九点一刻，到学校四十分钟，应该赶得上。

出租车里空调温度打得很高，吹得人困乏。

平常总是话很多的蒋尧全程都很安静，尹澈忍不住往旁边瞥了一眼，发现他闭着眼睛，似乎在小憩。

尹澈的目光转向车窗外。

司机避开了市区拥堵的路线，挑了一条高架路，一路畅通，车速飞快，一个个路灯在视野中迅速掠过。

从东城八中到西城一中，不过三十公里。但这三十公里，隔了百万人。从某种意义上来说，两个人的相遇是一种奇迹。

蒋尧是他生命里的奇迹。尹澈心想。

但他还需要另一个奇迹。

上天真的会赐予一个人两次奇迹吗？

出租车下了高架，车速放慢，拐了五六个弯后，缓缓停在了一中校门口。

司机转头："到了，现金还是……"

"嘘……"后座的男生食指抵唇。

第五章　特权

另一个男生靠着椅背，神情恬静，呼吸平缓地睡着。

蒋尧付了钱，把书包背到胸前，下车走到另一侧车门，打开门，弯下腰，将睡着的人轻手轻脚地扶出车，转身背了起来。

司机望着夜色中两个少年的背影，心中不由地感慨：青春啊……

十点还没到，宿管见他俩晚回，没说什么，这周很多学生都没回家，留在学校复习，晚上出去活动不奇怪。

蒋尧背着睡着的尹澈上了三楼，刚好遇到出来串寝的章可。

章可眼睛瞪得溜圆："他怎么了！"

"小声点。"

"哦哦哦……"章可立马压低声音，跟着他俩走，"你不是回家了吗？怎么又回来了？"

"还不是为了送他。"蒋尧颠了颠背上的人，睡得很沉，一点没被吵醒。

到了306门口，才想起没有尹澈寝室的钥匙，又不好搜身翻书包，蒋尧只能暂且把人背回自己的宿舍。

章可帮他掏出钥匙开了门，看着蒋尧将尹澈放平到床上："那你今晚睡哪儿啊？总不可能挤一张床吧？宿舍的床太小了。"

蒋尧倒是无所谓，但就怕眼睛一闭，睁不开了。

被他同桌打死了。

"你先回去吧，总有办法的，大不了我趴书桌上睡一晚。"

章可："好吧，有事再喊我。"

等章可走了，蒋尧先开足暖气，寝室里温度慢慢上去。他站在床边，左手扶着尹澈的后背，右手脱校服外套。

尹澈歪着脑袋，眉头微拧，好像梦里也有什么烦心事。

蒋尧轻轻地将他放平在自己床上，接着蹲下去，替他脱鞋，忽然在尹澈的脚踝处摸到了一样软塌塌的东西，像是绳子。

蒋尧隐约回忆起来，尹澈脚上好像是系着饰品，估计是那种从小系着保平安的红绳。

他有点好奇，把尹澈的裤脚管往上拉了拉。

确实是一条红绳。

不过编得特别难看，歪七扭八，节都打错了，有些地方绳子已经散开，毛毛糙糙的。与其说是饰品，更像是一条没编好的、被丢弃的废绳。

红绳的连接处，被人打了一个牢牢的死结。

除非剪断，否则，很难解开。

尹澈早上七点多自然醒，头昏脑胀。

他捂着额头坐起来，让自己清醒一会儿，慢慢睁开眼，迷迷蒙蒙地看着床铺。忽然发现，身上盖的被子不是自己的。再抬头，整个寝室都不是自己的。

尹澈立刻掀开被子下地。动作急了些，脑袋差点撞到上铺栏杆，动静有点大，吵醒了趴在书桌边睡觉的人。

"醒了啊……"蒋尧嗓音沙哑，眯着眼抓了抓自己的头发，撑着头看他，"睡得舒服吗？"

尹澈穿上鞋和外套："太硬了，没睡好。"

蒋尧活动了下酸麻的胳膊腿。

尹澈收拾好自己的东西，背起书包："我回去了。"

"慢走。"蒋尧插着兜看他，眼神有点古怪。

尹澈回到自己寝室，他放下书包，打算先洗个澡。

十分钟后，刚离开的人去而复返，蒋尧仍站在原地，问："怎么了？"

"给我赵诚的号码。"尹澈有些急，"我好像有东西落在别墅了。"

"什么东西？我让他帮你找。"

"一条绳子。"

"哦，具体什么颜色？什么样子？"

第五章 特权

尹澈迟疑片刻:"算了,不麻烦他了,我再回去一趟。"

"这么重要吗?"

"嗯。"尹澈扭头就走,"你让他先别离开,给我开门,我很快就过去——"

"是这条吗?"

尹澈脚步一滞,脑子里突突地跳,僵硬地缓缓转身。

蒋尧手里捏着那条剪断了的红绳,挑眉:"这个,很重要?"

尹澈咽了口唾沫,不说话。

"你解释一下这绳子怎么回事?"蒋尧沉声问,"那天我明明扔在店里了,你又回去一趟,就是去拿这个吧?你告诉我为什么?"

蒋尧又逼近了些,尹澈不自在地扭头:"因为很麻烦。"

"什么?"

"交朋友很麻烦,我的病治起来也很麻烦,也不一定治得好,未来世事难料,我们都没办法保证之后会发生什么,不如就保持距离。现在这样就挺好的。"

蒋尧听愣了:"你……就为了这种破理由?"

尹澈不耐烦地去拧身后的门把手:"破理由也是理由。"

"朋友就应该同甘苦共患难。我都说了我不在乎你的病,你自己在担心些什么?

"而且,你的病既然能治,你连尝试一下的心思都没有吗?如果真的很麻烦,再放弃也不迟啊。"

尹澈抿了抿唇:"你懂个屁。"

"我是不懂你在想些什么,我只知道如果是我,肯定会试着去治病,肯定会千方百计让自己好起来。"

蒋尧是真的生气了。

空气凝滞。

尹澈没有反应,一脸平静:"随便你怎么想,总之我们就保持现状吧,你别再想深入地了解我,说什么成为我最好的朋友,当然,如果你不想跟我做朋友了，也行，我无所谓。"

他从表情到语气都是大写的"冷酷"。

章可闻声赶来，在寝室外边敲门："怎么了啊？你俩在吵架？"

他平常周末都要睡到九十点，今天七点就被隔壁寝室的动静吵醒了，困得要命，但想到蒋尧寝室昨晚睡了其他人，他怕蒋尧不小心哪儿惹着对方导致自己"性命不保"，特意过来看看。

门内安静了一会儿。

"没吵架。"是尹澈的声音，接着传来拧门把手的声音，应该是要出来了。

章可松了口气，往后退两步，打着哈欠："哦，那就好，我回去……"

话还没说完，刚开了一道缝的门突然砰的一声被人重重关上了。

"在吵架。"蒋尧的声音很沉，透过木门，显得更闷，"我要收拾他，一会儿听到什么动静都别过来。"

咔嗒，307的门从里边上了锁。

章可在门外呆愣了半天。

谁收拾谁？

寝室就那么大点地方，蒋尧堵住门，盯着尹澈，一字一句地说："说实话，我不敢保证以后会怎么样，未来太长了，谁都说不准。

"但只要我们当一天朋友，就能多一天的快乐，或许不知不觉，就成了一辈子的好兄弟呢？就算不能，也总比你一直这么孤僻下去强吧？"

蒋尧的眼神很坚定，说明他是认真的。

奇迹不一定会发生，明天不一定会到来，但如果能像个普通人一样交个真心朋友，好像也不枉此生。

尹澈安静了很久，久到蒋尧以为自己要被拒绝了，他才张口："……如果你哪天不想跟我做朋友了，直接告诉我，不能骗我，我不接受任何理由的欺骗。"

蒋尧的眼睛瞬间亮了："你的意思是……"

"还有，如果我哪天要跟你绝交，你也别多问。你答应这两个条件，我就答应你。"

蒋尧激动了一秒，忽然觉得这个条款不对劲："等等，你不会答应我之后立刻跟我提绝交吧？这么一说真像你会干的事。"

"……滚。不答应拉倒。"

蒋尧低低地笑："答应，当然答应。"

章可在外边踱步了半天，不敢回去，彻底清醒了。

里面怎么突然没了动静？蒋尧虽然看起来人高马大的，但尹澈好像也很厉害……这俩人打架的话场面一定很……

章可越想越急，决定回寝室搬几个救兵，一起去劝架。

这时候，307 的门开了。

"蒋……"

出来的是尹澈。

章可心里一咯噔。完了完了，果然还是澈哥技高一筹，他就知道蒋尧是不可能赢的。

"蒋尧他……？"

尹澈斜他一眼，章可恍恍惚惚、颤颤巍巍地走进去，看见床上歪歪斜斜地躺着个人，脸上蒙着白被子。

章可悲恸地喊："你说你干吗这么不自量力啊！"

"吵什么？"蒋尧拉下被子，除了裤子上有几个明显的脚印之外，没有其他地方挨揍的迹象，"别打扰我，忙着呢。"

章可愣了："您这是……？"睡觉？也不像啊。

蒋尧抱紧被子，脸埋进去，深吸一口气："我在平复激动的心情。"

章可："……"

这学期的最后一周如约而至。

期末考试周，大家白天不用到教室集合，直接去考场。

上次期中考蒋尧和尹澈排名都在年级中游，分数差得不多，但这次很不巧地分在了前后两个考场。蒋尧考完一场回自己班教室，连他同桌的人影都没看见。

晚自习他们倒是遇见了，可尹澈不愿意跟他出去，看他的眼神像看不法分子："你带我出去做什么？"

"还能做什么，出去运动一下，透透气……"

"不去。"

熟悉的拒绝，熟悉的冷酷。

自从那次在宿舍双方把话聊开了，现在他们的相处模式就跟以前没什么两样了。

直到第五天所有考试考完，蒋尧陡然意识到：要放寒假了。

周五上午考完，吴国钟让所有人回教室一趟，主要提醒同学们别遗漏寒假作业，另外说了些寒假里的注意事项，以及中间返校的日期。但谁也没心思听了，一放学，各个嗓门比吴国钟还大。

"大熊！打球去？"

"好咧！走起！"

"章可！晚上'开黑'别忘了！"

"记得记得！老时间，别爽约啊！"

"姓韩的！"陈莹莹跑过来，"老吴刚说的寒假志愿者活动你去不去？我跟杨亦乐打算报名。"

韩梦："我去年参加过，就是到幼儿园跟一帮小屁孩儿玩，太折腾了……哎，蒋尧不是喜欢小孩儿吗？问问他。"

"呵，没爱心。"陈莹莹转身朝另一边喊，"蒋尧，志愿者报不报？跟小孩儿玩。"

蒋尧："不了，我家有个小孩儿要照顾。"

陈莹莹："好吧……"

第五章　特权

寝室里的行李昨晚就收拾好了，管家上午带了人来搬。其实也不多，就一个行李箱，反正只放三个星期的假，中间还要返校。但乔婉云总是操心过度，不光替他搬行李，今天还亲自来学校接他，站在高二（1）班教室后门笑着招手："小澈，妈妈来接你啦。"

其他同学都惊叹："你妈妈好漂亮！"

乔婉云听了很高兴，尹澈没阻止周围人瞎叫唤，跟着走了。

蒋尧眼睁睁地看着自己的同桌头也不回地离开，一声再见都没说。

想和一个冷酷男孩当好兄弟，真是不容易……

宿舍楼今天对外开放，全是来帮孩子收拾行李的家长，有的抱着被褥，有的提着行李。蒋尧孤苦伶仃，只能自力更生，随便往行李箱里扔了些衣服和书，拎着箱子下楼，心里悲叹着自己没人疼没人爱，一抬头，发现他"无情"的同桌正站在宿舍楼门口。

蒋尧立刻飞奔过去，带起一路风。

"你不是跟你妈走了吗？"

尹澈背着书包，酷酷地看了眼他的行李："要载你一程吗？"

"我倒是想，可你弟也在车上吧，我能坐哪儿？后备厢？还是车尾系根绳子拖着我走？"

尹澈翘起嘴角："你别理他就行。"

"本来就没理他。"蒋尧笑笑，"算了吧，今天你妈也在，我这副样子不合适，改天再见。"

"你又不是没见过她。"

"那不一样，现在我可是你最好的朋友，之前充其量只算是同桌。"

尹澈别过脸："哦，那改天见吧。"

蒋尧问："那什么……寒假可以约你出去玩吗？"

"嗯。"尹澈抿了抿唇，似乎有点纠结，"但是不能玩太晚。"

"好咧。"

理我一下

回到家，乔婉云第一件事就是给自家俩儿子拍照片，晒照片到朋友圈："儿子放寒假啦，又有的忙咯。"

尹家两位少爷长得俊是她朋友圈尽人皆知的事，她发布朋友圈刚过去几分钟就有几十个点赞、几十条评论，几乎都是夸她的儿子帅气的。

晚饭过后，乔婉云趁着送水果的机会，问："小澈，最近在学校里怎么样？跟同学相处得好吗？"

尹澈晃了晃手机："在聊。"

乔婉云很惊喜："真的？妈妈能看吗？"

尹澈看了眼聊天记录，没什么不能看的，就把手机递了过去。

乔婉云以为是某一个同学在和儿子聊天，结果是一群同学。

韩梦："这面膜效果还不错，陈莹莹，班长，你要吗？给你寄点，别总这么糙。"

陈莹莹："我天生丽质，不需要。"

郭志雄："真这么好用？能变白吗？能的话给我寄点。"

章可："大熊你怎么了？你要做精致的'熊熊'男孩了？"

郭志雄："有人说我有点黑……想趁这个寒假变白一点儿。"

韩梦："要美白，涂防晒，还有少晒太阳。你天天出去打篮球，不黑才怪。我这面膜能美白，但不可能几个星期就让你白得很明显。"

郭志雄："那有没有什么快速美白的方法啊？你不是最懂这些了吗？快教教我。"

韩梦："快速美白的东西一般都会伤皮肤，劝你慎用，其他方法……我也不太清楚，替你问一下咱们班最白的，澈哥，求在线教学！"

蒋尧："他天生的。"

韩梦："又没问你！"

乔婉云看这些年轻人的聊天看得津津有味，直到翻到她儿子回的两个字："刷漆。"

244

第五章 特权

"小澈……"乔婉云哭笑不得,"你这么回不太好吧?"

"没关系,他们不介意。"

乔婉云接着看下去,又有几条新信息。

郭志雄:"你也太狠了……"

蒋尧:"他回你就不错了,他都没回我的私聊,你就'跪安'吧。"

章可:"什么什么?你俩有什么小秘密需要私聊?"

蒋尧:"你都说了是小秘密,怎么能告诉你?"

乔婉云看这名字有点眼熟,稍加回忆,想起来了:"蒋尧是你那个同桌?他在群里说他私聊你了,你没回他。"

尹澈一愣,伸出手:"他可能是刚发的,我没看见。"

乔婉云把手机还回去:"看你跟同学关系这么好,妈妈就放心了。"

"嗯,是挺好的。"尹澈心不在焉地回。

"你也快成年了……"乔婉云斟酌了下措辞,"是不是……可以开始了?"

"开始什么?"

"积极配合冯医生治疗。"

虽然尹澈每次都会按时去冯医生那里治疗,但是乔婉云也从冯医生那里了解到,"积极治疗"只是尹澈表面展现出的形象,其实他内心没有抱有多大的希望。

"我会的,您别操心。"

乔婉云舒了口气,很欣慰:"那就好……妈妈以为你对这件事还是很抗拒,一直不敢提这事。看来冯医生的治疗有效果,改天好好答谢他。"

跟冯医生没什么关系。尹澈想说,他到现在依然对能够治好这个病不抱有任何希望。

理我一下

等乔婉云走出去关上门，群里已经聊完三四个话题了，现在正在聊寒假作业的事。

尹澈切出群聊，看见蒋尧给他发的信息，不止一条——

"在干吗？"

"一个人在家，好无聊……点了外卖。"

"但我会做饭，如果你来我家，我亲自给你做。"

"怎么不回我啊，回家了就不理你同桌了？"

"回个数字也行啊……"

尹澈发了个"1"过去。

过了十几秒，蒋尧发来一段语音，声音含笑："让你发数字你就真的发啊？我也太卑微了，我是你充话费送的便宜同桌？能不能对我多点关爱？"

尹澈坐到床上，往腰后垫了个抱枕，调整到最舒服的姿势后，拨了一通视频电话过去。

"开门，送关爱。"

蒋尧的脸出现在屏幕里，似乎刚洗完澡，头发还湿着，清爽帅气得像少女漫画里的男主。

"天哪，受宠若惊啊！"

屏幕突然黑了。

像上次一样，通话时间还在变化。

"给我5秒！"

"……我挂了。"

"别别别！"屏幕又亮了，蒋尧的脸又重新出现在屏幕里，"什么时候可以找你玩？明天行吗？"

"明天不行。"

"好吧。"蒋尧停顿了一会儿，又问，"为什么不行？"

尹澈本来没打算说，但既然他问了，说出来也没什么："去治病。"

第五章 特权

蒋尧眼里明显闪过惊喜的光,然而立即又担心了:"治这个病会不会很痛苦?如果很痛苦,就别治了。"

尹澈"嗯"了声。

不介意归不介意,但如果能治好的话,蒋尧肯定会很高兴,刚才他的眼神说明了一切。

"等你有空了给我发个消息,我随时待命。"蒋尧拿毛巾擦着头发,"没空出来的话聊聊天也行。"

"尽量吧。"尹澈看了他一会儿,"你的手绳呢?"

蒋尧手腕上空空荡荡。

"解下来洗了洗,晾着呢。"

"凭什么你的能解开?"尹澈动了动脚,"给我打个死结?"

蒋尧剪掉尹澈脚踝上的红绳后,当天赶制出了一条新的红绳,比之前那条像模像样多了。

尹澈切回前置摄像头:"还有事吗?没事我挂了。"

"没事了,早点睡吧。"

"好,晚安。"

"晚安。"

第六章

第一

放寒假第一天。

尹澈去了趟市医院，到傍晚才回来，一进客厅，早已等候多时的乔婉云立刻拉着他问："怎么样？冯医生怎么说？"

尹澈把围巾挂好，脸上平平淡淡的："挺好，说是有希望。"

乔婉云听了激动得不行："真的？太好了，有希望就好，花多少钱都没问题，让冯医生放手去治。"

坐在沙发上的尹泽不停地按着遥控器，一个满意的节目都没有："治了这么久才有希望，亏那个冯医生还是顶尖专家。"

"小泽，怎么说话呢？"乔婉云低斥。

"本来就是。"

尹权泰皱眉问："他具体怎么说的？你可别骗我们。"

乔婉云推了他一下，轻声说："干吗这么凶？"

尹权泰："我没凶，他不让我们跟着去，冯医生那儿也说尊重尹澈的想法才能让他积极配合治疗。他说什么就是什么，我们难道没有知情权吗？万一他为了不让我们担心，故意骗我们怎么办？"

尹权泰以前是知名律师，虽然现在退居幕后当老板了，但过人的直觉依然在，总觉得事情没那么顺利。

治了快十年的病，心理疗法和药物疗法都试过了，毫无起色。本打算放弃了，就让自家儿子这样生活吧，不折腾了，谁知前阵子冯医生忽然得到消息，说国外有个类似病例治好了，可以参考那个人的方案来治疗，他们夫妻俩立即重燃希望。

但冷静下来仔细想想，万一治疗过程很痛苦呢？万一过程中存在危险呢？

如果尹澈不愿说，他们做家长的岂不是对儿子的病情一知半解？想到这些心里难免忐忑。

"爸，你放心，我没骗你们，真的有希望治好。"尹澈坐到沙发上，挨着他爸，"今天先是第一阶段的心理治疗，挺轻松，你们去了也只不过是在外面干等着，没必要。"

尹泽："不就是应激症嘛，还分几个阶段治？我看网上治愈的人一大把。那个冯医生到底行不行？沽名钓誉吧。"

乔婉云："小泽，你哥的病有点复杂，没你想的那么简单，冯医生已经尽力了。"

尹泽扔了遥控器："能复杂到哪儿去？就算治不好又能怎样？干吗一定要治这治那地折腾？"

尹权泰拍了桌子，脸色很难看："对你哥尊重点。"

尹泽本来只是不屑，听到这句话后当即炸了："我为什么要尊重他？要不是他当初撇下我不管，会变成现在这副样子？"

"闭嘴，你——"

"爸。"尹澈扯了扯他爸的衣角，"别说了，阿泽是关心我，不想看我折腾。"

"谁关心你了？自作多情。"尹泽噌地一下站起来，怒气冲冲地上了楼。

每次争吵都是这样的结局。

乔婉云叹气："这孩子，什么时候才能长大……"

父母总是希望孩子懂事、听话、省心，然而叛逆期的孩子总是背道而驰。

"还好小澈懂事，从来不让我们操心。"

尹澈垂着眼："嗯。"

尹权泰接着问了一些细节，他一一答了，尹权泰才终于相信这病确实有希望治好，稍稍放下了心。

本以为对付完他爸就够了，结果晚上，又收到了来自同桌的审问：

"这病真能治好？真的不痛苦？你没骗我？"

"不信拉倒。"尹澈站在卧室的阳台上，看见楼下花园里的园丁正在修剪蜡梅的枝条，挂上火红的小灯笼。

还有两天就过年了。

"乐观估计，确实可以通过这种方式治愈。"冯医生说这话的时候，是皱着眉的。

"那保守估计呢？"

"不好说，你的情况比那个治愈病例复杂很多。"冯医生拿出那个病例的资料，上面写满了批注，显然认真研究过，"虽然你们都是受外部刺激导致的应激障碍症，但他只是小时候溺水而已。这次他又溺水，强烈的求生欲刺激了身体的各个机能，误打误撞之下，克服了心里的恐惧，所以简单来说，要想治好，心理因素非常重要，然后是重现外部刺激。需要你去回忆曾经的伤痛经历，你要做好心理准备……"

"那就试试吧。"

"你确定？"

"嗯。"

"这可能会让你有很大压力。"

"没事的，我可以承受。"

这个海口夸得有点大，尹澈心想。他也不知道自己究竟有没有做好准备，但倘若不趁着这一腔莽夫勇去试试，以后可能不会再有勇气了。

如果能治好，明年这时候就和大家一起过年。如果不能……那也没办法。

本来就是过一天算一天的日子。

蒋尧的脸在屏幕里乱晃，看得眼晕。

"你干什么？"

"我去书房，你等等。"电话里传来噔噔噔上楼的声音，过了一会儿，画面稳了，手机应该是被支在了桌上。

蒋尧拿了本小本子，提着笔问："有什么注意事项吗？"

尹澈看着他身后书柜里的一排排英文原著，想起曾经电闪雷鸣那一晚，给这人抽背英语单词的事，有些出神："啊？"

"治疗的注意事项。"蒋尧用笔敲了敲桌子，提醒他回神，"比如是不是要多睡觉？忌不忌辛辣？需要吃药吗？一天几次？"

尹澈收回目光："你问这个干什么？"

"帮你记着啊，朋友该做的，别客气。"

冬日的晚风拂面而过，本该是冷的，却不觉得冷，甚至有些暖。

"没什么需要注意的，照常过就行了。"尹澈转了个身，靠在阳台栏杆上，把手机稍稍举高，让花园里挂起的灯笼出镜，"好看吗？"

"好看。"

"明年邀请你来我家看。"

花园里的灯笼全都挂上了，红彤彤的一片，映得他眼睛也泛红，像兔子一样。

"蒋尧，你知道的，我没什么朋友，能交心的，只有你一个。"

蒋尧："……"

屏幕又黑了，这次是真的挂断了。

尹澈以为是信号不好，正要问，对话框弹出几条新消息。

"你绝对故意的。"

"去洗个澡，待会儿再聊。"

奇奇怪怪，不知道在说些什么东西。

尹澈回了句"有病一起治，别憋着"，接着看了会儿自己发出去的信息，忽然有种很神奇的感觉。

以前闭口不谈的事，现在居然能拿来开玩笑了。朝前跨出这一步，把过去留在过去，原来没想象中那么难。

只是少个人拉他一把而已。

大年三十。

尹家的过年气氛很浓，不光花园里装点着灯笼，客厅里也焕然一新。

"新年新气象嘛。"乔婉云坚持要自己贴对联，搬了个椅子站在门口，往顶上贴"岁岁平安"的横批。

尹泽给她扶着椅子："每年都贴这句话，哪里新气象了？"

这些装饰白天看着花里胡哨，但到了晚上，屋外的红灯笼亮起，屋内的电视开始播放春节联欢晚会，年味便逐渐从一片红彤彤金灿灿里透出来了。

吃完年夜饭，一家四口坐在客厅里看小品，画面和谐美满，也算是尹家一年中难得一见的场景。

父母辈看春晚，一般是真的为了看节目，而年轻人看春晚，可能只是为了跟上大家聊天的话题。

高二（1）班班群内消息不断，手机不停地振，尹澈一打开就看见章可在抱怨节目：

"刚刚这个梗也太老了，尴尬得我脚趾蜷缩。"

韩梦："你这个梗也不新啊。"

郭志雄："啥？刚刚那是个梗？什么意思？"

章可："大熊你是'2G冲浪'吧？"

郭志雄："不啊，我网络是4G的。"

章可："聊不下去了，我太'南'了。"

郭志雄还在追问为什么是"南"而不是"难"，群里啪地一下跳出个红包。

陈莹莹："大家新年快乐！"

群里立刻被"谢谢班长！""陈姐阔绰！""新年快乐！"等等消息刷屏。

尹澈也随手点了下，十二块五毛钱，还挺大。然而往下一看，其他人都是几毛几分。

看来他是运气王。

陈莹莹:"我就发了二十块,你这是什么手气?"

章可:"发红包发红包!"

其他人也跟着起哄:"分我们一点好运!"

尹澈手机里没钱,就刚刚抢的十二块五毛钱,有点发不出手,只好问:"妈,能给我转点钱吗?"

"好啊,你要多少?"

尹澈想了想:"五十块吧。"

发多了也不好,怕同学以为他炫富。

"这么点钱能买什么呀?给你转五百。"

"不用,我就给同学们发个红包。"

乔婉云惊讶:"你给同学发红包?"

旁边的尹泽"哼"了声:"同学敢收你的红包吗?"

"同学让我发的。"

"他们问你要钱你就给?"

尹澈不想再争辩,对乔婉云说:"那就五百吧。"

钱一到账,他先给尹泽发了个两百的最大红包:"阿泽,别生气。"

尹泽正在刷手机,显然看到了消息弹窗,但视若无睹。

尹澈无可奈何,接着往班级群里发了个五十块钱的红包。

都是十几岁的学生,对金钱没有特别强烈的追求,抢到几毛几分也开心。尹澈发的红包比较大,好多人抢到了一块以上,立刻多了一群发表情包的人。

所有红包抢完,手气最旺的是韩梦,抢到了十六块:"哎,我运气就是这么好,真是不给你们留活路。"

陈莹莹:"少臭美,老规矩,运气王发红包。"

"没问题。"

韩梦立刻发了一个,但不是拼手气红包,指定了收红包的人:

理我一下

"班长请笑纳。"

章可："哎哟……拿澈哥的钱拍班长马屁？"

韩梦："急什么？还有呢。"

群里又开始新一轮抢红包大战，尹澈却抢不了。

"你解释一下为什么你的红包我只抢到一分钱？"蒋尧有时候特别幼稚，特别斤斤计较，"同桌是不是应该拥有专属红包？"

尹澈："你已经是个成年人了，应该学会自力更生了。"

蒋尧不依不饶："同桌还给你寄新年礼物了，他不配拥有回礼吗？"

还好意思提礼物。

前天蒋尧洗完澡，执意问他要地址，说是有精心准备的礼物寄给他。他一时心软，就给了。

同城快递，隔天就到。

收到礼物之前，尹澈把各个价位的回礼想了一遍，直到从快递员手里接过薄薄的一份文件袋时，隐约觉得自己高估了他。

打开文件袋，果不其然。

蒋尧就送了他一张纸。边缘撕得毛毛糙糙，纸上画了两个火柴人，火柴人身上写了名字，手牵着手。

愿我们的友谊天长地久！

纸上还写了这么一句话。

尹澈对他脸皮的厚度叹为观止。

蒋尧又问："阿姨叔叔睡了吗？"

"没呢，在看春晚，怎么？"

"视频聊会儿，等他们睡了跟我说一声。"

"知道了。"

乔婉云想问发红包的钱够不够，一转头："小澈，什么事这么开心?"

尹澈没意识到自己在笑,愣了下:"啊,在跟同学聊天。"

乔婉云听了很高兴,给自己丈夫递去一个眼神,尹权泰会意:"嗯,是要跟同学多聊聊。"

他们俩睡得早,春晚看到十点多,便回房睡了,倒是尹泽迟迟不走,但也没在看电视,低着头刷手机。

"你还看吗?"尹澈问他。

不问还好,一问尹泽就站了起来:"不看,有什么好看的?我也跟我同学聊天去了。"

"也"字念得很重,赌气似的。

尹澈拿他没辙,关了电视和客厅的灯,回到自己卧室,给蒋尧发去消息:"我爸妈睡了。"

尹澈想了想,又发了条:"你妹妹跟你吵过架吗?怎么哄?"

他成功把跟朋友聊天,变成了跟同学请教家庭问题,很正经,很严肃。

蒋尧没回,不是一两分钟没回,而是一个小时都没回。

尹澈等得都困了,躺在床上半阖着眼,看见墙上的钟显示现在十一点半。

他估计蒋尧应该是睡了,也不想等了,把手机往床头一扔,关灯睡觉。

窗外隐约传来人群的声音。

尹家位于靠近市中心的繁华地段,闹中取静,绿化隔音做得不错,平时不太听到城市的喧嚣。但像除夕这种重要时刻,市中心的各大广场上聚满了倒数跨年的人,隔了几条街也挡不住那些兴奋的庆贺声。

尹澈翻了个身,睡不着。

除了人声,还有车流拥堵的鸣笛声,甚至机车的轰鸣声,嘈杂得很。反正只剩半小时了,不如熬一熬,跨个年。他重新开灯,拿过手机。

班级群里聊到现在,他刚躺下时把群屏蔽了,就这么几分钟的时间,已经多了几百条消息。

大家一边抱怨春晚节目无聊,一边发红包,抢红包,抢到了再发出去,玩得不亦乐乎。

这个年纪的少年,快乐如此简单。

尹澈往上翻了翻,没看到蒋尧的名字,看来是真的睡了。

离零点还差二十分钟,想不出什么煽情的祝福语,他就编辑了一条"新年快乐",等着零点到来。

刚打出句号,来了个电话。

蒋尧的。

"没睡?在等我吗?"

尹澈:"等……傻瓜。"

蒋尧:"那就是等我了。"

尹澈:"……"

"你不是问我怎么哄人吗?就是脸皮厚一点,嘴巴甜一点。"

尹澈:"不是人人都像你一样脸皮厚。"

"脸皮厚怎么了?管用就行。"

尹澈笑出了声:"你同桌托我问你,你刚刚干什么去了?是不是睡着了?"

蒋尧突然挂了电话,发了条语音过来,声音夹杂着风与人群的欢呼。

"我不告诉你,让他出来,我当面告诉他。"

尹澈愣住。

反应过来之后,尹澈飞速套上几件衣服,冲下楼,冲出门。

尹家离住宅区的大门不远,跑三分钟便到。大门正对着一片商业区,LED 大屏隔了条街也能看得很清楚,正在实时转播春晚,广场上人群簇拥,欢声鼎沸。

第六章 第一

尹澈跑得气息不匀,喘出的白雾飘散于夜风中,朝着某个方向而去。

他心有灵犀般地,也朝那个方向望——

马路边上,一人戴着头盔,靠在机车上,支着长腿,踏着双马丁皮靴,飒爽狂野。

尹澈走过去,直走到那人跟前,忽然回神,往后退了步。

万一认错……

这时,那人将头盔取下,甩了甩头发。

刘海修剪到了眉毛以上,从锅盖变成了侧分,露出一张英气不羁的脸,嚣张地冲他挑眉:

"退什么?几天没见,不认得你同桌了?"

蒋尧语气太狂,狂得他一时不知从哪儿揶揄起。

"你怎么来了?"

"你这反应让我好没成就感啊。"蒋尧放下头盔,"我开机车找你跨年,你不应该是'哇!你好酷!'这样吗?"

尹澈:"你觉得可能吗?"

蒋尧:"我也觉得不太可能。"

尹澈:"那你说什么。"

蒋尧笑了笑:"逗你玩儿……"

街上依旧车水马龙,有一段路被过街的人群堵住了,车子只能慢慢地往前开,等着交警疏通。偶尔有车主百无聊赖地扫过街边,看见一个个一起相约跨年的年轻人,不由地感叹:年轻真好啊……

尹澈出来得急,在睡衣外面套了件厚厚的长款羽绒服,看上去蓬松柔软,还很温暖,像一团刚晒过太阳的云。

"你确实,真的很像只胖兔子。"

尹澈看向蒋尧身后的机车:"谁的车?你有证吗?"

"我爸送我的生日礼物,跟你说过的。证当然有,否则这会儿咱们就是警察局里见了。"

蒋尧让开道，给他展示车的全貌："酷不酷？想不想坐？"

男生对这种硬核机械大多没什么抵抗力，尹澈很坦诚地说："想。"

他以为蒋尧这就要带他去兜一圈了，结果蒋尧笑了笑，说："改天，今天太晚了，有点危险。"

"而且今天冷，容易着凉。"

尹澈看着他低垂的睫毛，认真的神色，忽然觉得很庆幸。

有这样的朋友，他的高中生涯，已经值了。

零点将近，广场上的人们的情绪逐渐上涨，热闹非凡。

他们俩靠着机车，看着大屏幕上，春晚主持人正在竭力地拖时间，串词一句接着一句，不带重样。

"我的新发型帅吗？"蒋尧捻着自己的刘海发梢，"视野突然清晰了，有点不习惯。"

尹澈侧目，其实不用他评判，从他们面前走过去的路人，眼睛都往这儿瞄。

"你开学怎么办？再变装回去吗？"

蒋尧摇头："没必要了，上次那个潘辉已经把消息泄露出去了，现在东城的都知道我在一中，伪不伪装都一样。"

尹澈思忖片刻，还是问出了那个疑惑了很久的问题："蒋尧，你为什么要转学？"

蒋尧的手顿住。

"怎么说呢，这是一段很复杂的心路历程……"他望向夜空，沉默几秒，叹气，"唉，其实也不复杂。"

他以前自视过高，以为自己很强，能摆平一切，不把人放在眼里，结果得罪的人越来越多，他也没往心里去。直到某天，一伙在他面前吃了亏的人，打听到了他妹妹就读的小学，趁着小学搞开放日活动，穿上借来的校服，装作家属混了进去。

汪小柔听他们说是哥哥的朋友，没起疑，跟着走了。要不是在校门口恰好遇到来参加活动的他爸，不知道会酿成怎样的大祸。

"我爸把我骂得狗血淋头。"蒋尧说完，自嘲道，"我也觉得自己欠骂，整天一副牛哄哄的样子，以为自己已经强到能保护身边所有人了，结果身边人却因为我而差点被伤害。

"不光是我妹，赵诚也因为跟我要好，经常在路上被人找麻烦。我以为替他报仇就是英雄，后来才意识到，如果没有我，他根本不会被人找麻烦。"

蒋尧再叹气。

"我就是东城的祸害，所以我走了。"

尹澈听完，安安静静的，没表态。

蒋尧心里有点没底，抓了抓头发："我不该跟你说这些……显得我很怂，一点也不帅了。"

"不会。"尹澈呵出一口白雾，翘起嘴角，"我觉得你很帅。"

蒋尧怔了半天："你不觉得我这样很像逃兵吗？"

尹澈："你怎么会是逃兵？你敢承认错误，敢担起责任，你比很多人都勇敢。"

蒋尧笑了笑："也不用因为我是你同桌就这么捧我。"

"没跟你开玩笑。你想想王鹏辉，还有荣炜。不是人人都能承认自己犯了错的，有些人甚至不觉得自己错了。"

蒋尧摸摸鼻子，望望天。

倒计时结束的那一秒，广场上人群的欢呼声达到了顶峰，沸腾不息。人们互相庆贺，互相拥抱，没有人注意到对面街边，有两个少年人靠在一辆摩托车上，看着天空中绽放的烟花。

"新年快乐。"蒋尧笑着望着尹澈，"我第一句新年祝福是对你说的。"

"新年快乐。"尹澈声音很轻，"我只对你说了。"

三个星期的寒假转瞬即逝，大家还没休息够，又到了开学报到的日子。

中间返校领过一次成绩单，导致许多人这个年都没过好，被父母逼迫着去了补习班。加上繁重的寒假作业，这个假等于没放。

"尹澈，数学作业……"杨亦乐一大早就在兢兢业业地收作业。

尹澈指了指前面正奋笔疾书的章可。

杨亦乐无奈，又问："那蒋尧呢？他来了吗？"

"还没来，他昨晚请假了，今早来。"

蒋尧这个寒假除了来西城找他，只出现在高二（1）班的班级群里，返校那天去机场接妹妹没来，寒假期间同学聚会也没去，昨晚住宿生回校更是不见他的人影。

章可纳闷了："蒋尧这是考得多差啊，整个儿人间消失了。"

陈莹莹："你以为人人都跟你一样啊，说不定人家在埋头苦读呢。"

章可想象了下画面："不可能，蒋尧应该跟我一样有自知之明，知道这辈子再怎么努力也就是条咸鱼了。"

陈莹莹："别背后说人家坏话，补你的作业去。"

"我这是实话实……哎哟！"

陈莹莹吓了一跳，拿本子打他："你干吗？一惊一乍的。"

章可瞪大眼指着教室窗外："外面好帅一男的！"

不光是他，高二（1）班其他同学和走廊上路过的学生都看见了那个帅哥，瞬间引发轰动。

"这是谁？哪个班的？我居然没见过！"章可不可思议，扔了笔，伸长脖子往外瞅，"我们学校有这么帅的人吗？？我怎么会不知道？"

他越看越觉得不对劲，这脸、这身高……怎么有点熟悉？

那人从高二（1）班前门走到后门，像有顶聚光灯打在他身上，一路备受瞩目。

然后他拐了个弯，从后门进了高二（1）班的教室。

韩梦手里的小镜子啪嗒一声掉在桌上，裂开好几道缝："我的天……"

只有尹澈一个人淡定如常,看着那人放下书包,拉开身旁的座位坐下。

"早啊。"蒋尧朝他笑了笑,接着转头,朝全班同学以及在门外围观的别班同学也笑了笑,"看什么?没见过帅哥吗?"

高二(1)班的同学一整天都不得安宁。

先是一大早全班惊叫,引来了正在教学楼里巡逻的"张教主",导致全班同学被劈头盖脸地教育了一通,接着是各科老师轮番惊讶,再是课间被其他班的学生像参观动物园似的围观,直到晚自习,高二(1)班走廊外仍有不少学生在徘徊。

"那个,就是最后排那个,帅不帅?"

"天哪,他们班新转来的?"

"不是,上学期就转来了,去年运动会跑得很快的那个,记得吗?"

"有点印象……叫什么来着?"

"蒋尧。"

…………

几个人还好,一群人在外边议论,声音压得再低也很吵。

陈莹莹走到门外去赶人:"别看了别看了,我们同学换个发型而已,没整容,麻烦各位不要相信谣言。"

蒋尧抬起头望过去,外边围观的人一齐倒吸气。

"还有这种谣言?不至于吧……我觉得差别不大啊,我以前不也挺帅?"

尹澈冷笑:"你清醒一点。"

周浩亮转过身来:"你哪家理发店做的造型?介绍一下吧。"

章可:"说好的'咸鱼'兄弟一起走,你却偷偷剪了头。"

郭志雄:"请你以后离我远点,我怕学妹们看见你就不理我了。"

蒋尧："我跟以前区别真的那么大？"

周浩亮："说实话，要不是寒假太短，我真以为你整了容。"

章可："我甚至怀疑你换了头。"

蒋尧："……"

陈莹莹赶走了外班围观的学生，回到教室，接着赶自己班的："你们看耍猴呢？人家蒋尧换个造型怎么了？用得着这么大惊小怪吗？"

章可："班长，你居然不震惊？他现在可比'校草'尹泽还帅啊。"

蒋尧竖起大拇指："不愧是班长，理智、大气。"

陈莹莹一甩马尾辫："'校草'就是个名号而已，不用太当回事儿。"

章可暗戳戳地指了指某个位置："班长你可别说了，有的人可在乎了。"

几个人往右边一看。

韩梦正照着破碎的小镜子，顾影自怜："我怎么这么惨……"

蒋尧："干什么呢，老韩？"

"你，别跟我说话。"韩梦怒喝，"我好不容易快把尹泽比下去了，你又是从哪儿冒出来的？！"

陈莹莹："你什么时候快把尹泽比下去了？"

章可小声："他自己总那么觉得。"

韩梦合上镜子，一脸哀痛："以后不要叫我韩梦了，我，不配拥有梦。"

尹澈想了想："那叫你什么，韩不配？"

韩梦："……"

章可憋笑憋得肩膀剧烈颤抖："韩不配，我笑到劈叉……"

郭志雄也抖："这话也就他敢说……"

"你怎么能这样对我！"韩梦差点泪洒教室。

尹澈也不是有意嘲讽，看他一副伤心欲绝的样子，安慰道："韩梦,其实你也挺帅的。"

韩梦眼睛一亮:"真的？"

某人声音一沉:"真的？"

尹澈点头:"起码你以前比他帅。"

都说新学期新气象,但实际上除了高二（1）班那个突然改头换面、人气猛蹿的蒋某人,所有人还是老样子。

"张教主"每天依然兢兢业业地在校门口抓迟到的人,但再也没抓到过某个刘海快遮住眼的"非主流"学生。

为了配合同桌的作息时间,蒋尧现在每天都起很早。一起去食堂吃早饭,一起走到教学楼,一起上早读。

体育课,自由活动时间。

这学期体育课安排没变,高二（1）班仍旧和高二（3）班一起上。

今天来篮球场围观的学生格外多,不光是看打篮球的尹泽,还看坐在篮球场边上的两位帅哥。

"大家热情的目光让我有点不好意思。"韩梦一甩头发,"唉,帅哥的苦恼。"

陈莹莹:"你醒醒吧,他们在看你右边的两位。"

蒋尧没上场,依旧懒懒散散地坐在休息椅上,跟他同桌聊天,聊寒假里辅导汪小柔做那些幼稚题目有多痛苦。尹澈听笑了,眼睛弯弯的,好看得过分。

周围有意无意往他们这儿偷瞄的男生女生,都有些挪不开眼。

别说外班的,连已经差不多习惯蒋尧新造型的高二（1）班同学也觉得,这两人的颜值加在一起,无敌了。

"……就这种傻瓜题目,我爸也会做,非要我来教。"蒋尧叹气。

正说得好好的,忽然,一个球从场上飞速砸来,直冲他的脸。

蒋尧偏头,破空而来的篮球擦着他的脸颊飞过,劲厉的风扬起他的发丝,篮球砸在了蒋尧身后的铁丝网上。

韩梦噌地一下站起:"干吗呢干吗呢?挑衅啊?"

尹泽站在不远处的篮球架下,望着这边:"我又没砸你,叫唤什么?"

他倒是很痛快地承认了,是故意砸的。

蒋尧捡起球,随手扔回去:"不管你是想挑衅还是怎么的,我都懒得理你,我跟你哥聊得正开心呢。"

尹泽确认了,蒋尧这人,天生让他愤怒。

"打个球而已,你不会厌了吧?"他接到球,用中指顶着,转了起来。

围观群众立刻兴奋了。

这个热闹怎么能不凑?

蒋尧歪过身子,肩膀碰了碰尹澈:"请示一下,我可以虐你的臭弟弟吗?"

"你……别伤他自尊。"

"这有点考验演技,是不是该给我报酬?"

"你要什么?"

蒋尧低声说了句话。

尹澈无情拒绝:"你想得美。"

尹泽看他俩旁若无人地讲悄悄话,磨了磨后槽牙:"我数到三,你要是不敢上场,就代表你……"

蒋尧:"你不答应我就去虐你弟了啊,保证让他留下心理阴影,此生不想再打篮球。"

"一!"

尹澈:"知道了。"

"二!"

蒋尧站了起来。

高二(1)班同学瞬间沸腾,速速跑到篮球场边占好位置,热情鼓掌呐喊:

"尧哥无敌！"

"尧哥上啊！"

"给我们争口气！"

高二（3）班同学围在另外一边，也帮自己班同学助威：

"尹泽加油！"

"拿出你的实力！"

"打败他！"

蒋尧拉下校服拉链，脱了外套，扔到尹澈腿上："帮哥拿着。"

他里面穿了件黑色毛衣，修身款，身形挺拔，飒得很。

一对一比赛，谁先进五个球谁就赢。

章可把拇指和食指放在嘴边，假装口哨："预备——开始！"

蒋尧瞬间爆发，飓风般冲向前方。

尹泽原本在运球，正要冲刺，愣了下，手里的球就没了。下一秒，身后传来篮球入筐、落地的声音。

截球、投球、三分命中，一气呵成，漂亮利落得没有一丝破绽。

场上鸦雀无声了半秒。

"天哪，好帅啊！"高二（1）班同学的热情被点燃了！

章可激动地摇晃韩梦："我就知道他隐藏了实力！他没整容没换头！他本来就很强！"

韩梦被摇得头晕目眩，骂骂咧咧："我还以为终于遇到同类了，结果又是个肌肉猛男。"

郭志雄："我们班篮球赛有希望了！我再也不用孤军奋战了！"

高二（3）班那边则沉默许多，本来经过上次一千米测试，他们以为尹泽在运动方面绝对可以胜过蒋尧，然而从眼下情况来看，似乎很不妙。

"1∶0而已，别灰心。"蒋尧拍拍尹泽的肩，"你实力还是不错的，弟弟。"

尹泽甩开他的手："滚！"

理我一下

比赛继续进行。

尹泽提高了警惕，不敢再轻敌。他本身实力不弱，去年还拿了一中篮球赛的最佳球员。

但蒋尧的打法太野了，冲过来的架势像是要揍人，把围观群众搞得提心吊胆，生怕他没及时刹住，抄球的手一拳砸到尹泽脸上。

好在尽管攻势猛烈，蒋尧在技术上似乎存在些小破绽，尹泽瞅准了机会，运球突破防守，投出三个球，一个被盖掉，两个进了。

2:2，两人旗鼓相当，来到了赛点。

双方啦啦队都拼了命地喊加油，这已经不仅仅是他们俩之间的比赛了，关乎整个班的荣誉。

蒋尧示意高二（1）班同学安静："友谊第一，比赛第二。这位弟弟，只是'中二'。"

尹泽把球往地上狠狠一砸："去你的友谊！"

一分钟后。

最后一个球在空中划过一道优美的抛物线，稳稳入筐。

"啊啊啊！蒋尧太强了！服不服！就问你们服不服！！"

尹泽输得不算难看，高二（3）班的同学觉得他只是运气不好，纷纷撑回去："碰巧而已！有什么了不起！"

"有本事篮球赛上见！"

"对啊，只靠一个人算什么本事？你们班今年篮球赛肯定第一个出局！"

蒋尧把球捡回来，递给某位拳头攥得死紧的弟弟："运气好而已，下次再比。"

尹泽愤愤地剜了他一眼，又瞪向站在场边的尹澈："篮球赛上等着瞧！"

这时，体育老师吹响了哨子，让同学们去集合，两个班的学生就地解散，各回各班。

"我演得还行吗？"蒋尧跟在同学们后边，慢悠悠地走向集合地点,"人生第一次打假球,真难。"

尹澈仍记挂着生气的尹泽,有点心不在焉:"嗯,还行。"

蒋尧提醒他:"别忘了我们的约定。"

体育课上的巅峰对决到晚上就传遍了整个年级,学校贴吧议论不断。

韩梦晚上刷贴吧,感叹了一整夜,痛下决心,为了提升在学校的人气,从此撕下自己"精致男孩"的标签,加入"汗臭男孩"的队伍,做一个热爱运动的铁血真硬汉。

一大早,还不到六点,他就怀着满腔的热血,打算去隔壁307约蒋尧一起晨跑。

敲了两下门,没人应。韩梦叫了几声也没答复,试着拧了下门把手,没锁。

反正都是男生,没什么好避讳的,他直接打开门大步走了进去,中气十足地喊:"从今天起,我——我……"

狭窄的宿舍床上躺着尹澈,而蒋尧四仰八叉躺在地上。

韩梦傻眼:"你……你……""你"了半天没蹦出下个字来。

307宿舍。

两个高大的男生规规矩矩地站在床前,低着头。

尹澈坐在床上,目光从左边扫到右边:"知错了吗?"

蒋尧忏悔:"知错了。"

"哪里错了?"

"说好的困了就回去睡觉,结果你睡着了我没叫醒你。"

韩梦:"等等,为什么我也站着?我做错了啥?"

尹澈:"你自己要一起站的。"

韩梦如梦初醒:"我刚刚看你表情太吓人,我怕被打……"韩梦站起来,恍恍惚惚,"你们俩到底怎么回事?"

蒋尧:"昨晚我们一起探讨作业,做到很晚,他趴桌上睡着了我就把他移床上了。"

韩梦扶着额头,深吸一口气:"你这寝室乱得跟猪窝似的,尹澈会愿意留在这儿过夜?"

蒋尧:"我俩关系好不行啊?"

韩梦无语,一大早遇到这么奇怪的事情,让他早已丧失对晨练的热情,又说了几句话之后,去食堂吃早饭了。

尹澈看了他一会儿,说:"我不会再来你的寝室写作业了,你寝室太乱了。之后还是去我的宿舍做作业。"

一眨眼就到了周五。

学校贴吧里关于蒋尧的热议帖数量骤降,据说是吧主看刷屏太多,限制了帖子数量,专门盖了一栋楼让大家讨论。楼里问得最多的,就是蒋尧的动态。

有知情者说:"他上学期好像和白语薇走得挺近的。"

有更知情者回:"白语薇现在好像和尹泽走得挺近的。"

有人问:"蒋尧的同桌不是尹澈吗?他们俩关系好像还不错欸。"

有个小号非常努力地刷了十几条:"那当然,他俩是好兄弟!他俩是好兄弟!"

……

蒋尧走在去校门口的路上,一路接收来自四面八方的注目礼。尹澈不动声色地往前快走了两步,与他拉开距离。

然而很快被蒋尧追上:"干吗走这么快?"

"不想跟你一起招摇过市。"

蒋尧拽着他的书包背带将他扯回来:"这些人里有一半是在看你好吗?你的威名可比我大多了。"

这时,白语薇恰好从行政楼出来,撞见了他们:"欸,好久不见啊。"

她上次掉小池塘里被蒋尧捞出来的时候就看清了蒋尧的样貌,两个多月过去,现在早已见怪不怪。

"你们怎么往门口走?不是社团课吗?"

"我们去校外搞活动。"蒋尧回。

一中对社团课的管理很宽松,反正是周五正课之外的课时,上完就放学了。只要事先和"张教主"申请,就可以提前出校门活动,像杨亦乐的素描社就经常组织外出写生。

今天的社团课,尹澈说要带他去看望那位休学住院的社长。蒋尧上了一学期的社团课,还没见过社长,也挺好奇的。

白语薇了然:"那你们当心点啊,我刚听老师说,最近门卫看到好几个校外的人在咱们学校附近游荡,鬼鬼祟祟的,不知道想干什么,校领导正在考虑加高围墙呢。"

蒋尧和尹澈对视一眼:"嗯,知道了,谢谢。"

出门右拐就是公交站,有一班车直达市医院。上了公交车,空座很多,他们俩找了个并排的位子。

学校放学早,普通的上班族这个点大多都没下班,公交车上只有几个老爷爷老奶奶,还有附近学校的学生。

坐在他们前面的两个女生从他们上车起就脑袋凑在一起,小声议论着什么,夹杂着几声轻笑。尹澈看着她们晃来晃去的马尾辫,心里有点烦,皱着眉看向窗外。

蒋尧以为他在为刚才白语薇说的事发愁:"你别担心,那些人应该暂时不敢进学校。就算他们进来了,我以前能压住他们,现在也能。"

"我没担心那个。"尹澈回头,"一会儿到了医院,跟我走,不该问的别多问。"

蒋尧:"那你就更不用担心了,保证维持'好学生'的模样,给你敬爱的社长留下好印象。"

到了医院，尹澈轻车熟路地带他直达住院部，像是常来的样子。

蒋尧原本做好了心理准备，想着既然是严重到需要休学的毛病，而且住了这么长时间的医院，这位社长估计状态不会很好，甚至有可能卧床不起。然而进了单人病房，看到的却是一个正坐在藤椅上看书的男生。

除了穿着病号服，与常人无异。冬末的暖阳透过窗户照在他身上，一派岁月静好。

男生听见开门声，抬起头，绽开笑："刚看到你短信你就来了……啊，这就是你说的新社员？"

"社长好。"蒋尧鞠了个躬。

"你好，叫蒋尧是吧？我都听小澈说了，我叫徐守。别客气，进来坐。"

徐守的病房里没有吊瓶，没有插管，连瓶药都找不到，干净得不可思议。蒋尧有点困惑，但记着来之前说好的规矩，没多问，跟着坐下。

尹澈带了些平时社团课上做的小玩意儿，一一从袋子里拿出来给徐守看，像在接受领导检阅。

徐守应该挺擅长做手工的，指出了一些小问题。不像他俩只是业余水平，做手工不会精益求精，纯粹当个消遣。

"你这个地方比例不对……"徐守认真地指出每一样物件可以改进的地方，也会夸奖有进步的地方。

"这个木头房子做得不错啊，比去年那个精致。"

蒋尧想起来了，插嘴："是送他弟的那个？也是社长你教他的？"

徐守："不是我教的，小澈自己看网上教程做的，拿来让我看了看而已。第一次做木制品就能做成那样，很厉害了。"

尹澈微微笑了一下。

徐守笑笑："好了，小澈的看完了，小蒋同学，你的社团课作品呢？"

蒋尧没想到还有这个环节:"我做得不太好,没带过来……"

尹澈:"他没做过什么东西。"

徐守立刻板起脸:"你来我们社团是来浑水摸鱼的吗?"

蒋尧有点慌张,用眼神向同桌发出求救信号。

"他就是来浑水摸鱼的。"同桌毫不犹豫地出卖了他。

徐守:"我们社团不需要浑水摸鱼的人,下次见面要是不能拿出点像样的东西,我就要把你踢出我们社团了。"

他虽然个子瘦瘦小小的,长相清秀,但吓唬人的时候还挺有气势。

蒋尧忙不迭地答应:"嗯,下次一定!"

聊了约莫半小时,病房的门又开了。

这次来了个高大的男生,穿着一中校服,手里拿着一枝洁白无瑕的百合花。

徐守笑了,但笑容跟刚刚见到他们的时候不太一样。

"你来啦。"

男生"嗯"了声,走过来,先和尹澈打了声招呼。

蒋尧见他看向自己,主动说:"你好,我跟尹澈一个社团的,也是同班同学,我叫蒋尧。"

"杜翔。"男生话不多,只介绍了自己的名字。

尹澈站起来:"我们先走了,你们慢慢聊吧。"

徐守:"这么快啊,不再坐会儿吗?"

"不了,下次再来。"

"那好吧……"徐守有点遗憾的样子,不过还是笑着送他们出了病房。

下了电梯,走出医院的长廊,蒋尧终于松了口气:"刚刚那个进来的男生,是咱社长的朋友?"

"算是,他们俩是发小,都是高三。"

"哦……"蒋尧提着一袋子小玩意儿往前走,随口问,"他得的什么病?看起来气色还可以啊。"

尹澈低垂着眼，没怎么看路："应激障碍症。"

"应激障碍症？那不就是和你的病症一样？"

"嗯，我们同一个主治医生，我也是通过医生跟他认识的。"

"这样……"

走到医院大门口，出去的一刹那，夕阳的光芒刺了一下眼睛。

蒋尧忽然意识到一个很不对劲的地方。

"为什么现在才住院？而且看他的样子也不像病得很严重，为什么要休学治疗？"

尹澈停下了脚步。转过身，面对他，脸上没有任何表情。

蒋尧莫名的心中发怵。

"如果情况稳定的话，确实不会怎么样。"尹澈说，"但身体受到的慢性影响会导致一些不适症状，不仅可能伴随有并发症，还很影响人的情绪。"

"三个月前，学长病情突然发作，差点有生命危险……"

蒋尧脑子里突然出现嗡的一声。

"所以，真的就像人们说的，应激症会提高患者的抑郁倾向？"蒋尧突然产生一股异常强烈的不祥的预感，一把抓住尹澈的胳膊，"那你……你的病，一样吗？"

尹澈没吭声，眼里毫无情绪波动，像一潭死水。

蒋尧被他看得快崩溃了，才听他说："我不会。"

悬在天上的心重重砸下来。

"啊，对，你这么冷静，又这么理智，应该不会……"

"是啊，你在想什么？"尹澈转过身，继续往前走。

夕阳在他们身后拉出一道长长的黑影，地面像裂开了一道不见底的深渊。

死亡这种事，对他们这个年纪来说，太遥远了。

蒋尧虽然也开玩笑说过"揍死你"云云，但实际上对"死"这个字，一点都没概念。直到此刻，得知他刚见过面的、活生生的人，可能在生死线上徘徊过很多次，脑子里突然就对死亡有了实感。才惊觉这个词原来离自己这么近。

"肯定有办法治好的吧？"他不甘心地问。

无法相信像徐守这样正值青春年华的少年，就差那么一点点，人就没了。

"很难完全治好，很多人只是变得不容易发作而已。"

蒋尧怔怔地："怎么会……"

"不过，有自愈的病例。"

"自愈？"

"嗯。应激障碍症不是不可逆的。社长他休学只是为了调理身体，做好治疗的准备。"

"成功率有多少？"

"还是比较高的。"不想让蒋尧担心，尹澈将情况说得很乐观。

蒋尧大大松了口气："你早说啊，吓死我了，以为是什么绝症呢。"

"那就好，安心了。"蒋尧双手合十，"从今天起为社长祈福，保佑他平平安安。"

"如果祈福有用，要医生干吗？"

"宁可信其有。"蒋尧不知道朝哪路神仙拜了拜，"我们以后社团课就别做手工了，放几尊佛像拜菩萨吧。"

尹澈抬腿："你忘了刚刚怎么答应社长的吗？下次来没带东西会有什么后果？"

蒋尧嗖地一下蹿出几米远，跑到公交站："知道知道，在外面呢，给我点面子。"

尹澈放下腿，翘起嘴角，朝他走过去。

"欠揍。"

周末两天，度日如年。

蒋尧自从知道应激障碍症这病发作起来能有多可怕之后，紧张程度翻倍，周末叮嘱了无数遍自己的同桌：

"这周也要去治疗，别偷懒，知道吗？"

"起床了没？出门了没？到医院了没？"

"不要掉以轻心，俗话说得好，不怕一万就怕万一。"

"这周医生怎么说？治疗有效果吗？"

尹澈忍无可忍，回学校上晚自习第一件事就是踹了这人一脚。

蒋尧笑呵呵道："看你踹我的力气这么大我就放心了。"

章可："蒋尧没事吧？被踹了一个多学期，踹出奇怪的癖好来了？"

韩梦冷眼看他俩："呵呵，一个愿踹，一个愿挨。"

日子平静如水般流过去。

直到某天吴国钟站上讲台，宣布了一个特大消息："下星期我们去春游。"

讲台下立马"疯"了一片。

章可早就从其他班那里听说消息了，大家不是不知道，只是听见老吴亲口确认，依然无法压抑激动之情。

高二下学期，离高三只有几个月之隔，他们的课程安排上几乎没有多少娱乐活动，进入高三之后更不可能有了，学生们对这趟春游自然特别期待。

春游前一晚，住宿生们迫不及待地出去买零食。超市还是上回游园会买材料的那家超市，但这次不能逛到太晚，必须按时回来。

一伙人浩浩荡荡地走进超市，走两步就看见穿着同样校服的其他班学生。

尹澈纯粹是被蒋尧拽过来的。他不太爱吃零食，看着蒋尧东一样西一样地往购物车里扔东西，购物车一会儿就被填满了一半。

"这么多你吃得完吗？"

"吃不完当囤粮，有备无患。"蒋尧指了指斜对面货架上的薯片，"帮我拿下那个，黄瓜味的。"

尹澈无语地走过去。到了货架底下，才发现黄瓜味的只剩一包了。

薯片明明都放在下层，不知道是谁，很缺德地把唯一一包黄瓜味薯片放在了最上面一层。

他够不到。

尹澈回头看了眼，蒋尧仍在专心挑饮料，似乎没注意到这边。他悄悄踮起脚，伸长了手臂，努力去够。

差几厘米，还是没够到。

……丢人。

尹澈放弃了，正想回去喊蒋尧自己来拿，旁边跑来了一群小学生，背着书包，估计也是来买春游的零食的，叽叽喳喳的像一群小麻雀，其中有人注意到了货架顶上的最后一包黄瓜味薯片，可惜个子都太矮，只好求助身旁的大哥哥。

"哥哥能帮我拿那包薯片吗？"

"……拿不到。"

"啊，好吧……"小朋友很失落，对同伴说，"这个哥哥不够高，我们找别人吧。"

一米八的尹澈心里噌地燃起了火。说话的小学生下一秒腾空而起。

"这样就够高了。"尹澈托举着他，沉声说，"快拿。"

小朋友拿完薯片快被吓哭了，其他小学生也吓得眼睛眨巴眨巴地，过了一秒才反应过来："呜呜呜呜呜，老师！"

尹澈："……"

蒋尧走过来，随手捞起那个哭哭啼啼的小学生，熟练地托在身前："小朋友，怎么啦？为什么哭呀？"

小朋友一见这个大哥哥长得好看，没由来地信任他，指着尹澈嘟哝："那个哥哥……好凶……"

尹澈皱眉："我哪里凶了？"

"呜呜呜，你看，好凶……"小朋友嘴一瘪，眼泪已经在眼眶里打转了。

"不哭不哭，来，哥哥给你们变个魔术好不好？"

小孩子的注意力立即被吸引了过去："什么魔术呀？"

"看我两只手，是不是空的？"蒋尧张开手又握紧拳头，变了个很简单的凭空造物小魔术，其实不太完美，但哄一群小学生绰绰有余。

刚变完魔术，正好他们的带队老师找过来，临别时，蒋尧用变出来的口香糖换了小朋友手里那包黄瓜味薯片。

尹澈看得叹为观止。

"跟哥学着点。"蒋尧得意地晃了晃手里的薯片，"对小孩，就得哄。"

"……麻烦。"

"怎么会麻烦呢？逗小孩多好玩啊，你不觉得小孩特别可爱吗？"蒋尧自己小时候虽然总闯祸，但自从汪小柔出生后，立刻爱上了照顾小孩的角色。

可惜他同桌不这么想。

"有什么可爱的？"

"小孩子、小猫咪、小兔子……就软萌啊，我都喜欢。"蒋尧眼中发出怜爱的光。

尹澈没踹他，也没答应："我不喜欢小孩。"

"啊？为什么？"

"小孩太柔弱了，什么都做不了。"

这理由有点奇怪，蒋尧无法苟同："小孩子本来就柔弱啊，所以我们才要保护他们嘛。"

"万一没保护好呢？"

"什么意思？"

尹澈摇头："算了，没什么，反正我不喜欢。"

他们又逛了一会儿,看时间差不多了,便推着购物车去收银台结账,算下来蒋尧居然不是买得最多的。

郭志雄买的零食装了满满四大袋,从膨化食品到蜜饯坚果,应有尽有,说是包括了一个学妹的份。

"学妹要被你的食量吓跑了。"韩梦只买了包代餐饼干,都不需要用袋子装,和郭志雄形成鲜明对比。

陈莹莹:"你懂什么,郭志雄这样的男生才受欢迎。"

晚自习下课,宿舍楼里吵翻了天,灯火通明,高二的学生们都兴奋得不想睡觉。

蒋尧把尹澈拉来自己寝室,让他挑零食。挑到一半,韩梦也来了。

"卖我点儿,反正你也吃不完。"

"你不是要保持身材吗?"

"谁说是我自己吃的了?"韩梦从尹澈挑剩下的里面拣了些,也装了一袋子,拿出手机要转钱。

蒋尧摆手:"不用。"

春游当天。

所有高二学生早早地到教室集合,平时起不来的、迟到的,今天都特别准时。

七点一到,吴国钟领着他们坐上旅游大巴。

虽然一个个都是人高马大的高中生了,有的比老师还高,但内心依然是群单纯的小孩儿,找个位子也要挑半天,都想和要好的同学一起坐。

蒋尧上车早,在后排占了个双人座,谁来都说"去去去,这是我同桌的位子"。

终于等到尹澈上车,他立刻招手喊:"这里!"

尹澈走过来,站在过道里,撑着椅背,冲他一笑:"我可不配跟你坐。"

蒋尧认怂了:"我错了,我想跟你坐。"

蒋尧最终如愿以偿。

大巴车空间宽敞,位子多,高二(1)班同学全部坐下后,后排还空了几个座位。

蒋尧见旁边的座位没人,便把背包和零食扔了过去。尹澈看着窗外,早上起得有点早,现在犯困,想靠着窗睡会儿。

大巴还没发车,在校门口并排等候着,哪个班人齐了就先上车。

高二(1)班旁边的大巴,被高二(3)班捷足先登。

一伙儿学生叽叽喳喳地分着座位,车里声音嘈杂。

尹泽听得不耐烦,径直走到最后几排,挑了个靠窗的位子。他一坐下,周围立刻被其他学生坐满。

旁边人见他往窗外看,也跟着看,忽然发现:"欸,尹泽,那不是你哥吗?"

"我知道。"他没好气地回。

对面的大巴上,尹澈的脑袋倚着玻璃窗,眼睛半阖着,没看他们这边,像是打算补觉。

"尹泽,你瞪那么狠干吗?也吓唬不到你哥啊。"高二(3)班同学都知道尹泽讨厌他哥,但没想到连远远看到他,都控制不住表情。

"我看他蠢。"

居然靠着玻璃窗……一会儿发车了,路上颠簸,保准撞到头。

尹泽拿出手机,打算发个信息过去骂一骂他。

这时,尹澈的脑袋后边伸出只手。

"那不是蒋尧吗?"有人喊。

众人立刻望向窗外:"哪儿呢哪儿呢?"

蒋尧托着尹澈的后脑勺,将他的头扶正,靠回座位上。

尹澈动了动。

高二(3)班一群围观群众吓疯了:"天哪,蒋尧碰到了尹澈?这得打起来吧？"

然而尹澈只是稍稍调整了一下姿势。

蒋尧抬眼望向对面，随即拉上了窗帘。

这次春游的目的地是市郊的游乐园，开车两小时到。

尹澈睡了一小时。路上不颠，大巴司机是旅行社的，开得很稳。但他睡得不安稳，脑子里不断回放着冯医生上周末说的话："心理疗程差不多结束了，下周我们开始进行刺激疗法，你做好准备了吗？"

做好准备了吗？他也不清楚。

可能没有吧。

一包牛奶糖从前排传过来，到他们这儿，只剩下几颗了。周浩亮趴在椅背上："吃吗？"

尹澈想说不吃，蒋尧已经替他拿了两颗，说："哎，这不是我买的吗？"

周浩亮："不知道啊，从班长那儿传过来的。"

"哦，懂了，没事。"

蒋尧撕了包装，往嘴里一丢，奶味挺足。于是又撕了一颗，递到尹澈嘴边。

尹澈扭头："我不吃……"

蒋尧把奶糖放到尹澈手里又控制着尹澈的手将糖塞进了尹澈嘴里。

奶糖在嘴里化开，奶香四溢。

蒋尧突然意识到自己的行为有点不妥："抱歉，没经过你同意……"

尹澈忽然意识到，自己确实没准备好，心理治疗根本没起到任何作用，脑子里全是退缩的念头。反正也不一定治得好，为什么要治？

蒋尧皱眉："对不起，你怎么批评教训我都行，你别生气……"

尹澈脑子里很乱，一些画面挥之不去，心里也烦："别跟我

理我一下

说话。"

蒋尧张了张嘴，最终把话咽了回去。

"……知道了。"

他站起来，坐到旁边的空座上。

韩梦吃了最后一颗奶糖，嘴里正甜着："老蒋你干吗？"

蒋尧看着窗外，没回话。

糖差不多吃完的时候，大巴开到了目的地。

"大家有序下车啊，下来先排队，别乱走。"吴国钟站在车门口吆喝。

学生们拿好各自的东西，一个个往下走，在自己班的大巴旁边排成两列。

旅行社给每个班安排了一个导游，高二（1）班的导游姓王，皮肤黝黑，挥着小红旗，用喇叭说："同学们好，我先给大家发门票，里面的项目凭门票都能玩。进去之后大家分成小组，自由活动，六七个人一组。有什么事联系我，我的号码是……"

陈莹莹拉过杨亦乐："咱们一组呗？"

杨亦乐："嗯，好……"

韩梦和章可也加入了这组，还缺两个，陈莹莹目光一扫，当即喊："蒋尧，你俩来我们这组吗？"

韩梦赶紧拦她："别别别，咱别踩地雷……"

然而他提醒得晚了，蒋尧已经听见了，走过来："好啊。"

尹澈站在原地没动。

其他组也有人邀请他，但他都摇头拒绝了。陈莹莹总觉得他是想来自己这组的，有点于心不忍，冒着"踩地雷"的风险，又喊了遍："澈哥，来吗？"

尹澈看了眼蒋尧的背影，慢吞吞地穿过人群走过去。

两个人并排站着，都一脸冷酷，谁也不搭理谁。

气氛相当微妙。

进了游乐园,导游和老师的作用就不大了,任由这群野孩子奔向自己想玩的项目,顶多再提醒两句:"三点集合!有事找导游!"

游乐园里除了一中的学生,还有散客和其他中小学的学生,人不比节假日少,有些热门项目还需要排队。

陈莹莹作为尽职尽责的小组长,出发前就看网上攻略规划好了路线,决定先去玩海盗船。

"有谁不上的?旁边碰碰车不排队,可以去玩。"

韩梦:"呵,笑话,高中生了还玩碰碰车?不就是个海盗船嘛,看着也不高,大家都上吧?"

尹澈:"我不上了。"

章可讶异:"你不玩?哦……我懂了,是不是觉得海盗船不够刺激?一会儿我们去玩跳楼机?"

尹澈没解释:"我帮你们看包。"

几个人找了个长凳,把背包都卸下,在尹澈身边放了一排。

陈莹莹:"蒋尧,你不放吗?"

"我自己背。"蒋尧往入口走,"我先去排队,你们快来。"

其余几个人交换了一个眼神。

海盗船是热门项目,排队人数比较多,估计要等一刻钟。正在船上荡来荡去的人群不断发出尖叫,响彻天空。

尹澈坐在下面,安静地喝水。

旁边几个背包都鼓鼓囊囊的,装满了零食,只有他的背包很空。出发前,蒋尧考虑到他是"病人"便把他包里所有东西都拿了过去,只留了瓶水给他。

水喝了三分之一,陈莹莹他们应该已经上船了,尹澈把水瓶扔进包里,看着地面发呆。长凳的另一头忽然坐下个人。

尹澈余光瞥见了,没在意。

直到那人扔了块巧克力过来。

他一愣，转头看。隔了四个背包，蒋尧坐在那头，拉开了背包："还想吃什么？"

"不用。"

"哦。"

他们坐在去排队的必经之路上，路过的女生们都往这儿看。

蒋尧伸长着腿，望着天空，好像在等他开口说话。

尹澈想问"你怎么出来了，不玩了吗？"，又觉得多余。还没想到另一个话题，陈莹莹他们就玩完下来了。

"亦乐，你还好吧？"陈莹莹扶着杨亦乐。

"还好，就是晃得有点头晕……"

章可扶着韩梦："老韩你别吐啊！坚持住！你可是猛男！这么多初中生看着呢，别给咱们学校丢人！"

韩梦脸色苍白，东倒西歪，要吐不吐的样子："呕……别跟我说话……呕……"

休息片刻后，陈莹莹接着看地图："咱们去鬼屋吧，就在旁边，有谁不去的吗？"

韩梦举手："我申请玩碰碰车。"

"准了。"

章可和杨亦乐也有点怕，但他俩状态还行，想着难得出来春游，什么项目都想体验一下。于是五个人检票进了海盗船旁边的鬼屋。

陈莹莹打头阵，章可和杨亦乐互相挽着手跟在后边，蒋尧和尹澈走在最后。

也不知道是不是这个项目太可怕，没什么人排队，很快便轮到了他们。进去之后几乎一片漆黑，墙壁上挂着蜡烛形状的小灯，勉强能看清前路。前方偶尔炸出几声尖叫，吓得人一哆嗦。

"我不怕我不怕……"章可不停念着，"怎么这么冷……"

大概是为了烘托恐怖氛围，鬼屋里开了冷空调，阴风阵阵。

章可："大熊要是在这儿，腿毛估计能像个刺猬一样竖起来。"

第六章 第一

　　杨亦乐被他逗笑，刚想转头说话，突然看见章可旁边亮起了一盏蜡烛，映出一张苍白如纸的人脸。那人脸狞笑着，奇长无比的手伸向章可。

　　"啊啊啊啊啊啊！"杨亦乐抓住章可撒腿就跑。

　　章可也被伸到眼前的怪手吓疯了，看都没敢看手的主人，尖叫着往前冲。走在前面的陈莹莹被他俩推赶着一起跑。

　　三个人顷刻间跑没了踪影。

　　蒋尧绕开那只道具假手，往前走了两步，周围墙壁上的蜡烛忽然灭了，周围伸手不见五指。

　　还来？他站在原地等着，想看看有什么新鲜花样，随口说："别乱动，当心绊倒。"

　　空气里静悄悄的，没人回答。

　　尹澈刚才明明就站在他身后几步远的地方，现在却完全没了声息。

　　"……喂？"蒋尧试探着喊，"你在吗？在就说句话——"

　　一只手忽然握住了他的手臂。

　　不是粗制滥造的假手，而是有温度、有力度的真手。

　　蒋尧怔住。

　　那只手不大，握得很紧。

　　黑暗里响起的声音也不太冷静，像在逼迫自己说出这句话："……对不起。别生气，哥。"

　　蒋尧本来就没生气，顶多心里有点难受，觉得他的反应太过了。

　　但此刻尹澈主动开口道歉，他瞬间一点脾气都没有了。

　　周围太黑，蒋尧看不清人。

　　"没生气，你别勉强。"尹澈的手颤得明显。

　　"那算和好了吗？"

　　"嗯，和好了。"

尹澈松了口气。

黑暗中另外一道声音也松了口气。

蒋尧沉声喝道："谁？别装神弄鬼的，出来。"

离他们两三步的地方，幽幽地燃起一盏蜡烛，勉强能看清那人——披头散发、眼睛下面滴着血、舌头吐得老长老长的"鬼"。

"两位小弟弟，这是鬼屋，我不装神弄鬼我还能干吗呀？"工作人员无奈道，"听你俩磨叽半天急死我了，大气都不敢出，和好了就行……"

他一边说话一边舌头晃来晃去的，一个不小心，把舌头咬断了。鲜红的长舌轻飘飘地落下来，是塑料做的。

"哎呀！完了要扣工资了！怎么办！"工作人员急得原地踱步。

蒋尧和尹澈站在原地，看他努力把舌头装回去。

画面惊悚且魔幻。

最后，在他们的帮助下，那截舌头终于装了回去。工作人员连声道谢，临别前不忘叮嘱："以后有什么事好好商量！不要吵架！"

陈莹莹几个早就跑出去了，在出口等了半天："蒋尧和澈哥怎么还没出来啊？别是吓晕在里面了吧？"

章可："怎么可能？澈哥吓晕鬼还差不多。"

又等了十来分钟，那两位才慢慢走出来，肩并肩地。

"终于出来了，里面好黑啊。"蒋尧伸了个懒腰，"还好有人陪着我。"

"……滚。"

其余三人震惊地对视一眼。

由于路线规划得好，他们这组三点不到就把想玩的项目都玩了个遍，悠悠闲闲地往回走。

途径靠近游乐园大门的休息处，看见他们班主任正和"张教主"一起坐在遮阳伞下休息，嘬着珍珠奶茶。

"我看学生们都买就买了，这有什么好喝的？甜得要死，珍珠还硬。""张教主"嚼着珍珠说。

老吴比他懂："你可以选无糖不加珍珠的，我看我前面的学生就这么点的。"

"那不就只剩奶和茶了？我买盒牛奶倒进我的龙井里面是不是也一样？"

"理论上是这么回事……"

平日里严厉的、威严的老师，此刻就是两位普通的中老年人，像小孩儿一样认真讨论着奶加茶是不是等于奶茶的问题。

说到底，老师也好，学生也好，在学校里表现出来的那一面，都只是某一面而已。想要完全了解一个人，不是件容易的事。

三点整，大巴发车返校。

不少学生买了纪念品，各大旅游景点随处可见的那种，什么串珠啊、折扇的，贵且毫无特色，但学生们容易一时兴起，冲动消费。

毕竟，纪念品的最大意义在于纪念。纪念这次经历，纪念这段时光。

陈莹莹零食多得吃不完，返程路上继续从前往后发，走到最后排，蒋尧和尹澈不要，就全扔给了韩梦："喏，还给你，给我那么多干吗？吃都吃不完。"

"别还给我，随便分吧，我也吃不下啊。"韩梦把零食推了回去，突然想起什么，"哦，对了，这个给你。"

"什么玩意儿？"

韩梦拿出个小盒子："买的手链，据说是开过光的。"

"游乐园里有开过光的东西？谁开的光，小商店老板吗？"陈莹莹一脸看傻瓜的神情，"你的钱也太好骗了……你自己留着吧。"

"我本来想自己戴的，结果买好发现蒋尧手上也有一条，搞得我俩像同款，不合适。"

蒋尧在前面举起手，左手腕上系着条灰褐色的手绳，很仗义地印证了韩梦的话。

陈莹莹没多想，看那条粉红色的手链上挂了几颗银色的小星星，挺漂亮的，就收下了："不愧是你，这么少女心的款式……行吧，改天回个礼给你。"

"好咧，谢班长。"

蒋尧碰了碰旁边的人："我就说吧，系脚上好，不容易跟别人撞同款……哎，你怎么吃我的薯片？"

尹澈没吃过黄瓜味的薯片，尝了一片，口感清香，闻言把薯片递回去："我就吃一片。"

蒋尧笑笑："开个玩笑，我的就是你的，你尽管吃。"

大巴行驶到一半，车里吵吵嚷嚷的声音渐渐低了下去。

吴国钟想顺道布置今晚的作业，往后一看，学生们没几个醒着的。

他无奈苦笑："这些小孩哦，也就这会儿安静点。"

司机师傅听见了，随口问："老师啊，你教书多少年啦？"

老吴笑呵呵地回："三十多年了，带完这帮小孩儿就退休了。"

"哦哟，那这是你带的最后一届学生啊？"

"是啊。"

这也是他最后一次和学生出来春游。

高三没有春游了，这是高二（1）班最后一次集体外出活动。

人生中会有很多"最后一次"，这倒没什么，遗憾的是，很多人在经历的时候，并不知道这是"最后一次"。

这个年纪的少年少女多少有点没心没肺，不知道为什么今天老师的目光特别慈爱，不知道今天是个多么珍贵的日子。

或许在很多年后，他们才会回忆起来，这一天，是他们人生中最后一次和高中全班同学外出活动。

这天之后，他们继续成长，在某个路口分道扬镳，奔赴各自的前程，再也没能聚齐在一辆大巴车上过。

第六章 第一

春游之后，又临近期中了。

一中的学生基本上都挺自觉的，虽然嘴上抱怨着怎么又要考试了不想考试啊，但都知道要收起玩心，好好学习。

就连章可遇到自己不懂的问题，还会提问："澈哥，这道题为什么选 C 啊？"

"C 最长。"

章可惊了："原来你跟我一样是做题全靠蒙型选手？看不出来啊。"

尹澈这道题确实是蒙的。

他通常根据题目难度选择性答对题，这道选择题的解题思路很灵活，全班估计只有四五个人能做出来。以他平时的表现，这道题他不应该做对。

蒋尧大概知道怎么回事，拿过本子看了眼："哦，这题啊，我会，我教你。"

等他讲完，章可更惊讶了："这种题你都做得出来？你不会连平时的成绩都是装的吧？"

蒋尧神秘一笑："你猜？"

章可："你究竟还有多少小秘密是我们不知道的？"

"同学们早！"

刚进门的吴国钟一嗓子喊出来，把章可那点想探究小秘密的心思震飞了，赶紧问完最后几题溜回座位。

晚自习的时候，教室窗户外狂风大作，不一会儿，落下一场大雨，春雷滚滚，没带伞的学生只能狂奔回宿舍。

每天看天气预报的蒋尧这回也失算了，淋得浑身湿透，一进寝室就赶紧洗了个热水澡，擦着头发去隔壁，尹澈也刚洗好。

"这天气软件不准啊，早上明明说是阴天。"

"换季气候多变，谁都说不准——"

阳台外夜空骤亮，一道闪电划破天际，尹澈的最后一个音抖了抖，蒋尧心里暗笑。

这时,又一道闪电劈下,尹澈又把睡衣紧了紧。

刚洗完澡,身上都弥漫着水汽和清新的沐浴乳的香味。

尹澈今天把睡衣从冬季款换成了春秋款,看起来比之前单薄一些。

"最近是不是吃得少了?怎么感觉瘦了?"

"因为我运动,都成了肌肉,显瘦。"

蒋尧扑哧一笑:"肌肉?我真没看出来。"

"滚。"

外边又亮起一道闪电。

蒋尧轻咳:"那个,作业做完了吗?"

尹澈有点恍神:"你不是看着我做完的吗?"

"哦对,做完了……"蒋尧无意间瞥见书架上的习题,"对了,这次期中考,你要不要好好考一次?"

"什么叫好好考?"

"你以前都没拿出真正实力吧?我早就看出来了,太明显了。"蒋尧朝他走近,"我考得一般是因为之前不想引人注意,被人找上门,你呢?"

这个问题不是第一次问,上次没回答,这次……或许可以答了。

尹澈斟酌片刻:"和你一样,考太好太差都容易被注意,所以取平均分。"

"为什么不想被注意?"

"没有为什么,就是不想被注意。"

"你真这么想?"蒋尧将手撑在书桌上,微微靠近,"我觉得你没那么孤僻……不然你为什么愿意帮杨亦乐抓流氓?为什么愿意加班级群?为什么愿意把笔记借给同学?我觉得吧,你这叫口是心非——"

"因为你来了。"尹澈看入他的双眼,"以前这么想,现在不一样了。"

蒋尧失语。

"你真的是……"他找不到合适的形容词。

他太会说话了。

蒋尧后退:"既然想法变了,那这次好好考行吗?成绩好大家肯定会更喜欢你,也对得起你的努力。"

"嗯。"尹澈思考着,"先进步五十名左右吧,你觉得呢?"

蒋尧:"差不多。"

尹澈以为他也打算循序渐进,先进步几十名,以免引起老师同学的怀疑。

于是当期中考完,周五成绩出来,章可冲进教室大喊"年级第一在我们班"的时候,尹澈以为他说的是杨亦乐。

当章可喊出年级第一是谁后,除了来自四面八方的震惊目光,蒋尧还感受到一股强烈的视线从旁边射来,转头一看,他同桌的眼神仿佛在看一个大叛徒、大骗子。

于是尹澈的桌上又多出了一座纸团小山。

> 好久没认真做题了,一不小心就没收住,冲太猛了……
> 其实也不是我太猛,主要是没想到你弟那么菜。
> 没有骂你弟的意思,下回期末一起加油,你肯定也能追上你弟,说不定还能追上我。

尹澈一个字都没看懂,但他选择了原谅。

尹澈心想:蒋尧字写成这副鬼样子,能拿第一实在不容易。

中午,蒋尧被老吴喊去了小会议室,据说连"张教主"都来了。成绩一直处于中游的学生突然考年级第一,任谁都会有所怀疑。

章可在门口来回踱步了半天,什么也没听见。刚考完试,中午来办公室里问问题的学生很多,环境太吵。他只好空手而返,遭到了来自陈莹莹等人的严厉批评:

"要你有何用?关键时刻派不上用场。"

"没办法啊，办公室里人那么多，我总不能贴着门偷听吧。"章可无奈，"而且不只我，其他班好多人都听说了这件事，都在办公室转悠打听消息，蒋尧这阵子出风头太过，一波接着一波的，大家对他的事都关心得不得了。"

陈莹莹："所以才让你赶紧去嘛，自己班的同学，有什么事也该我们第一个知道。"

韩梦："班长，你什么时候开始关心这种事了？"

尹澈原本在看书，闻言抬头瞥了眼。

陈莹莹坐在最后一排，跟韩梦拍桌："我是为了班级荣誉，如果咱们班有年级第一，那说出去不是特有面子？"

韩梦："咱们班有我就很有面子了。"

"拜托你照照镜子。"陈莹莹翻了个白眼。

章可坐在蒋尧的位子上，认真观摩他摊在桌上的满分答题纸："这，就是传说中的满分试卷？嗯，果真非同寻常，看看这灵活巧妙的解题思路，看看这狂放不羁的字体……算了，我吹不下去了，这写的什么玩意儿？卷面分居然不扣？"

"老师看得懂就行。"尹澈翻了一页书，没怎么看进去。

陈莹莹还在谈论："说真的，蒋尧能考第一我一点都不意外。"

章可："其实我也觉得，自从他换头……呃不是，改头换面之后，看起来就是很聪明的样子。"

韩梦："你们这群'颜控'，他不就变帅了点而已吗？"

陈莹莹："帅了可不止一点，本来颜值就已经威胁到尹泽的'校草'位子了，蒋尧这次要真考了第一，那尹泽的位子就彻底不保了。"

韩梦："你这么说真的不要紧吗？人家哥哥在你背后呢。"

陈莹莹一惊，转头："我不是那个意思……"

尹澈看不下去了，把书合上："你们聊，我出去走走。"

陈莹莹见他离开，小声问："我是不是惹他生气啦？"

韩梦："可能是……他那么宠他弟弟。"

第六章 第一

尹澈根本不在乎。但章可说得对，蒋尧这阵子太高调了。

长得帅又成绩好，就像他弟那样，崇拜者会络绎不绝，想和他做朋友的人不计其数。一边是不能碰脾气还差的同桌，一边是言听计从崇拜自己的小弟。大概只有蒋尧这种奇怪的人才会选他做最好的朋友。

走到办公室，小会议室的门依然紧闭着。会议室门外放着台打印机，一堆学生围在那儿，像在打印资料。但仔细看，打印机没工作。

尹澈走过去的时候，这些人自动往后退了两步。

他没做什么，只是靠墙站着，顺便看了几眼这些在等他同桌的男男女女。

有些学生被他看烦了，灰溜溜地离开了办公室或者分散到了办公室其他地方，只剩下一个女生没走。她属于胆子大的，但神色也有点紧张，不知道尹澈站在旁边干什么。

半小时后，临近第一节课了，小会议室的门才打开。

先出来的是蒋尧，朝门里喊："老师再见，我先回教室了，辛苦你们批卷子。"

尹澈还没动，旁边那个女生先动了。她拍了几下打印机，说："这怎么用啊……同学，你会吗？"

蒋尧闻言停下脚步，立刻走了过去。尹澈站在他身后，眯起了眼，缓缓靠近。

女生短发过耳，长得甜美，声音也甜："那个，我卷子弄丢了，想复印卷子，不会用……"

她眨着大眼睛，把手里的试卷递给蒋尧，上面写了班级和姓名。

"同学，办公室的打印机只有老师可以用，你没看到这张纸吗？"蒋尧指了指贴在打印机上方的告示，好心劝说，"赶紧走吧，被老师发现会挨骂的。"

这女生还有第二条和他结识的对策。

"可是，我下午第一节课就要用了啊，学校的打印店好远，来不及去……"女生着急得似乎快要哭出来了,"同学,你们下节课是数学吗?能不能把试卷借我呀?如果老师发现我把卷子弄丢了,肯定会骂我的……"

"自己的错误要学会自己承担。"蒋尧语重心长,"而且我的卷子考完就不知道放哪儿了,因为我是满分,不需要听讲。"

蒋尧的回答简直"无懈可击"。

女生并没有准备第三条对策,准备了大概也没用,呆呆地看着他,说不出话来。

蒋尧觉得自己仁至义尽了,绕开女生,直接往楼下教室走,没注意到身后一直跟着个人。半途中,突然想起笔落在会议室了,一回头,吓得差点滚下楼梯。

"你什么时候跑到我后面的?"

尹澈站在上一级台阶,插着兜看他,旁边人来人往,路过的学生都偷瞄他俩。

"我数学卷子弄丢了。"尹澈编了句,"老师那儿也没有多的,一会儿你的借我看。"

"我的卷子早没了。"

原来是真的,也对,蒋尧不是那种会编造理由拒绝别人的人。

尹澈刚想说"骗你的",然后训他两句,让他以后别这么狂,蒋尧忽然说:"你等着。"

紧接着,他转身迅速跑下了楼梯。

尹澈回教室没看到他人影,不知道他搞什么名堂。直到第一节上课铃响,数学老师走进教室的同时,蒋尧从后门溜了进来,啪一声把手里的一叠纸拍在桌上。

是复印好的数学卷子。

蒋尧把原卷还给了周浩亮,再把其中一份给他同桌,声音还有点喘:"下回注意点,别跟我一样丢三落四。"

"……你去哪里复印的?"

"打印店啊。"

尹澈拿着那份试卷，不知道该说什么，良久："你不用特意去的，我……大不了和你一起挨骂。"

蒋尧笑笑，轻声说："我可以挨骂，我的同桌不可以。"

午后阳光正暖，照在试卷上，为白纸黑字镀上了一层金灿灿的光。

世界从黑白彻底变成彩色。

当天下午，蒋尧的补考成绩出来了。

各科老师亲自出的几道难题，汇总在一张卷子上，"张教主"监督着做完的，最后分数依旧很高，证明这成绩确实没问题。

当晚，学校贴吧又热闹了。

高二（1）班的同学再度成为香饽饽，平时熟的不熟的同学都来打听消息。

班级群里。

章可："好多外班的人来问我，我的手机卡了两回。"

韩梦："我们部里的学弟学妹今天对我特别热情，我以为是我这个宝藏男孩终于被发现了……"

陈莹莹："结果呢？"

韩梦："不想说！我恨！臭蒋尧！"

郭志雄："真的，他人气太高了，连我学妹的朋友都托她来问我他的事情。"

章可："大熊，我有四个字不知当讲不当讲。"

郭志雄："啥？"

韩梦："无中生……"

陈莹莹："你俩闭嘴。"

章可撤回一条消息。

韩梦撤回一条消息。

郭志雄还在迷茫："无中生有？啥意思？"

蒋尧："没什么，兄弟，相信我，我不是那种人。"

郭志雄："嗯？"

章可："你可算来了，我今天手机差点坏了，全是消息，都是因为你，你是不是该赔我手机损失费？"

蒋尧："红包拿去。"

章可："哇！谢谢……一分钱？你怎么抠成这样？"

"给你一分钱不错了。"

这钱还是过年的时候尹澈发的呢。

他看着剩下的199.99余额，总觉得很难受，"强迫症"发作。

蒋尧："章可，我后悔了，把一分钱还给我。"

章可："……我要截图发到贴吧里！让他们看看你是什么样的人！"

尹家此刻正在吃晚餐。

尹澈这次年级排名进步了五十名，虽然不算飞跃，但乔婉云依旧很高兴，给他发了个大红包。

"妈妈不知道你喜欢什么，怕买了不合你心意，你喜欢什么自己买，钱不够再要。"

尹权泰则说："你眼下最要紧的是把病治好，学习可以先放一放，不用那么拼。"

尹澈点头："还好，没有很拼。"

乔婉云心疼地摸他脸："明明有，你看你，瘦这么多，脸上都没肉了。是不是学习很辛苦？这周妈妈给你多做点吃的补一补。"

"不用，真没事。"

寝室里有秤，他称过，自从上个月治疗开始，瘦了五斤。主要是没胃口，做再多吃的也吃不下。

乔婉云给的钱他存在了微信里，转手先给同桌发了个大的红包。

蒋尧立刻放过了章可和那一分钱,跟他私聊:"怎么给我打钱?"

尹澈懒得骂了:"祝贺你,年级第一。"

蒋尧发了个视频电话过来。

"我怎么感觉你语气怪怪的,有事?"

"没。"尹澈看着视频里的那张俊朗的脸,"看你太招摇了,提个醒,别太飘,当心有人找上你。"

蒋尧无所谓地笑笑:"已经找上了,赵诚刚跟我说,他听到了消息,潘辉和东城几个一直看我不爽的人,打算趁下星期放学的时候进学校找我。"

尹澈:"要帮忙说一声。要不要提前和班主任说一声?"

蒋尧:"不用,我能解决。"

"嗯,有事一定告诉我。"

这时候,蒋尧那儿传来了汪小柔的声音:"哥哥!教我做题!"

"马上来!"蒋尧隔着卧室回了句,接着说,"明天记得去医院。"

"知道了,你要说几遍啊?"

"我怕你懒得去,医生有没有说还要治疗多久?"

"两个多月。"

蒋尧在书包里找笔,闻言算了算:"两个多月……差不多到你生日?"

"嗯,生日之前。"

"如果能在生日前治好就最好了。"

尹澈说:"也不一定能治好,已经一个月了,还没效果。"

蒋尧找到了笔袋,拿出水笔,还摸到了一颗纸星星,社团课上跟尹澈学着做的。

但不是他自己做的那颗。

趁尹澈不注意的时候,他偷偷拧开了书架上的星星罐子,把自己做的那颗丢了进去,换了一颗尹澈做的。

蒋尧看着那颗星星,想起了很多以前的场景,所有的场景里,都有认真折星星的小兔子。

蒋尧的面色一下子变得很认真，很严肃。

"一定能治好的，别放弃。"

尹澈怔住。

"好了不聊了，我妹催我了，你明天听医生的话啊。"蒋尧匆匆挂了电话。

尹澈盯着变黑的屏幕，良久不语。

期中考考完，学生们终于又喘上了一口气，原地复活。

课上，蒋尧被抽起来回答问题的次数明显增加。

"这条辅助线添得很好，大家学习一下蒋尧的解题思路。"数学老师接着讲题。

周浩亮回过头："厉害啊。"

"客气客气。"蒋尧坐下，看向他同桌，"你的赞美呢？"

"嗯，是厉害。"尹澈撑着脑袋，"你是唯一一个没上黑板解题的，老师亲自替你写，真有排面。"

周浩亮忍俊不禁："啧，这嘲讽技能绝了。"

蒋尧在桌底拍了拍尹澈："给点面子。"

尹澈扭过头，看着自己的卷子。

中午，去食堂吃饭。

最后一节课老师拖堂，等他们打完饭，已经没剩几个空座了。兜兜转转，终于找到一个两人座。但旁边坐着尹泽。

自从上次篮球比赛之后，尹泽遇到他俩都当没看见似的，这回蒋尧又考了年级第一，在学校里风头无两，尹泽更不可能待见他。

尹澈有点犹豫，可蒋尧已经端着盘子坐下了，权当没看见旁边的人。

"尹澈，过来坐。"

尹澈没办法,过去坐下,斜对面的尹泽没反应,看起来似乎打算无视他们。

周围每桌的学生几乎都在往他们这桌偷瞄。

全校人气最高、同时也互相看不顺眼的两人,加上一位赫赫有名的尹澈,这组合太奇特了,只怕这顿饭分分秒秒都有人会掀翻桌子。

饭没吃几口,蒋尧问:"今天数学课上我的表现,你感觉怎么样?"

这是在求他表扬了,尹澈一口汤差点喷出来。

蒋尧关切地问:"怎么脸色这么奇怪?是不是哪里不舒服?"

啪!尹泽摔了筷子,低喝:"你们吃饭能不能不说话!"

"哥哥们聊天,弟弟别插嘴。"

蒋尧每次都能精准地戳中尹泽的怒点,尹澈怀疑他俩天生八字相克。

"你别太嚣张!晚自习下课,学校后面的小树林见!"尹泽撂下话,端起盘子就走。

周围的围观群众没看到他俩正面冲突,非常失望。

尹澈头疼:"你干吗招惹他?"

蒋尧继续吃饭:"你弟这阵子心里肯定憋着火,我怕他撒气撒到你头上,给他泄愤,顺便教他做人。"

"不准揍他。"

"放心,我不会的。"